Becca Foster
Cold Kiss – Der Kuss des Todes

W0016264

BECCA FOSTER

COLD KISS

DER KUSS DES TODES

Roman

Aus dem Amerikanischen
von Vanessa Lamatsch

PIPER

Mehr über unsere Autoren und Bücher:
www.piper.de

Wenn Ihnen dieser Roman gefallen hat, schreiben Sie uns
unter Nennung des Titels »Cold Kiss – Der Kuss des Todes«
an *empfehlungen@piper.de*, und wir empfehlen Ihnen gerne
vergleichbare Bücher.

Von Becca Foster liegen im Piper Verlag vor:
Blind Date – Tödliche Verführung
Cold Kiss – Der Kuss des Todes

MIX
Papier aus verantwor-
tungsvollen Quellen
FSC
www.fsc.org   FSC® C083411

ISBN 978-3-492-06184-1
© Becca Foster 2017
Titel der amerikanischen Originalausgabe:
»The Watcher«, published by arrangement
with St. Martin's Press. All rights reserved.
© der deutschsprachigen Ausgabe:
Piper Verlag GmbH, München 2020
Dieses Werk wurde im Auftrag von St. Martin's Press
durch die Literarische Agentur
Thomas Schlück GmbH, 30161 Hannover, vermittelt.
Redaktion: Anita Hirtreiter
Satz: Fotosatz Amann, Memmingen
Gesetzt aus der Excelsior
Druck und Bindung: CPI books GmbH
Printed in the EU

PROLOG

Einatmen. Ausatmen.

Einatmen. Ausatmen.

»Marlie, ich weiß, dass du hier bist.«

Ein irrer Singsang hallt durch den stillen Raum und jagt mir kalte Schauder über den Körper. Ich glaube, der Tonfall ist das Schlimmste – dieser fröhliche Klang ohne jedes Schuldgefühl, der sofort verrät, wie verrückt er ist. Der verrät, wie weit er gehen wird, um genau das zu erreichen, was er will. Mich töten. Mich foltern und mir einen langsamen, qualvollen Tod bescheren.

Atme.

Atme einfach.

Ein humorloses Lachen erklingt. »Du glaubst doch nicht wirklich, dass du mir entkommen kannst, oder?«

Kalter, klebriger Schweiß rinnt über meine Stirn, und ich zittere am ganzen Körper, als ich mich tiefer in den Schrank drucke. Wieso habe ich mich für einen Schrank entschieden? Ich verstehe nicht, was mich dazu gebracht hat, etwas so Dummes zu tun. Meine einzige Chance auf Freiheit ... und ich treibe mich selbst in eine Ecke, aus der ich nicht entkommen kann. Ich habe nicht nachgedacht. Ich bin einfach weggelaufen, und all meine Instinkte haben nach einem Unterschlupf geschrien. Also habe ich mich versteckt. Erst als ich bereits hier drinnen saß, ist mir klar geworden, was für ein Fehler das war – und jetzt sitze ich in der Falle. Es ist zu spät, den Schrank zu verlassen.

Wieder überläuft ein Zittern meinen Körper, als ich in das Licht spähe, das durch den winzigen Türspalt dringt. Vielleicht kann ich die Tür auftreten und sie ihm ins Gesicht knallen. Dadurch könnte ich mir ein paar Minuten Vorsprung verschaffen. Aber ich kann nicht genug sehen, um abzuschätzen, wann er nah genug ist. Ich bin auf das Licht angewiesen – das flackert und sowieso nicht besonders hell ist.

»Ich weiß, dass du hier drin bist. Du bist nicht clever genug, um mir zu entkommen. Wir können es uns leicht machen, oder wir können es uns schwer machen. Wenn du willst, dass ich dich langsam töte, bleib in deinem Versteck. Wenn es schnell gehen soll, komm raus. Auf jeden Fall wirst du sterben, Marlie. So lautet der Plan. Das verstehst du doch, oder?«

Der Typ ist ja krank.

Er spricht mit mir, als wäre ich eine Untergebene oder ein schlecht erzogenes Kind. Als wäre es vollkommen normal, herumzustehen und meinen Tod zu diskutieren. Als könnten die verschiedenen Möglichkeiten, die er mir anbietet, dafür sorgen, dass ich mich besser fühle.

Ich schließe fest die Augen und versuche, die Galle zurückzudrängen, die in meine Kehle steigt. Ich darf mich jetzt nicht übergeben; wenn ich das tue, kann ich mich nicht mehr konzentrieren, und er wird mich sicher in die Fänge bekommen. Und ich weiß, was er dann machen wird. Erst wird er mir die Knie zerschmettern, denn das ist seine Vorgehensweise. Ich habe alles über ihn gelesen. Alle haben das getan. Ich weiß genau, in wessen Gewalt ich mich befinde. Nachdem er meine Knie zertrümmert hat, wird er anfangen, mir die Haut abzuziehen. Meine Kehle brennt, und ich schreie innerlich; bete, dass das alles nur ein schrecklicher Albtraum ist.

Aber ich weiß, dass er das nicht ist.

»O Marlie, Marlie, Marlie, wieso musst du dir die Sache so schwer machen? Es ist, als wünschtest du dir einen langsamen, qualvollen Tod. Was für mich vollkommen in Ordnung ist, aber du müsstest doch eigentlich klüger sein.«

Ein winziges, gebrochenes Geräusch entkommt meiner Kehle, und erneut presse ich die Augen zu, die Hände zu Fäusten geballt, während ich mich frage, warum ich mir keine Waffe gesucht habe. Wieso bin ich nicht zur Eingangstür gelaufen? Ehrlich, was zum Teufel habe ich mir bloß dabei gedacht, mich in diesem Raum zu verkriechen? Natürlich wird er mich finden; natürlich weiß er, wohin ich gegangen bin. Er hat das bereits dreizehn Mal getan. Es zu Ende geführt.

Keine einzige Frau ist ihm entkommen.

Die Schranktür schwingt auf. Ich starre in diese tödlich blauen Augen und auf ein schiefes Lächeln. Würde man ihm auf der Straße begegnen, würde man nie vermuten, dass er zu so etwas fähig ist. Verdammt, ich hatte keine Ahnung. Ihm war seine Aktentasche heruntergefallen, und ich hatte mich vorgebeugt, um sie für ihn aufzuheben, und zack ... hatte er mir schon einen Lappen ans Gesicht gedrückt. Bevor ich wusste, wie mir geschah, war ich gefesselt und lag auf der Ladefläche eines weißen Lieferwagens. Ganz allein und verängstigt. Es hatte ihn keinerlei Mühe gekostet.

Alles nur, weil ich hilfsbereit sein wollte.

Das Leben ist manchmal so ungerecht.

Irre Augen suchen meinen Blick, und er lacht überdreht, als er auf meine jämmerliche Gestalt herunterblickt und mich rauszieht. »Hab ich dich. Weißt du, ein paar der Mädchen haben versucht, mir zu entkommen. Eine hat es fast geschafft. Ich habe sie streng bestraft – bei ihr hat es am längsten gedauert, bis sie gestorben ist.«

Ich versuche rückwärtszukriechen, nur um mit dem Rücken gegen die Wand zu stoßen. Mir stockt der Atem, und alles in mir verlangt danach, um Hilfe zu schreien, doch ich weiß genauso gut wie er, dass niemand kommen wird, um mich zu retten.

In solchen Situationen kommt nie jemand, nicht wahr?

Er schwingt den Baseballschläger, und das Rundholz trifft meine Kniescheiben.

Ich falle zu Boden, fange mich mit den Händen auf dem alten, verblassten Teppich ab. Vor Schmerz schreiend rolle ich mich auf den Rücken. Er schlägt mich wieder, doch diesmal trifft der Schläger meine Schienbeine.

Er macht weiter, lässt den Schläger immer wieder auf meine Beine niedersausen. Ich kann hören, wie meine Knochen brechen, aber ich kann nichts tun, um ihn abzuwehren.

Ich kann bloß schreiend daliegen und mir den Tod herbeiwünschen.

Als ich meinen zerschundenen Körper in Richtung Küchentresen ziehe, spucke ich Blut auf den Boden. Ich weiß nicht einmal, wieso ich noch lebe. Er hat meine Knie zerschmettert oder die Knochen um sie herum oder jeden einzelnen Knochen in meinen Beinen. Ich weiß es nicht. Ich weiß nur, dass ich sterben will, das aber nicht kann. Und es auch nicht werde. Irgendwie habe ich es hierher geschafft. Ich ziehe mich so schnell wie möglich zur Arbeitsplatte. Schweiß rinnt über mein Gesicht, während mein Körper mich anfleht, einfach still zu liegen.

Ich kann nicht.

Das erste Mal ist mir die Flucht nicht gelungen. Doch jetzt wird es klappen.

Ich erreiche den Tresen und ziehe mich nach oben. Irgendwie schaffen es meine verletzten Hände, fest genug zuzupacken, sodass ich auf die Beine komme. Ich schreie vor Schmerz, aber ich bemühe mich nicht länger, leise zu sein. Ich weiß nicht mal mehr, wie ich ihm entkommen bin. Er hat mich betäubt. Doch als wären meine Gebete erhört worden, war ich offensichtlich früher aufgewacht als geplant. Ich hatte vorgegeben, noch bewusstlos zu sein, als er sich um mich herum bewegte.

Er hatte meine Fesseln gelöst und angefangen, mich zu verschieben, wahrscheinlich, um mich für mein grausames Ende vorzubereiten, aber ich habe es hinbekommen, ihn zu überrumpeln. Ich habe mein zertrümmertes Knie hochgerissen und ihn so hart im Schritt getroffen, dass er nach hinten gestolpert war. Zweifellos waren das die schlimmsten Schmerzen, die ich je in meinem Leben empfunden habe. Ich habe es geschafft, mich vom Bett zu ziehen und nach der Lampe daneben zu greifen. Bevor er aufstehen konnte, habe ich ihm die Lampe auf den Kopf geschlagen und ihn so ausgeknockt.

Dann bin ich so schnell wie möglich von dort verschwunden. Es ist erstaunlich, wozu der Mensch fähig ist, wenn es sein muss. Irgendwie ziehe ich meinen zerstörten Körper aus diesem Raum, obwohl die Schmerzen allumfassend sind.

Es geht lediglich um wenige Minuten, doch für mich fühlt es sich an wie Stunden. Ich habe nicht das Gefühl, mich schnell genug zu bewegen. Er wird mich verfolgen. Ich habe gehört, wie er aufgestanden ist, nachdem er wieder aufgewacht ist. Sekunden. Mir bleiben nur noch wenige Sekunden. Ich greife nach den Küchenmessern und ziehe eines aus dem Block. Noch nie habe ich daran gedacht, jemanden zu töten ... aber im Moment bin ich mehr als bereit, ein Leben auszulöschen, um meines zu retten.

»Ich werde dir die Haut abziehen!«, schreit er, als er aus dem Raum stolpert. »Dann werde ich sie dir in den Mund stopfen, bis du an deinem eigenen Fleisch erstickst!«

Ich drücke das Messer eng an mich und lasse meinen Körper zu Boden sinken, drücke mich ganz nah an den Tresen, um Schutz zu suchen. Ich habe nur eine Chance, und die muss ich nutzen. Meine Finger zittern um den kalten Stahlgriff, den ich an meine Brust presse, während ich immer wieder gegen Galle anschlucke und bete, dass ich mich nicht übergeben muss.

Wenigstens noch eine Minute lang nicht.

Scharfer Schmerz schießt durch meinen Schädel, trifft mich unvorbereitet. Mir wird klar, dass er sich über mir befindet. Er hat eine Handvoll meines Haars gepackt. Sein großer Körper liegt über der Arbeitsplatte, während er den Arm senkt und versucht, mich nach oben zu zerren. Ich schreie, als dicke Strähnen sich aus meiner Kopfhaut lösen. Die Schmerzen sorgen dafür, dass ich den Halt am Messer verliere und es über den Boden rutscht.

»Ich werde dir die Haut vom Körper reißen, Zentimeter für Zentimeter.«

Er zerrt wieder an meinen Haaren. Obwohl mein Blick verschwimmt, greife ich verzweifelt nach dem Messer. Ich schreie vor Pein, als er wiederholt zieht. Endlich kann ich die Klinge packen und meine blutigen Finger um das Heft schließen. Ich sehe auf. Durch das Blut, das über mein Gesicht und in meine Augen rinnt, werfe ich einen letzten Blick auf den Mann, von dem ich weiß, dass er mich für immer in meinen Albträumen verfolgen wird. Doch ich werde tun, was ich tun muss – egal, welche Narben das auch hinterlassen mag.

Ich stoße das Messer nach oben.

1 SIEBEN JAHRE SPÄTER

Zwitscher. Zwitscher.

Stöhnend werfe ich einen Arm übers Gesicht. Es ist bereits Morgen? Ein neuer Tag? Wirklich? Ich fühle mich, als wäre ich erst vor fünf Minuten ins Bett gegangen... wie kann es schon Zeit sein aufzustehen? Das fröhliche Vogelgezwitscher draußen verrät mir, dass es tatsächlich Morgen ist. Also liegt nun wieder ein endlos langer Tag voller Elend und Einsamkeit vor mir.

Okay, das klingt vielleicht etwas dramatisch, aber was soll ich sagen? Das ist jetzt mein Leben.

Weiteres lautes Zwitschern sorgt dafür, dass ich den Arm vom Gesicht ziehe und mit der Hand neben mir aufs Bett schlage. »Okay, okay, ich bin ja wach«, murmle ich und versuche, mich aufzusetzen.

Mir tut alles weh, und mein Kopf pulsiert vor Schmerzen. Inzwischen wache ich fast jeden Morgen scheinbar in diesem Zustand auf. Mein Arzt sagt, mit mir wäre physisch alles in Ordnung und ich würde mir das nur einbilden. Sein Körper wurde nicht von oben bis unten mit einem Baseballschläger bearbeitet, also was zum Teufel weiß er schon? Ich fühle es jedes Mal, wenn ich mich bewege. Überwiegend in den Beinen. Einen

Schmerz, der sich anfühlt, als wolle er zu keiner Zeit vergehen; ein Ziehen in meinen Muskeln, das nie ganz verschwindet.

Ich schiebe mich in eine sitzende Position und starre aus dem Fenster, wo ich nichts sehe als Bäume. Nur eine endlose Fläche voller hoch aufragender, aber üppiger Bäume. Es gibt keinen Ort, an dem ich lieber wäre, das ist schlicht und ergreifend die Wahrheit. Vor drei Jahren habe ich diese winzige Hütte mit nur einem Schlafzimmer ein kleines Stück außerhalb von Colorado Springs für einen Spottpreis gekauft. Der Besitzer hat mir ein gutes Angebot gemacht, weil er in einer familiären Notsituation war und dringend verkaufen musste. Für mich wurde damit ein Traum wahr.

Kurz zuvor hatte ich mein altes Leben in Denver hinter mir gelassen – ungefähr zu der Zeit, als mich plötzlich alle Welt kannte, weil ich einem Serienkiller hatte entkommen können. Das sage ich sicher nicht leichtfertig: Der Ruhm war kein Befreiungsschlag, sondern wurde schnell zur Hölle auf Erden. Ich war psychisch labil, doch meine Mutter hatte kein Problem damit, mich ins Rampenlicht zu zerren, indem sie einen Roman darüber schrieb, wie mich ein Psychopath kidnappte und gefangen hielt. Ich werde nie vergessen, wie viele Stunden sie sich mit Reportern, der Polizei und mir unterhalten hat. Es ist ihr gelungen, genügend Informationen zusammenzutragen, um daraus ein Buch zu machen.

Der Plan ging auf.

Die Geschichte über mich wurde ein Bestseller, und alle sprachen darüber.

Und das Gleiche galt für mich.

Damit begann die Zeit, wo ich nicht die Straße entlanggehen konnte, ohne von jemandem erkannt zu werden. Wenn die Leute mich nicht um Autogramme baten – ernsthaft, wer tut so etwas? –, starrten sie mich an, als wäre ich ein Tier im Zoo. Entweder hatten sie zu viel Angst, mit mir zu reden – weil sie zweifellos befürchteten, dass ich jeden Moment einen Zusammenbruch erleiden könnte –, oder sie wollten mir unzählige sinnlose Fragen über meine Entführung stellen. Als sprächen wir über einen Film und nicht über mein Leben.

Eine Weile spielte ich mit, meiner Familie zuliebe – überwiegend wegen meiner verwitweten Mutter, die zum ersten Mal lächelte, seitdem mein Vater nur ein Jahr, bevor ich gekidnappt wurde, gestorben war. Doch später haderte ich damit, dass sie mein Martyrium kommerzialisiert hatte. Ihre Tochter war nur knapp dem Tod entkommen, aber wen kümmerte es, wenn man damit Millionen verdienen konnte, oder?

Plötzlich war ich eine Überlebende. Das Mädchen, das fliehen konnte. Die Mutige. Diejenige, die eine zweite Chance bekommen hatte.

Ich wollte nichts davon.

Ich weiß nicht, warum ich nicht schon früher meine Sachen gepackt habe und verschwunden bin, aber an den meisten Tagen konnte ich mich ja nicht mal an meinen eigenen Namen erinnern. Intensive Therapie und die Leute, die auf der Straße nach meiner Geschichte geiferten, sorgten dafür, dass mein bereits traumatisiertes Hirn einfach abschaltete. Ich war wie ein Zombie. Ich machte mit allem bloß weiter, weil ich es musste – nicht weil ich es wollte. Statt mich zu unterstützen, ging es bei meinem Leiden plötzlich um meine Mutter. Deswegen hege ich einen tiefen Groll gegen sie. Weil sie nicht für mich da war, als ich sie gebraucht hätte. Weil sie mir nicht geholfen hat, als ich gelitten habe. Weil sie mich nicht getröstet hat, wenn ich schreiend aus meinen Albträumen aufgewacht bin.

Aus diesen grauenhaften Albträumen.

Selbst jetzt sehe ich jedes Mal sein Gesicht, wenn ich die Augen schließe. Meine Therapeutin versichert mir, dass das nicht für alle Zeiten der Fall sein wird. Ich glaube, sie irrt sich. Ich verstehe einfach nicht, wie mit jemandem zu reden etwas daran ändern soll, dass er sich in meinem Kopf eingenistet hat … und ich bin mir verdammt sicher, dass er nie verschwinden wird.

Aber ich werde es überleben – nun, wo ich dort weg bin; wo ich allein lebe. Ich werde es schaffen. An manchen Tagen weiß ich nicht genau, wie … aber ich glaube, die Einsamkeit hilft. Keine Reporter. Keine Familienmitglieder. Keine Leute, die auf der Straße Urteile über mich fällen. Keine Angst. Nur ich. Ich fühle mich sicher – ein Gefühl, das ich lange Zeit nicht empfunden habe.

Ich steige aus dem Bett. Meine Knie protestieren, aber ich bleibe stur. Ich brauche keine weiteren Erinnerungen daran, was er getan hat. Meine Knie versuchen, meine Gedanken in der Vergangenheit zu halten. Teilweise ist das auch meine Schuld, nehme ich an. Schließlich habe ich mir den schlimmsten Job für kaputte Knie ausgesucht – Kellnern. Zu meiner Verteidigung muss ich allerdings anführen, dass es so weit außerhalb von Denver kaum andere Möglichkeiten für mich gab.

Mein Chef hat Verständnis.

Meistens.

Außer an Tagen wie heute, wenn ich verschlafe.

Ich muss nicht arbeiten. Tatsächlich werde ich wahrscheinlich für den Rest meines Lebens nicht arbeiten müssen, doch ich weigere mich, Geld auszugeben, das ich bekommen habe, weil ich in die Fänge eines Unmenschen geraten bin und ihm entfliehen konnte. Zwar ist meine Mom die Autorin, aber es wurde unter meinem Namen veröffentlicht, sodass ich davon finanziell profitiere. Einen Großteil der Einnahmen habe ich ihr gegeben, und trotzdem sind auf meinem eigenen Konto noch ein paar Millionen gebunkert, die ich nie anrühre. Es wird sogar immer noch mehr, weil das Buch sich weiterhin gut verkauft. Ich will das nicht. Ich glaube nicht, das Geld jemals besitzen zu wollen.

Halb gehe, halb stolpere ich zu meinem Schrank und ziehe meine Arbeitskleidung heraus, die aus einem kurzen, schwarzen Minirock und einem engen Tanktop besteht. Das Diner ist ein wenig heruntergekommen, also besteht mein Chef darauf, es aufzuwerten, indem er uns attraktiver macht. Ich trage Leggins unter meinem Rock, da die Narben an meinen Knien viel zu scheußlich sind. Für meinen Chef ist das okay. Ich glaube, er wusste, dass er eigentlich keine andere Wahl hat.

Da ich keine Zeit mehr habe, um zu duschen, lasse ich mein Nachthemd fallen und ziehe mich ordentlich an, bevor ich mein Haar zu einem Pferdeschwanz binde und in die Schuhe schlüpfe. So, ich bin bereit. Stöhnend gehe ich in die winzige Küche und halte direkt auf die Kaffeemaschine zu, wobei ich bete, dass ich nicht vergessen habe, sie für den Morgen vorzubereiten.

Ich seufze glücklich, als sie röhrend zum Leben erwacht.

Dem Himmel sei Dank.

Ich gieße den Kaffee in meine Mitnehmtasse. Dann schnappe ich mir meine Schlüssel und eile aus der Tür. Ich muss mir künftig wirklich einen Wecker stellen – aber das würde bedeuten, eine Verpflichtung einzugehen. Und dieses Jahr habe ich mir selbst versprochen, dass mein Leben sich entwickeln darf, wie es eben möchte. Okay, wem will ich etwas vormachen? Ich finde einfach Trost in meinem Bett... und in den meisten Nächten brauche ich so lange, überhaupt einzuschlafen, dass ich dann nicht mehr aufwachen will. Das zieht sich oft bis in den Vormittag.

Ich steige in den kleinen, heruntergekommenen Truck, den mein Chef mir geschenkt hat, nachdem er beschlossen hatte, dass er viel zu ungeduldig ist, um ihn zu reparieren. Ich hatte einen Freund, der das Auto für mich in Ordnung bringen konnte. Dieser Freund steht auf mich, oder hat das zumindest einmal getan, also hat er es umsonst gemacht. Außerdem gehört er zu diesen Leuten, die alles für jemand anderen tun. Eine Zeit lang habe ich mich gefühlt, als hätten die Leute mir nur geholfen, weil sie Mitleid mit mir hatten... doch es hat sich herausgestellt, dass manche Leute einfach nett sind. Manche Menschen haben keine Ahnung, wer ich bin, sodass ich normale Gespräche führen kann, ohne dass über mich geurteilt wird, ohne dass ich mit aufdringlichen Fragen gelöchert werde oder die Leute mir mitleidige Blicke zuwerfen.

Ich gehe nirgendwo anders hin. In den letzten paar Jahren war ich auch nicht zu Hause, um meine Mutter oder meine Schwester Kaitlyn zu besuchen. Sie kommen zu mir, doch die Vorstellung, in diese Stadt zurückzukehren und mich den Leuten zu stellen, ist einfach zu viel für mich. Das würde mich nur an alles erinnern, was in meinem Leben schiefgelaufen ist. Ich wohne nah genug, dass sie mich kontaktieren können, wenn es nötig ist, aber weit genug weg, dass die schwere Last meiner Vergangenheit mich nicht mehr nach unten zieht.

Ich weiß, dass das Auswirkungen auf Kaitlyn hat.

Meine Schwester hat gelitten, als ich entführt wurde. Sie hatte panische Angst und dachte, sie würde mich niemals wiedersehen. Ich kann mir nicht vorstellen, wie das für sie gewesen sein muss. Ich bin alles, was sie hat. Wir standen uns immer sehr nahe, besonders, nachdem unser Dad gestorben ist und Mom die Kontrolle über ihr Leben verloren hat. Kaity und ich hatten nur einander, und jede von uns konnte sich auf die andere verlassen.

Nach meiner Entführung hat meine Mom sich vollkommen auf mich und den Medienrummel um meine Person konzentriert. Plötzlich zählte Kaitlyn nicht mehr. Das hat meine Schwester verletzt, und in letzter Zeit merkt man das. Als meine liebe Mutter das letzte Mal angerufen hat, hat sie mir erzählt, dass Kaitlyn mit einem neuen Mann ausgeht, der mit Drogen und anderen schrecklichen Dingen zu tun hat.

Daraufhin rief ich Kaity an, die mir versicherte, Mom würde langsam den Verstand verlieren und alles wäre in bester Ordnung.

Ich war mir nicht sicher, ob ich ihr glauben sollte, also habe ich unsere gemeinsame Freundin Hannah gebeten, ein Auge auf sie zu haben. Kurz nach meinem Martyrium hat meine Schwester sie in einem Yogakurs kennengelernt und sie mir dann auch vorgestellt. Von Anfang an war Hannah so wahnsinnig freundlich zu mir. Hat nicht geurteilt. Sie brachte frischen Wind in mein Leben. Ganz anders als die anderen Leute um mich herum. Wir wurden schnell enge Freundinnen. Sie berichtet mir jetzt schon seit ein paar Wochen und lässt mich regelmäßig wissen, dass alles längst nicht so gut läuft, wie Kaity behauptet. Ich vertraue Hannah.

Ich hoffe nur, dass Kaity sie auch an sich heranlässt, weil ich langsam wirklich anfange, mir Sorgen zu machen.

Denn meine Schwester ist das Einzige, was mir noch geblieben ist.

2 »Bestellung ist fertig!«

Paul, mein Chef, schiebt einen Teller über den Edelstahltresen und schlägt immer wieder auf die Klingel, während er mir mit seinen dunkelbraunen Augen böse Blicke zuwirft. Im Grunde ist er ein guter Mensch, doch er nimmt seine Angestellten an die Kandare. Er erwartet Einsatz von ihnen, und überwiegend bekommt er den auch. Nur nicht von mir. Doch er hat gelernt, mit meinen Höhen und Tiefen umzugehen. An manchen Tagen – den meisten Tagen – arbeite ich hart. An anderen dagegen, wie heute, fällt mir das schwer.

Paul war nett zu mir, als ich in die Stadt kam und ihn um einen Job gebeten hatte. Natürlich hatte er mein Gesicht in den Nachrichten gesehen, wusste, was ich durchgemacht hatte, und hat mir den Job ohne Zögern gegeben. Er hat niemals Fragen gestellt. Er hat nicht über mich geurteilt, und er hat mich zu nichts gedrängt. Paul hat ein gutes Herz. Er gehört zu den Menschen, die viel geben. Dafür werde ich ihm immer dankbar sein.

»Ich kann dich hören, Kumpel. Immer mit der Ruhe.« Ich grinse. Wieder wirft er mir einen bösen Blick zu, doch ich sehe, dass seine Mundwinkel zucken.

»Ich dachte nur, ich wecke dich mal auf. Du siehst aus, als hättest du gestern Nacht nicht geschlafen, Lee.«

Paul ist der Einzige, der mich Lee nennt, was mich nicht im Geringsten stört, denn ich hasse den Namen Marlie. Ich fand schon immer, dass er wie ein Hundename klingt, und hey: Es gab sogar einen Film über einen Hund namens Marley. Also echt?

Ich schenke ihm ein schwaches Lächeln. »Habe ich nicht, aber auf mein Trinkgeld wird sich das sicher nicht auswirken, selbst wenn ich einen schlechten Tag habe.«

Er grinst und zwinkert mir zu. »Daran zweifle ich keine Sekunde. Mach mal Pause, sobald du die Teller ausgeliefert hast; du arbeitest seit sechs Stunden durch.«

Ich werfe einen Blick auf meine Uhr. Ach du Scheiße, das stimmt wirklich.

Herrje. Kein Wunder, dass meine Beine mich fast umbringen.

»Kein Problem.«

Schnell nehme ich die Teller und bringe sie zum entsprechenden Tisch, lächle den Kunden höflich zu, dann mache ich Pause. Ich schnappe mir mein Handy und ein Croissant aus der Vitrine und verlasse das Diner durch die Hintertür. Dort steht ein wackeliger Stuhl, den Pauls Angestellte für ihre Raucherpausen und andere Dinge nutzen. Ich will gar nicht wissen, was diese anderen Dinge sind, aber ich habe gehört, dass dieser Stuhl eine Menge Geschichten zu erzählen hätte.

Hungrig beiße ich in das buttrige Croissant und starre auf mein Handy. Sieben verpasste Anrufe. Vier von Hannah, drei von meiner Mutter. Meine Mutter ruft eigentlich bloß an, wenn sie sich noch mehr Geld »leihen« will. Obwohl sie es sich einfach nehmen kann, wenn sie es will, glaubt sie, es wäre besser, meine Erlaubnis einzuholen. Sie hat mich erst vor zwei Tagen um Geld gebeten, also ist es ungewöhnlich, dass sie schon wieder anruft. Doch noch besorgniserregender sind die Anrufe von Hannah. Ich sehe kurz nach, ob ich Textnachrichten habe, aber es gibt nur ein paar, die mich auf Mailboxnachrichten hinweisen.

Ich spare mir die Mühe, sie abzuhören, und rufe gleich Hannah an.

»Marlie, es tut mir so leid«, sagt sie. Sie klingt atemlos. »Ich weiß, dass du in der Arbeit bist. Ich hätte nicht angerufen, wenn es nicht wichtig wäre.«

Sie hört sich panisch an. Mein Herz beginnt zu rasen.

»Hannah, ist alles in Ordnung?«

»Hör mal, du weißt, dass ich dich nicht unnötig beunruhigen würde, aber Kaitlyn ist verschwunden.«

Mir gefriert das Blut in den Adern. »Was meinst du mit verschwunden?«

»Ich meine, dass sie einfach weg ist. Ich habe dir doch gesagt, dass ich ein Auge auf sie habe. Du weißt ja, dass sie mit diesem Chris ausgegangen ist. Vor Kurzem habe ich erfahren, dass sie jetzt Drogen nimmt. Ich wollte es dir erzählen, aber sie hat mich angefleht, nichts zu sagen, und mir versichert, es wäre eine einmalige Sache gewesen. Ich hatte seit gestern nichts von ihr gehört, also bin ich heute zu ihrer Wohnung gefahren und ...«

»Und was?«, frage ich. Meine Kehle ist wie zugeschnürt.

»Und ihre Wohnung ist ein einziges Chaos. Jemand hat alles durchwühlt, aber sie ist nicht da. Inzwischen sind achtzehn Stunden vergangen, und ich kann sie nicht finden.«

Nein.

O Gott.

Eine vertraute, kalte Angst nistet sich in meiner Brust ein. Automatische Paranoia. Mein Hirn spuckt die schlimmsten Szenarien aus und klammert sich daran fest.

»Hast du die Polizei verständigt?«

»Habe ich. Und ich habe auch deine Mom angerufen. Aber, Marlie, du musst nach Hause kommen.«

Meine Gedanken überschlagen sich. Nach Hause. Nach Hause. Nein, ich kann nicht nach Hause gehen. Ich will nicht nach Hause fahren. Verdammt noch mal. Ich will nicht an diesen Ort zurückkehren, doch für Kaitlyn … verdammt … muss ich es tun.

»Ich weiß einfach, dass etwas nicht stimmt«, fährt Hannah fort. »Sie war mit diesem schrecklichen Kerl und seinen furchtbaren Freunden zusammen. Irgendetwas Schlimmes ist passiert; du musst hier sein, deine Mutter ist vollkommen durch den Wind.«

»Okay«, sage ich. Meine Stimme klingt schwach und zittrig. »Okay, Hannah. Aber gib mir heute noch Zeit, um mir freizunehmen.«

»Ich werde hier auf dich warten. Ruf mich an, wenn du kommst. Das wird schon werden, Marlie.«

»Wird es?«, flüstere ich.

»Da bin ich mir sicher, aber komm schnell.«

»Okay. Bye«, flüstere ich ins Leere, weil Hanna bereits aufgelegt hat.

Obwohl ich weiß, dass meine Freundin mich nicht angelogen hat, wähle ich die Nummer meiner Schwester. Es klingelt und klingelt. Noch immer ist meine Kehle wie zugeschnürt. Ich versuche es erneut. Und wieder nichts. Kaity geht immer ans Telefon und reagiert auf meine Nachrichten ... oder sie lässt mich wissen, dass sie gerade nicht reden kann. Darauf kann ich mich verlassen. Irrationale Panik schlägt in echte Angst um, als ich versuche, mir eine glaubwürdige Erklärung zurechtzulegen. Vielleicht braucht sie einfach etwas Abstand. Vielleicht hat sie ihr Handy verloren. Vielleicht ist sie bei Freunden. Vielleicht ist sie einfach nur beschäftigt. Ich gehe im Kopf all diese Möglichkeiten durch, doch ich spüre es tief in meinem Herzen.

Es geht ihr nicht gut.

Ich richte meine trockenen Augen – Augen, die seit drei Jahren nicht geweint haben – auf den dichten Wald ein Stück entfernt und versuche, meinen Herzschlag zu beruhigen.

Aber überwiegend bete ich darum, dass Kaitlyn nach Hause kommt und wohlauf ist, bevor ich nach Denver muss. Wenn ich dort hinfahre, werden all die Dämonen, die ich zur Ruhe gelegt habe, sich wieder erheben. All die Erinnerungen, all die Albträume, die ganze vertraute Angst und Verzweiflung ... all das wird zurückkehren. Ich werde gezwungen sein, mich an die schrecklichen Monate nach meinem Entkommen zu erinnern. Ich werde den Albtraum erneut durchleben müssen, den ich mit solcher Mühe vergessen habe.

Ich will nicht zurück.

3 Die Sonne brennt auf meine Windschutzscheibe, als ich zur Villa meiner Mutter abbiege. Vor dem Zaun stehen Streifenwagen. Kaum fällt mein Blick auf sie, verkrampft sich mein Magen. Es sind jetzt sechsunddreißig Stunden. Kaitlyn wird offiziell vermisst.

Meine Schwester. Die Einzige in meiner Familie, die sich je um mich gekümmert hat. Die Einzige, die versteht, was ich durchgemacht habe. Und im Moment weiß ich nicht, wo sie ist oder was sie gerade durchmachen muss.

Ich lenke meinen Truck an den Randstein und starre das riesige, dreistöckige Haus an, das meine Mutter sich hat bauen lassen, nachdem mein Buch die Bestsellerlisten gestürmt hatte. Bisher habe ich es bloß einmal betreten und war seitdem nicht mehr da – allein sein Anblick erinnert mich daran, dass es nur erbaut werden konnte, weil Mom meine schreckliche Geschichte ausgeschlachtet hatte. Wie kann sie es überhaupt als Zuhause empfinden, wenn man bedenkt, woher das Geld dafür kam? Ein Schauder überläuft meinen Körper, und ich reibe meine verschwitzten Hände an meinen Jeans trocken. Dann werfe ich einen Blick in den Rückspiegel und bemerke, wie furchtbar ich aussehe. Mein honigfarbenes Haar ist zu einem unordentlichen Pferdeschwanz gebunden, und meine stahlgrauen Augen wirken leer – und passen farblich fast zu den dunklen Ringen darunter.

Ich schlucke schwer, ehe ich die Autotür aufstoße und mit zittrigen Beinen zur Eingangstür von Moms Haus gehe. Ich klopfe nicht, sondern gehe einfach hinein. Vier Polizisten sitzen um ihren großen, runden Esstisch. Einer von ihnen hat die Hand auf den Rücken meiner Mutter gelegt und reibt ihn leicht, während er versucht, mit ihr zu reden. Ihr blondes Haar fällt wirr über die Glasplatte, und ihre Schultern beben.

Ich räuspere mich.

Fünf Augenpaare richten sich auf mich.

Ich erkenne zwei der Männer. Officer Black und Officer Haynes. Sie waren dabei, als ich gerettet wurde. Black mochte ich, aber Haynes war ein unsensibler Trottel. Wenn ich meine Mutter richtig einschätze, hat sie die beiden speziell für diesen Fall angefordert. Es gibt Hunderte von Beamten in Denver, doch sie hat sich für diese beiden entschieden. Sie dürften sich der Bekanntheit unserer Familie bewusst sein, womit wir sicher eine Sonderbehandlung bekommen würden. Black schiebt seinen Stuhl zurück. Seine blauen Augen sind groß, als er zu mir kommt, ein vorsichtiges Lächeln auf den Lippen. »Ich hätte nicht gedacht, dass wir uns noch einmal begegnen. Marlie, wie geht es dir?«

Er erreicht mich und zieht mich in eine Umarmung, die ich steif erwidere. Seit meiner Entführung scheue ich vor jeglichem körperlichem Kontakt zurück. Ich kann ihn tolerieren, wenn es nötig ist, aber ich ziehe es vor, das nicht tun zu müssen. Black tätschelt mir den Rücken, dann gibt er mich frei und lächelt auf mich herunter. Sein Haar, das bei unserer letzten Begegnung noch dunkel war, wird an den Schläfen langsam grau. Das passt zu ihm, lässt ihn distinguierter aussehen.

»Marlie!«

Der Aufschrei meiner Mutter lässt mich herumwirbeln. Sie steht auf und rennt auf mich zu, die Arme ausgebreitet, um sie um meinen Hals zu werfen. Ich tätschle ihr den Rücken, als hätte sie sich verschluckt, während ich steif dastehe und warte, dass sie mich freigibt. Als sie es endlich tut, weint sie. Dicke Tränen rinnen ihr über die Wangen.

»Ich weiß nicht, wo sie ist. Oh, Marlie.«

»Das wird schon wieder, Mom«, meine ich monoton, bevor ich mich an Black wende. »Was wird unternommen?«

Er seufzt und deutet Richtung Tisch. Ich gehe auf einen Stuhl zu, wobei ich Haynes einen bösen Blick zuwerfe, den er prompt erwidert. Trottel. Ich setze mich. Black und Mom kehren ebenfalls an den Tisch zurück.

»Wie ich gerade deiner Mutter erklärt habe, hatte Kaitlyn schlechten Umgang. Wir haben einen von ihren Bekannten wegen des Dealens mit harten Drogen verhaftet. Erst letzte Woche habe ich von einem Informanten gehört, dass sie relativ häufig mit dieser Gruppe gesichtet wurde.«

»Wie soll uns das helfen, sie zu finden?«, frage ich.

Black seufzt und fährt sich mit der Hand durchs Haar. Er wirkt müde. »Marlie, im Moment gibt es nichts, was darauf hinweist, dass Kaitlyn etwas zugestoßen ist. Ihr

Freund Chris hat die Stadt verlassen, also besteht die Chance, dass sie ihn einfach begleitet hat. In diesem Fall haben wir keine gesetzliche Handhabe, sie davon abzuhalten.«

»Das würde sie nicht tun«, widerspreche ich. »Sie würde nicht einfach verschwinden, ohne jemandem davon zu erzählen.«

»Sie war in letzter Zeit schwierig.« Mom weint. »Du verstehst das nicht, Marlie. Sie hat Probleme.«

»Vielleicht«, blaffe ich. »Aber du kannst nicht einfach davon ausgehen, dass sie beschlossen hat zu verschwinden. Ihre Wohnung wurde durchwühlt.«

»Aber es sieht nicht so aus, als wäre etwas gestohlen worden«, meint Black sanft. »Nicht einmal Bargeld. Ich vermute, dass jemand nach Drogen gesucht hat. Es gab keine Hinweise auf einen Kampf. Wir ermitteln, aber unglücklicherweise hat der Fall keine Priorität, weil durchaus die Chance besteht, dass Kaitlyn freiwillig verschwunden ist. Auch wenn die Wohnung chaotisch aussah, ist das nicht besonders verdächtig. So etwas geschieht ständig.«

»Aber Sie wissen nicht, was mit ihr passiert ist«, schreie ich frustriert. »Sie geht nicht an ihr Handy, dabei nimmt sie meine Anrufe sonst immer entgegen! Vielleicht ist sie nicht einmal bei diesem Chris, haben Sie daran mal gedacht? Was, wenn jemand sie in seiner Gewalt hat? Was, wenn …«

»Marlie«, sagt Black, legt eine Hand auf meine Schulter und schenkt mir einen mitfühlenden Blick, der dafür sorgt, dass ich seine Hand zur Seite schlagen will. »Ich glaube nicht, dass Kaitlyn entführt wurde. Ich glaube, sie ist bei Chris. Aber wir ermitteln trotzdem, um auf Nummer sicher zu gehen.«

»Wie lange wird das dauern?«, frage ich. »Wenn jemand sie entführt hat, könnte schnelles Handeln ihr das Leben retten.«

Er wirkt vollkommen unbesorgt. »Das ist schwer zu sagen.«

»Suchen Sie nach Chris?«

»Wir bemühen uns, aber das hat sich als schwieriger herausgestellt, als wir zu Beginn dachten. Er verkehrt nicht gerade in den besten Kreisen, und seine Freunde reden nicht gerne mit der Polizei.«

»Es geht um meine Schwester!«, schreie ich. Meine Hände zittern. »Sie müssen sich mehr anstrengen.«

»Ja. Ich weiß, dass du dir Sorgen machst, und ich verspreche dir, dass ich alles tue, was in meiner Macht steht.«

»Aber Sie können mir nichts garantieren, oder?«

Er wirkt traurig. »Tut mir leid, nein. Menschen mit Problemen laufen ständig weg, und wir tun, was wir können. Aber da es keinen Grund für die Annahme gibt, dass sie in Gefahr schwebt, können wir nicht mehr tun als eine Personenfahndung.«

»Sie ist nicht weggelaufen«, flüstere ich. »Das spüre ich einfach. Und was ist mit der Tatsache, dass ihr Handy nicht mehr an ist? Als ich vor ein paar Tagen zum ersten Mal bei ihr angerufen habe, hat es noch geklingelt. Wieso erreiche ich jetzt nur noch die Mailbox?«

»Wenn sie nicht gefunden werden will, Marlie, dann können wir sie auch nicht finden. Ein ausgeschaltetes Handy ist nicht unbedingt ein Grund zur Beunruhigung – sie kann es selbst ausgeschaltet haben.«

»Etwas stimmt hier nicht, Black.«

Er mustert mich voller Mitgefühl. »Wir überprüfen

das. Ich werde tun, was ich kann, das verspreche ich
dir.«

Aber das reicht nicht.

Nachdem die Polizisten gegangen sind, wandere ich
ziellos durch das Haus meiner Mom. Es ist riesig, eingerichtet mit den teuersten Möbeln. Doch es fühlt sich
auch so verdammt leer an. Strahlt kein bisschen Wärme
aus. Es ist schlimmer als ein Musterhaus. Es ist ein
Musterhaus, das auf einem Fundament aus Finsternis
erbaut wurde. Zitternd reibe ich mir die Arme, als ich
ein Räuspern hinter mir höre. Ich wirble herum und
atme erleichtert auf, als ich Hannah im Flur entdecke.

»Hannah!« Mit einem schwachen Lächeln gehe ich
auf meine Freundin zu. Was bin ich froh, sie zu sehen.
Sie breitet die Arme aus, und ich trete in ihre Umarmung. Abgesehen von Kaity ist sie die Einzige, deren
Berührungen ich ertragen kann, doch auch nur für eine
kurze Zeit.

»Wie geht es dir?«, fragt sie.

»Gut. Die Polizei ist vor einer Weile gegangen.«

Sie tritt zurück und mustert mich. Hannah hat wunderschöne blaue Augen, die gepaart mit ihrem dunklen
Haar eine bemerkenswerte Kombination ergeben. »Was
haben sie gesagt?«

Ich seufze. »Dass Kaity in letzter Zeit öfter in Schwierigkeiten steckte und sie glauben, sie wäre von sich aus
verschwunden. Sie gehen der Sache nach, aber die Ermittlung hat keine Priorität.«

Hannah starrt mich mit offenem Mund an. »Das kann
doch nicht sein!«

»Das habe ich auch gesagt«, murmle ich. »Aber was
kann ich schon tun?«

»Es muss einen anderen Weg geben. Kaitlyn würde nicht einfach verschwinden. Und was sagen sie dazu, dass ihr Handy plötzlich ausgeschaltet ist?«

»Das habe ich auch erwähnt«, sagte ich und lasse mich auf die luxuriöse Couch meiner Mutter fallen. »Aber sie haben nur gesagt, sie würden das überprüfen. Sie halten nach diesem Chris Ausschau, aber sie haben nicht viel Hoffnung, ihn zu finden.«

»Das ist so dämlich!«

»Ich weiß«, antworte ich und lasse den Kopf in die Hände sinken.

»Marlie«, meint Hannah zögernd, »es gibt noch eine andere Möglichkeit.«

Ich hebe den Kopf, um sie anzusehen. »Und die wäre?«

Sie kaut auf ihrer Unterlippe, dann sagt sie: »Kenai Michaelson.«

»Verdammt, nein!«, rufe ich und springe auf die Beine. »Auf keinen Fall werde ich diesen mürrischen, arroganten, überteuerten Idioten um Hilfe bitten.«

Hannah stemmt die Hände in die Hüften und wirft mir einen strengen Blick zu. Sie mag klein sein, aber wenn sie will, kann sie knallhart auftreten. »Du kennst ihn doch nicht einmal. Du hast ihn nie getroffen. Und er ist der beste Privatdetektiv in diesem Teil des Landes.«

»Ich mag ihm nie begegnet sein, aber jeder weiß, wie er ist. Jeder. Ich habe die Geschichten über ihn gelesen. Er ist ein schrecklicher Mensch.«

Ihre Lippen zucken. »Es könnte die Polizei Monate kosten, irgendetwas herauszufinden. Oder sogar länger. Kenai ist unglaublich. Er könnte deine Schwester und Chris in der Hälfte der Zeit finden.«

Ich werfe ihr einen Blick zu. »Also willst du, dass ich einen Pakt mit dem Teufel eingehe?«

Sie hält meinem Blick stand. »Ich nehme an, das hängt ganz davon ab, wie dringend du Kaity finden willst.«

Ihre Worte treffen mich wie ein Schlag.

»Nicht«, warne ich. »Tu das nicht, Hannah. Du weißt, wie sehr ich an ihr hänge.«

Sie zuckt mit den Achseln und hebt die Hände, nur um sie danach sofort wieder in die Hüften zu stemmen. »Dann geh und sprich mit ihm. Ja, es heißt, es wäre nicht einfach, mit ihm zu arbeiten, aber jeder, der irgendeine Ahnung hat, sagt auch, er sei der Beste.«

»Hat er nicht diese Frau aus dem Wagen geworfen, weil sie ihn wütend gemacht hat? Also wortwörtlich hochgehoben und aus seinem Wagen geworfen... während der Fahrt?«

»Du weißt nicht, ob das wirklich stimmt. Außerdem habe ich gehört, dass der Wagen gerade mal gerollt ist.«

»Hannah!«

Sie mustert mich sanft. »Denk darüber nach, Marlie. Du weißt, dass er helfen kann.«

Ich brumme missgestimmt.

Sie tätschelt meine Schulter.

Verdammt, wahrscheinlich hat sie recht.

4

Ich versuche ein letztes Mal, Informationen für die Polizei zusammenzutragen, damit ich mich nicht an Kenai wenden muss. Viel Hoffnung habe ich allerdings nicht, dass es etwas bringt. Im Moment sitze ich zitternd in meinem Auto und starre mit einem Kloß im Hals auf ein Café in der Nähe meines Zuhauses – wo alle Leute verkehren, mit denen ich aufgewachsen bin.

Auszusteigen hieße, mich wieder dieser Stadt zu stellen. Mich den Blicken zu stellen. Mich den schrecklich mitfühlenden Worten zu stellen ebenso wie den Versuchen, dafür zu sorgen, dass ich mich besser fühle. Mich den Gaffern zu stellen, den Fans. Ich weiß nicht, ob ich das schaffe. Das Gesicht meiner Schwester erscheint vor meinem inneren Auge, und Schmerz schnürt mir die Kehle zu. Ich tue das für sie. Umgekehrt würde sie genauso handeln.

Also öffne ich die Tür und steige aus. Ich befinde mich auf ungefähr der Hälfte der Straße, als es beginnt. Leise Aufschreie. Leute, die sich gegenseitig zuflüsterten: »O mein Gott, ist das Marlie Jacobson? Wieso ist sie wieder in der Stadt? Lass uns mit ihr reden. Vielleicht lässt sie sich mit uns fotografieren!«

Tu so, als ob nichts wäre. Lass es nicht an dich heran. Du kannst dich frei bewegen, Marlie. Du kannst das schaffen. Du musst nicht zulassen, dass sie dein Leben beherrschen. Du musst nicht diejenige sein, für die sie dich halten. Das muss nicht deine Geschichte sein.

Immer wieder spreche ich dieses Mantra in Gedanken, während ich über den gesprungenen Asphalt eile. Ich atme keuchend, und mein Herz rast so heftig, dass ich den Puls in meiner Kehle fühlen kann. *Ignorier sie einfach. Sie werden weggehen. Das werden sie wirklich. Du musst einfach nur in das Café gehen, dort fragen, was du wissen willst, und wieder gehen.*

»Ich verstehe nicht, dass sie nach dem, was dieser Clayton ihr angetan hat, zurückgekommen ist. Ich würde niemals an einen Ort zurückkehren, an dem mir so etwas passiert ist«, höre ich.

Der Name jagt mir einen Stich ins Herz, doch ich gehe weiter. Meine Knie schmerzen, als ich meine Schritte beschleunige, aber ich muss das durchstehen. Es muss nicht mein Leben regieren. Ich muss an meine Schwester denken. Kaity. Kaity. Kaity.

»Ich verstehe nicht, wieso sie zurückkommen wollte, jetzt, wo sie all dieses Geld hat und ihr Leben ein einziger Traum ist.«

Ihr Leben ein einziger Traum ist.

Ihr Leben ein einziger Traum ist?!

Mein Leben ist ein einziger Albtraum. Die Leute werden nie verstehen, wie es ist, solches Grauen zu überleben. Sie werden nie verstehen, dass ich mich jämmerlich und schwach fühle, wenn sie mir so viel Aufmerksamkeit schenken. Sie werden nie verstehen, wie es sich anfühlt, eine Straße entlangzugehen, ständig in Angst, ob es wieder passieren wird ... ob jemand anders mich verletzen wird. In einem ständigen Zustand der Paranoia zu leben. Noch vor ein paar Jahren war es eine Tortur für mich, auch nur einkaufen zu gehen. Schon auf halbem Weg dorthin hatte mich eine Panikattacke mit kaltem Schweiß außer Gefecht gesetzt, sodass ich umdrehen und nach Hause laufen musste.

Nein. Die Leute werden es nie verstehen. Sie haben sich im Kopf Geschichten zurechtgelegt, sie haben die Artikel gelesen, sie haben sich ein Bild von mir zusammenfantasiert.

Ich bin das Mädchen, das entkommen ist.

Ich bin das Mädchen, das den Serienkiller erledigt hat.

Ich bin das Mädchen, das einfach nur verschwinden will.

»Nein, wir wissen nichts«, murmelt der Cafébesitzer, Michael, ohne den Blick von seinen Füßen zu heben.

Er kann mich nicht einmal ansehen.

Seit zehn Minuten bin ich hier und stelle Fragen, doch niemand schaut mir lange genug in die Augen, um mir zu antworten. Es ist, als hätten sie Angst vor mir; als wüssten sie einfach nicht, was sie sagen sollen. Wahrscheinlich ginge es mir an ihrer Stelle ähnlich, aber die Geschehnisse sind inzwischen lange genug her, dass sie es zumindest versuchen könnten. Manchmal frage ich mich, ob sie denken, ich könnte jeden Moment austicken.

»Ich will doch bloß wissen, ob jemand sie gesehen hat«, schreie ich und werfe die Hände in die Luft. »Ist es denn wirklich so schwer, mir zu helfen? Das ist das Lieblingscafé meiner Schwester. Wenn jemand sie gesehen hat, dann wahrscheinlich hier.«

Alle rutschen peinlich berührt auf ihren Plätzen herum, immer noch ohne mich anzusehen. Die Einzigen, die mich offen angaffen, sind Neuankömmlinge oder Leute, die nicht wissen, wer ich bin. Die genießen einfach die Show.

»Marlie«, sagt Michael, »ich muss dich bitten zu gehen. Meine Kunden wollen hier in Ruhe essen, und du störst sie.«

»Es ist echt eine Unverschämtheit, wie eine Aussätzige behandelt zu werden.«

Seine Miene wird hart. »Geh jetzt bitte. Wir können dir nicht helfen. Wir haben Kaity nicht gesehen.«

»Nein«, brumme ich, als ich zur Tür gehe. »Das habt ihr nie, nicht wahr?«

Ich reiße die Tür auf und werfe sie hinter mir ins Schloss, um mich wieder dem ständigen Raunen zu stellen. Mit gesenktem Kopf eile ich zu meinem Truck. Als ich ihn erreiche, steige ich ein, knalle die Tür zu und fahre schnell davon. Ich komme nur ungefähr einen Kilometer, bevor ich am Straßenrand anhalten muss, um den Kopf in die Hände sinken zu lassen, weil mir der kalte Schweiß ausbricht.

Meine Kehle wird so eng, dass mir das Atmen schwerfällt.

Ich habe wieder eine Panikattacke.

Mittlerweile bin ich daran gewöhnt, doch das macht es nicht leichter. Ich versuche, gegen den Schmerz in meiner Brust anzukämpfen und ruhig zu atmen, doch der Druck ist zu stark. Ich fange an zu keuchen, presse eine Hand an meine Stirn und die andere über mein Herz, das wie wild rast. Tränen brennen unter meinen Augenlidern, aber ich halte sie zurück.

Ich bin stärker.

Langsam atme ich ein, trotz der Pein, dann nehme ich noch einen Atemzug und noch einen, bis die Enge nachlässt. Gott sei Dank. Mit zitternden Fingern lenke ich den Truck zurück auf die Straße. Ich weiß, was ich tun muss. Es ist im wahrsten Wortsinn der letzte Ausweg. Meine Schwester braucht mich, und ich finde, sie hat es verdient, dass sich zur Abwechslung mal jemand für sie aufopfert.

Also wende ich den Truck und fahre direkt in die Innenstadt von Denver.

Zu Kenai Michaelsons Büro.

5

»Ich möchte gerne mit Kenai sprechen, wenn er da ist, bitte«, sage ich zu der hübschen Blondine, die mich über den Empfangstresen hinweg angafft.

»Sind Sie Marlie Jacobson?«

Ich seufze innerlich. »Ja«, murmle ich.

»O mein Gott«, quietscht sie. »Ich habe gerade Ihr Buch ausgelesen, und es hat mir fast das Herz zerrissen. Ich kann nicht glauben, dass Sie das überlebt haben.«

Ich zwinge mich zu einem Lächeln. »Ich würde jetzt gerne mit Kenai sprechen.«

Sie wirft einen nervösen Blick nach links, dann beugt sie sich vor und flüstert: »Könnte ich ein Autogramm von Ihnen haben... ich meine, würde es Ihnen etwas ausmachen?«

»Natürlich«, sage ich mit ausdrucksloser Stimme. Ich verstehe nicht, wie sie noch lächeln kann. Verdammt, meine Stimme klingt so hohl, dass sie selbst mir Angst einjagt.

Sie zieht ihr Exemplar von *Meine Begegnung mit dem Teufel* heraus und gibt es mir. Schlecht gelaunt starre ich auf das Cover. Es zeigt eine Darstellung eines weinenden Frauenauges. Die Schrift ist leuchtend rot und furchterregend. Aber am meisten stört mich der Titel. Er klingt, als hätte ich einen Tee mit einem Unmenschen getrunken und wäre dann fröhlich nach Hause gehüpft. Gott, wie sehr ich dieses Buch doch hasse.

Ich kritzle meinen Namen auf das Deckblatt und werfe der jungen Frau danach einen erwartungsvollen Blick zu. »Kenai?«

»Natürlich«, sagt sie eilig, hebt den Hörer ab und drückt ihn an ihr Ohr.

»Ja, Kenai, Marlie Jacobson steht hier an der Rezeption und möchte Sie sehen.«

Ihre gut gelaunte Miene fällt in sich zusammen, dann nickt sie. »Natürlich, tut mir leid, Sir. Ich wollte nicht stören.«

Sie legt auf und sieht mich an. Ihr besorgter Blick verrät mir, dass die Geschichten über Kenai wahr sind. Er ist ein Idiot. Ganz toll.

»Er hat gesagt, er hätte keine Zeit – und was auch immer Sie wollen, er will damit nichts zu tun haben.«

Das Arschloch will mich nicht mal anhören. Das ist nicht in Ordnung.

»Nehmen Sie das Telefon und wählen Sie noch mal«, befehle ich.

»Miss Jacobson, das kann ich nicht ...«

»Rufen Sie ihn an«, zische ich. »Und sobald er drangeht, geben Sie mir den Hörer.«

»Wirklich, ich ...«

»Tun Sie es, oder ich mache es selbst.«

Ihr Kopf läuft rot an, als sie den Hörer abhebt und erneut wählt. Sie drückt ihn mir in die Hand. Ich schenke ihr ein schwaches Lächeln. »Ich werde ihm sagen, dass ich Sie zur Seite gestoßen und mir das Telefon geschnappt habe«, sage ich in dem Versuch, sie zu beruhigen. Sie sieht aus, als müsse sie sich jeden Moment übergeben.

»Ich habe dir gesagt, dass ich verdammt noch mal beschäftigt bin«, erklingt die tiefste, erotischste Stimme, die ich in meinem ganzen Leben gehört habe.

»Jemanden abzuweisen, ohne auch nur mit ihm zu sprechen, ist unhöflich«, blaffe ich ins Telefon. »Hat Ihre Mutter Ihnen keine Manieren beigebracht?«

»Wer zum Teufel ist da?«

»Marlie Jacobson. Und ich werde nicht verschwinden, bevor Sie nicht mit mir geredet haben.«

»Kein Interesse.«

»Dann werde ich hier draußen warten, bis Sie welches haben. Und glauben Sie mir, ich gebe nicht auf. Oder haben Sie mein Buch nicht gelesen?«

Er stößt ein kehliges, genervtes Geräusch aus und legt auf.

Schön.

Dann drücke ich der Empfangsdame den Hörer in die Hand und gehe zu einem Stuhl, um mich darauf fallen zu lassen. Ich lächle sie an, überschlage die Beine und warte. Eigentlich rechne ich nicht damit, dass er herauskommt, doch weniger als fünf Minuten später schwingt die Tür auf, und heraus tritt der attraktivste Mann, den ich je gesehen habe. Wahnsinnig sexy, auf eine raue Art.

Als er mich ansieht, erstarre ich. Seine Augen sind von einem so intensiven Grün, dass ich mich darin verlieren könnte. Umgeben von dichten, schwarzen Wimpern und olivenfarbener Haut. Sein Kinn ist kantig, mit einer Narbe darauf. Seine Nase steht leicht schief, weil sie offensichtlich ein paarmal zu oft gebrochen wurde. Aber seine Lippen, oh, seine wohlgeformten Lippen – voll und prall.

Zwar habe ich schon eine Menge über Kenais gutes Aussehen gehört, doch ich hatte nicht damit gerechnet, dass mich das tangieren würde. Irgendetwas an ihm sorgt dafür, dass mein gesamter Körper kribbelt. Er ist groß und muskulös, absolut atemberaubend. Sein Haar ist dunkel, vielleicht braun, es könnte aber auch schwarz sein. Schwer zu sagen. Doch auf jeden Fall sind hellbraune Strähnen darunter. Es ist gerade lang genug, dass man mit den Händen hindurchfahren kann, und präsentiert sich in unordentlichem Ich-habe-es-seit-Tagen-nicht-gekämmt-Look.

Ein Dreitagebart ziert seinen Kiefer, und er ist ganz in Schwarz gekleidet, wie ein fieser Biker. An den Fingern trägt er große Ringe, vielleicht Totenköpfe, und an seiner Hose hängen Ketten. Seine Stiefel sind nicht gebunden. Lässig-sexy scheint sein Ding zu sein. Tätowierungen ziehen sich über seine Arme nach oben und tauchen in seinem Nacken wieder auf.

Heiß.

Aber er ist auch ein Arschloch.

»Sie haben drei Sekunden, um verdammt noch mal aus meinem Büro zu verschwinden, bevor ich Sie hochkantig rauswerfe«, brummt er.

Angriffslustig stehe ich auf. »Ich habe schon gehört, dass Sie gerne Frauen rauswerfen, Mr Michaelson, aber ich kann Ihnen versichern, wenn Sie mich auch nur anfassen, riskieren Sie, sich die Nase brechen zu lassen.« Ich starre ihm ins Gesicht, dann grinse ich fies. »Mal wieder.«

Er zuckt zusammen, doch ich sehe auch einen Ausdruck von Überraschung über sein Gesicht huschen, ehe seine Miene wieder hart wird.

»Ich kann mir nicht vorstellen, was eine Frau wie Sie in meinem Büro will.«

Eine Frau wie ich. Ich würde nur zu gern wissen, für was für eine Frau er mich hält.

»Ich bin gekommen, um die Dienste in Anspruch zu nehmen, die Sie anbieten. Man muss kein Genie sein, um darauf zu kommen«, antworte ich sarkastisch.

Er verschränkt die Arme vor der Brust, und seine Muskeln spannen sich an. Seine harte Miene ist völlig ausdruckslos.

»Sie haben zwei Minuten, um mir zu erklären, was Sie wollen, oder ich werde riskieren, mir die Nase brechen zu lassen ... mal wieder.«

Idiot.

Ich verschränke ebenfalls die Arme vor der Brust. »Ich will, dass Sie meine Schwester finden. Hey, das hat nur zwei Sekunden gedauert.«

Er bewegt sich nicht, und seine Miene bleibt ausdruckslos.

»Sind Sie taub?«, blaffe ich.

»Nein, aber ich habe mich wohl verhört. Sie wollen, dass ich Ihre Schwester finde ... die erst seit vierundzwanzig Stunden offiziell vermisst wird und dafür bekannt ist, mit einer Gruppe Drogendealer herumzuziehen?«

»Woher wissen Sie das?«

Er wirft mir einen vielsagenden Blick zu. »Ich weiß alles, Marlie.«

Ich richte mich höher auf. »Nein, tun Sie nicht, weil Kaity mit niemandem herumzieht!«

Er sieht mich böse an. »Ich kenne diese Stadt in- und

auswendig, und ich weiß, dass Ihre Schwester genau das getan hat.«

»Hören Sie.« Ich trete näher an ihn heran. Er bewegt sich nicht. »Ich bin nicht hergekommen, um zu hören, wie gut Sie sind oder was Sie alles wissen. Ich bin hergekommen, um Sie um Hilfe zu bitten.«

Er beugt sich leicht vor, und ich bemühe mich, nicht seinen wunderbaren männlichen Duft einzuatmen. »Ich übernehme keine leicht zu lösenden Fälle, bei denen es keinen Beweis dafür gibt, dass die betreffende Person tatsächlich vermisst wird.«

Nun verliere ich endgültig die Fassung und pike ihn mit dem Finger in die Brust. »Hör zu, Kumpel, wieso zum Teufel interessiert dich, wie lange Kaity vermisst wird oder ob es tatsächlich stimmt? Ich biete dir Geld für deine Hilfe an, also wo liegt das Problem, verdammt noch mal?«

Er hebt die Hand und entfernt meinen Finger von seiner Brust, um dann meinen Arm zur Seite zu schieben. Schnell. »Dort draußen gibt es echte Fälle. Vermisste Kinder. Verschwundene Ehefrauen. So etwas ist wichtig. Auf solche Fälle verwende ich meine Zeit… nicht auf eine Schwester, die verschwunden ist, um mit ihrem verfickten Freund high zu werden.«

»So ist es nicht«, stoße ich durch meine zusammengebissenen Zähne hervor. »Sie ist in Gefahr.«

Er tritt von einem Fuß auf den anderen. »Und woher willst du das wissen?«

»Ich kenne meine Schwester!«, blaffe ich, während ich mich bemühe, meine Frustration zu zügeln.

»Das ist kein ausreichender Grund.«

Tief durchatmen, Marlie. »Ich werde dein Honorar verdoppeln.«

Er zieht die Augenbrauen hoch. »Du glaubst, mit deinem ergaunerten Geld nach mir zu werfen wird mich dazu bringen, dir zu helfen?«

Mit meinem ergaunerten Geld? Was soll das? Ich atme tief durch und zwinge mich, ruhig zu bleiben.

»Nein. Ich bitte lediglich den Besten in seinem Job, mir zu helfen … weil ich sonst niemanden habe.«

Er mustert mich, mustert mich genau, dann kneift er die Augen zusammen. »Mit dem Geld, das du hast, könntest du jeden anheuern. Warum mich?«

»Wie ich schon sagte, du bist der Beste.« Ich muss darum kämpfen, mir meine Wut nicht anmerken zu lassen. *Nicht austicken, Marlie. Du hast es fast geschafft. Er gibt nach.*

Er sieht zur Empfangsdame. »Meine Fälle. Zähl sie auf. Jetzt.«

»Sie haben gerade den Smith-Fall beendet«, stammelt sie und blättert eilig durch ein Terminbuch. »Diese Woche schließen Sie auch den Waters-Fall ab, und dann müssen Sie nach New York – falls die verschwundene Ehefrau bis Anfang nächsten Monats nicht wiederaufgetaucht ist.«

Kenai wendet sich mit einem Seufzen wieder mir zu. »Zwei Wochen, mehr Zeit habe ich nicht. Du solltest besser dein Scheckbuch zücken, ich bin nicht billig.«

»Ich dachte, mein ergaunertes Geld interessiert dich nicht?«, murmle ich.

Wieder starrt er mich böse an. »Du willst meine Hilfe? Dann halt die Klappe und lass mich meine Arbeit machen.«

»Ich begleite dich«, halte ich dagegen.

Ich weiß, dass Kenai für gewöhnlich jemanden als Informationsquelle mitnimmt, der der vermissten Person nahesteht, wenn er in einem Fall ermittelt. Also kann er mich kaum abweisen. Ich rechne damit, dass er widerspricht, doch stattdessen flackert ein gefährliches Glühen in seinen Augen auf. »Dann willkommen zu zwei Wochen in der Hölle. Pack deine Koffer, Prinzessin, weil du bald zu sehen bekommst, wie es in der richtigen Welt zugeht.«

Mist.

6

»Du hast es geschafft?«, fragt Hannah mit großen Augen.

Ich grabe mich durch meine Kleidung, um sicherzustellen, dass ich alles habe, was ich brauche. Bis vor einer Minute habe ich mit Paul telefoniert, um ihm zu sagen, dass ich erst mal nicht in die Arbeit zurückkommen kann. Er war verständnisvoll und hat sofort zugestimmt. Anschließend habe ich die Polizei über meine Pläne informiert, und da Kenais Arbeit legal ist, haben sie meine Kontaktinformationen aufgenommen und mir mitgeteilt, dass sie mich informieren würden, sollte es Neuigkeiten geben.

Nun bereite ich mich auf einen Roadtrip mit einem totalen Arsch vor. Wie soll ich bloß zwei Wochen mit diesem Kerl durchstehen? Er spricht jetzt schon kaum mit mir, aber das ist vielleicht sogar ganz gut so. Auf dieser Fahrt werden wir vierundzwanzig Stunden am Tag miteinander verbringen, wahrscheinlich werden wir nachts im selben Zimmer schlafen. Gott. Was zum Teufel habe ich mir nur dabei gedacht?

Ich habe es wegen Kaitlyn getan.

»Ja, er hat zugestimmt, mir zu helfen«, murmle ich,

als ich ein Shirt hochhebe. Zu verknittert? Zu alt? Vollkommen egal. Ich will niemanden beeindrucken. Daher werfe ich es auf den »Mitnehmen«-Stapel.

»War er nett?«

Ich werfe ihr einen Blick zu. »Hast du je gehört, dass er nett zu irgendwem gewesen wäre?«

Sie lächelt. »Nein. Also, wie lange wirst du unterwegs sein?«

»Er hat gesagt, er hätte zwei Wochen Zeit. Wir werden heute in Kaitys Wohnung gehen, um zu schauen, ob wir dort etwas Nützliches finden, bevor wir aufbrechen.«

»Ich habe Chris' vollen Namen, falls du ihn brauchst. Und ich werde auch schauen, ob ich noch etwas von den Leuten in der Stadt herausfinden kann, ehe ihr losfahrt.«

Ich werfe ihr ein dankbares Lächeln zu. »Danke, Hannah. Ich weiß nicht, was ich ohne dich tun würde.«

Sie grinst. »Wahrscheinlich sterben.«

Ich schmunzle. »Wahrscheinlich.«

Hannah wünscht mir viel Glück, versichert mir noch mal, dass sie sich melden wird, falls sie etwas herausfindet, und geht. Sie sagt, sie wolle für ein paar Tage ihre Großmutter besuchen, aber sie hat versprochen, mich oft anzurufen. Ich packe meine Tasche fertig. Da in ein paar Wochen der Winter beginnt, dürfte es schnell kälter werden. Ich besitze nur eine Jacke. Ich muss mir unterwegs mehr Kleidung kaufen.

Mit einem Seufzen schließe ich den Reißverschluss der Tasche und gehe nach unten, um mich von meiner Mom zu verabschieden. Kenai hat mir mitgeteilt, dass er pünktlich um drei erscheinen wird und nicht vorhat, auf mich zu warten. Nun ist es 14:40 Uhr. Ich lasse meine Tasche neben die Tür fallen und gehe in die Küche, wo

Mom Wein trinkt und dabei aus dem Fenster starrt. Manchmal frage ich mich, ob sie tief in sich auch leidet. Oder sind das Geld und der Ruhm wirklich zu ihrem Lebensinhalt geworden?

»Hey, Mom«, sage ich, als sie sich umdreht, um mich anzusehen. »Ich breche jetzt auf.«

Sie eilt zu mir und wirft mir die Arme um den Hals. »Was du für deine Schwester tust, ist so tapfer.«

Ich hebe den Blick an die Decke. »Na ja, nun, hoffentlich finden wir sie.«

»Sie könnte überall sein und eine Menge durchleiden. Oh, Marlie, ich fühle mich, als wäre ich verflucht. Etwas Schlimmeres kann einer Mutter gar nicht passieren. Wieso trifft es immer ausgerechnet mich?«

Und wieder geht es um dich, Mom. Sie denkt nach wie vor nur an sich selbst. Zugegeben, sie war schon immer so ... aber verdammt, ich habe keine Zeit für diesen Mist.

»Ich muss nun gehen«, flüstere ich und drehe mich zur Haustür.

»Pass auf dich auf, Marlie.«

»Das werde ich, Mom.« Dann hebe ich meinen Koffer und öffne die Tür. Ich trete genau in dem Moment nach draußen, als ein riesiger schwarzer klobiger Truck in die Einfahrt einbiegt. Das Fenster rollt nach unten, und ich sehe Kenai auf dem Fahrersitz, den Blick auf das Haus meiner Mutter gerichtet. Seine Miene ist finster, als würde der Anblick der Villa ihn mit Übelkeit erfüllen. *Ja, Kumpel, das empfinde ich genauso.*

Ich gehe Richtung Auto, doch er steigt aus, geht um den Wagen herum und reißt mir mein Gepäck aus der Hand. Er spricht kein Wort, als er es auf den Rücksitz wirft, um dann die Beifahrertür für mich zu öffnen. Ich starre ihn mit offenem Mund an. Er hält mir die Tür auf, hat aber kein nettes Wort für mich übrig?

»Steig ein«, brummt er.

»Du hast mir die Tür aufgemacht«, sage ich, ohne mich zu bewegen.

»Ja. Das nennt sich Manieren. Nun steig verdammt noch mal ein.«

Ich schnaube. »Manieren? Vor einer Frau zu fluchen hat nichts mit Manieren zu tun. Ich glaube, du hast da etwas falsch verstanden, Kumpel.«

»Steig jetzt ein«, knurrt er und lehnt sich drohend vor.

»Okay, okay, immer mit der Ruhe.«

Ich klettere so elegant wie möglich in seinen Truck. Er knallt die Tür zu, bevor er um die Motorhaube herumgeht. Ich verfolge ihn mit den Augen, beobachte, wie der Wind mit seinem unordentlichen Haarschopf spielt. Er ist erneut ganz in Schwarz gekleidet, doch heute liegt sein Hemd so eng an, dass ich die Bewegung seiner Muskeln sehen kann.

Heiß.

Arschloch.

Er steigt wieder ein, dann wendet er sich mir zu. »Wir werden uns gleich die Wohnung ansehen … aber vorher will ich die Regeln klarstellen. Ich werde nicht losfahren, bevor das nicht erledigt ist.«

Ich verschränke die Arme vor der Brust. »Dann mal los.«

Er brummt. »Erste Regel: Du tust genau das, was ich sage.«

Ich schnaube.

Er nagelt mich mit einem Blick in meinem Sitz fest.

»Das ist mein voller Ernst. Du tust alles, was ich sage, wann immer ich es sage, ohne Diskussion.«

»Heißt das, ich kann nicht ohne deine Erlaubnis aufs Klo, Chef?«

Ein Muskel an seinem Kinn beginnt zu zucken. »Zweite Regel«, presst er durch seine zusammengebissenen Zähne heraus: »Keine Frechheiten.«

»Ich kann nicht ändern, wer ich bin«, weise ich ihn hin.

»Behalt deine Kommentare einfach für dich. Ich kann für deine Sicherheit nicht garantieren, wenn du nicht tust, was ich sage. Wenn wir irgendwo unterwegs sind oder ich mich mit Leuten unterhalte, bleibst du verdammt noch mal dort, wo du bist. Und hältst die Klappe. Wenn du deine Schwester finden willst, lässt du mich meinen Job machen und kommst mir nicht in die Quere.«

»In Ordnung, Kumpel. Schon kapiert.« Ich reiße die Hände in die Luft.

»Dritte Regel: Du bleibst immer in meinem Blickfeld, außer, wir befinden uns an seinem sicheren Ort. Ich kann keine zweite Vermisste brauchen.«

Ich hebe die Hand an die Stirn und salutiere.

»Vierte Regel«, spuckt er mir förmlich entgegen: »Du stellst keine Fragen, du sprichst nicht, du siehst dir meine Sachen nicht an. Ich weiß, was ich tue, und deine Meinung ist mir schnurzegal.«

»Kapiert.« Ich seufze. »Hinsetzen, Schnauze halten, höflich lächeln, nichts sagen.«

Er knurrt wieder.

Irgendwie klingt das sexy.

Nein. Er ist ein Arschloch.

»Und jetzt gib mir meinen Scheck, bevor wir aufbrechen.«

Ich verdrehe die Augen, greife in meine Handtasche und ziehe den Scheck heraus. Er nimmt ihn und starrt einen Moment auf die Summe, ehe er ihn in die Hosentasche schiebt und den Blick nach vorne richtet. Er startet den Truck, dann fahren wir zur Wohnung meiner Schwester.

»Bist du wegen deines Jobs so mies drauf oder einfach von Natur aus ein Arschloch?«

Wieder zuckt dieser Muskel an seinem Kinn.

»Regel vier wird hiermit angepasst. Du redest *gar nicht.*«

»Also machen wir einen langen Roadtrip, und ich darf nicht sprechen.«

Normalerweise bin ich wirklich keine Plaudertasche. Aber seine Regeln und sein Autoritätsgehabe sorgen dafür, dass ich sticheln will.

Er packt das Lenkrad so fest, dass seine Knöchel weiß hervortreten. »Führ Selbstgespräche.«

»Das würde bedeuten, dass ich Probleme habe.«

Er schnaubt. »Und die hast du nicht?«

»Das war unter der Gürtellinie, Chef.«

»Mein Name ist Kenai!«

»Mein Name ist Kenai«, äffe ich ihn nach, bevor ich mich umdrehe und aus dem Fenster starre. »Darf ich wenigstens singen?«

»Nein!«, blafft er.

»Summen?«

Er stößt ein angewidertes Geräusch aus, während ich mit einem Grinsen aus dem Fenster auf die vorbeihuschenden Gebäude starre. Das könnte sogar ein wenig Spaß machen.

Wir fahren noch ein paar Minuten, ehe ich mich umdrehe und frage: »Wie viel wird mich dieser Ausflug kosten? Du willst doch hoffentlich nicht in Fünfsterne-hotels übernachten, oder?«

»Du hast jede Menge Kohle, schon vergessen? Ich bin mir sicher, es spielt keine Rolle.«

Das nervt mich. Meine Brust wird eng, als ich sein Profil anstarre.

»Wie bitte?«

»Alle Welt weiß, wer du bist und was du durch-gemacht hast. Und jedem ist klar, dass du diese Ge-schichte, diesen Schmerz, diese Situation – eine Situa-tion, in der die meisten Familien sich einfach nur wünschten, ihr Kind hätte überlebt – eingesetzt hast, um Geld zu verdienen. Massenweise Geld.«

»Ist es das, was du denkst?«, frage ich mit zitternder Stimme.

»Ich denke es nicht. Ich *weiß* es.«

»*Natürlich*. Weil du ja mehr über meine Situation weißt als ich.«

Ich starre aus der Windschutzscheibe. Innerlich koche ich, doch hauptsächlich empfinde ich Schmerz. Er glaubt mich zu kennen; er glaubt zu wissen, wie das alles gelaufen ist. Er hat ja keine Ahnung. Aber, hey, soll das Arschloch doch denken, was es will.

Er muss mich nicht mögen.

Ich will nur Kaitlyn zurückbekommen.

Als ich die Wohnung meiner Schwester betrachte, habe ich einen Kloß im Hals. Sie ist mit gelbem Polizeiband abgesperrt, doch Kenai hat die Genehmigung, sie zu be-treten. Er hat mir erklärt, dass die Polizei ihm Zugang zu einigen Tatorten ermöglicht, sobald sie mit ihren Untersuchungen fertig ist – besonders, wenn er ange-heuert wurde, an einem Fall zu arbeiten. Kaum haben wir die Räume betreten, verkrampft sich mein Herz schmerzhaft. Alles ist auseinandergenommen worden. Dinge liegen überall herum, Lampen und Bilderrahmen wurden zerschlagen, Schubladen ausgeleert.

Ich vergesse Kenai und fange an, mich durch Kaitys Sachen zu wühlen. Dabei finde ich ein altes Bild in einem Rahmen. Es ist eine Aufnahme von uns beiden, bevor ich entführt wurde. Ich glaube, ich war damals ungefähr achtzehn und wir haben in den Frühlingsferien eine Woche am See verbracht. Wir tragen beide knallgelbe Bikinis und lächeln in die Kamera, als hätten wir keinerlei Sorgen. Der Rahmen ist zerschlagen, und es sieht aus, als hätte jemand das Foto zusammengeknüllt.

Seltsam.

Ich glätte das Bild und schiebe es in meine hintere Hosentasche, dann schiebe ich meine Emotionen weg und gehe durch die Wohnung, um Kenai zu suchen. Ich finde ihn im Schlafzimmer, wo er Schubladen durchsucht. Mit schnellen Bewegungen wirft er die Sachen einfach beiseite, als wüsste er genau, wonach er sucht. Da er anfängt zu sprechen, muss er meine Anwesenheit gespürt haben.

»Ich habe Drogen gefunden, in die Matratze eingenäht. Pillen. Ich bin mir noch nicht sicher, was es ist, aber ich vermute, Ecstasy. Eine ordentliche Menge. Die Polizei muss sie übersehen haben. Wer auch immer die Wohnung durchsucht hat, muss danach Ausschau gehalten haben. Ich vermute, dass sie und ihr Freund auf der Flucht sind, weil sie sich irgendwie in Schwierigkeiten gebracht haben.«

»Ich glaube nicht …«

Fassungslos starre ich die Drogen an, die er aufs Bett geworfen hat. Ich will das nicht akzeptieren. Ich will nicht glauben, dass Kaitlyn so etwas tun würde. Doch ich weiß es nicht, weil ich nicht für sie da war, wie ich es hätte sein müssen.

»Stell dich den Tatsachen. Den Kopf in den Sand zu stecken wird nicht helfen.«

Ich antworte nicht.

»Ihre Schubladen scheinen unberührt, was mich glauben lässt, dass sie überstürzt aufgebrochen ist, ohne Kleidung mitzunehmen. Ihre Zahnbürste, Haarbürste … solche Sachen eben … liegen immer noch im Bad. Geh in die Küche, ins Büro, an jeden Ort, an dem man Dokumente aufbewahren kann, und schau, ob du Notizen, Telefonnummern, Briefe oder Ähnliches finden kannst. Die Polizei hat ihren Laptop bereits untersucht. Ich bekomme die Ergebnisse, bevor wir die Stadt verlassen.«

Mit einem Nicken verlasse ich den Raum und beginne meine Suche in der Küche. Ich finde ein paar Post-its, aber nichts, was uns wirklich weiterhilft. Trotzdem stecke ich sie für Kenai ein. Danach gehe ich ins Büro. Alles ist durcheinander. Doch in der Mitte des Raums steht ein Schreibtisch, auf dem ein Zettel liegt. Er scheint perfekt positioniert – was in dem chaotischen Raum irgendwie seltsam wirkt. Ich greife nach dem Stück Papier und lese die gedruckte Nachricht darauf.

Los Angeles. Freitag. Handel.
Letzte Warnung

Wieso hat die Polizei das nicht mitgenommen? Das kommt mir komisch vor. Meine Haut kribbelt, als ich mich umdrehe und zurück zu Kenai eile. Er liest die Nachricht, kneift die Augen zusammen und dreht den

Zettel ein paarmal in den Händen. »Wo, hast du gesagt, lag das?«

»Mitten auf dem Schreibtisch. Fast zu perfekt platziert.«

»Seltsam. Die Polizei hätte ihn mitnehmen müssen. Das lässt mich glauben, dass nach den Beamten noch jemand hier war. Auf jeden Fall ist das ein Anfang. Ich werde es melden, und dann fahren wir Richtung L.A. Ich habe ein paar Namen und Nummern gefunden, über die wir uns unterwegs schlaumachen können. Ein paar Leute habe ich schon befragt, bevor ich dich abgeholt habe – die Polizei hat mir an Informationen geliefert, was sie konnte, aber hier gibt es nicht viel für uns. Wir müssen uns auf den Weg machen. Los geht's.«

»Wohin zuerst?«

Er wedelt mit der Hand. »Ein Name mit Telefonnummer weist auf Santa Fe hin. Das ist unser erster Stopp.«

Ich seufze.

Abmarsch!

7

Die ersten paar Stunden der Fahrt sind furchtbar. Wir sitzen schweigend nebeneinander, was mir sehr unangenehm ist. Ständig frage ich mich, ob ich einen schrecklichen Fehler begangen habe. Kann ich diesem Mann wirklich vertrauen? Und was, wenn ich es nicht kann? Was, wenn wir in die falsche Richtung fahren und kostbare Zeit verschwenden? Nervös beginne ich, mit den Fingern auf den Knien herumzutrommeln, bis Kenai mich anblafft, ich solle mit dem Zappeln aufhören. Ich schließe die Augen und konzentriere mich auf meine Gefühle. Ich weiß, dass Kenai ein Arsch ist, aber meine Intuition sagt mir, dass er der Richtige für den Job ist. Ich habe gelernt, auf mein Bauchgefühl zu vertrauen.

Außerdem geht es hier um Kaity, nicht um mich. Ich würde bis ans Ende der Welt gehen und jeden Helfer anheuern, um dafür zu sorgen, dass sie sicher nach Hause kommt. Die Gedanken an meine Schwester sorgen dafür, dass meine Brust eng wird und eine vertraute Beklemmung mir das Herz verkrampft. Was soll ich tun, wenn ihr etwas zustößt? Die Vorstellung, dass sie leidet – dass ihr Leben frühzeitig beendet werden könnte …

Nein. So etwas darf ich nicht einmal denken. Ich atme tief durch und versuche, mich abzulenken.

Ich strecke die Hand nach dem Radio aus, doch bevor meine Finger den Knopf berühren können, werden sie schon zur Seite geschlagen. Kenai fährt gerne bei absoluter Stille, doch er hat mir erlaubt, das Radio anzuschalten. Allerdings ist es so leise, dass ich kaum etwas höre. Die Sonne ist gerade untergegangen, und wir haben noch drei Stunden Fahrt vor uns, ehe wir anhalten und uns ein Motel zum Übernachten suchen. Ich darf das Innenlicht nicht anmachen, um zu lesen, also kann ich nur schweigend im Dunkeln sitzen.

Schön. Ich werde mich ablenken, indem ich Kenai in den Wahnsinn treibe.

»Wie alt bist du, Chef?«

Er antwortet nicht.

»Ich werde einfach raten. Zweiundfünfzig?«

Ich lache über meinen eigenen Witz, doch er reagiert nicht. Gott, er hat wirklich keine Persönlichkeit.

»Ich werde weiterreden, bis du mir antwortest. Glaub mir, ich bin nicht leicht zum Schweigen zu bringen.«

»Dreiunddreißig«, brummt er.

»So jung und schon so verbiestert.«

Er schnaubt.

»Bist du verheiratet? Nein, warte, diese Frage ziehe ich zurück – dafür bist du zu gemein. Du magst gut aussehen, aber ehrlich, das reicht nicht aus, um dein Verhalten wettzumachen.«

»Bist du fertig?«

Ich grinse. Er ist sich doch sicher bewusst, dass ich ihn aufziehe, oder? Vielleicht gab es ja noch nie eine Frau, die sich über seine Launen nicht aufgeregt hat.

»Lässt du mich das Radio lauter drehen?«

Er seufzt wütend. »Na gut.«

Er macht die Musik ein kleines bisschen lauter, und sofort fange ich an, fröhlich mitzusingen. Ich stemme meine Füße gegen das Armaturenbrett, aber Kenai zerrt sie sofort wieder nach unten. Ich singe weiter, vielleicht ein wenig zu laut, und nach ein paar Minuten schlägt er mit der Hand auf den Knopf und schaltet das Radio ganz aus.

»Hey«, protestiere ich, »ich wollte das hören!«

»Du hast mitgesungen, und das war beim besten Willen nicht auszuhalten.«

Ich verschränke die Arme vor der Brust. »Wie soll ich denn ohne Übung besser werden?«

Er antwortet nicht.

»Wirst du mich als Nächstes aus dem Auto werfen?«

»Wenn du weiter auf mich einredest, werde ich das tun. Frag die letzte Frau, wie das für sie gelaufen ist.«

»Du kannst es gerne versuchen. Ich mag klein sein, aber kampflos gebe ich mich nicht geschlagen.«

Er seufzt. Ich frustriere ihn. Gut.

»Schön, ich werde einfach schweigend hier sitzen und in Selbstmitleid zerfließen, erfüllt von dem Gefühl, dass niemand mich mag ...«

»Mensch!«, blafft er. Ich grinse in mich hinein. »Kannst du nicht einfach die Klappe halten?«

Ich schnaube, dann starre ich aus dem Fenster. Meine Knie tun bereits weh, dabei fahren wir noch nicht einmal drei Stunden. Bis wir anhalten, werde ich ernsthafte Schmerzen haben, das weiß ich einfach. Wenn ich mich nicht ausreichend bewege, wird es immer schlimmer, bis ich gezwungen bin, starke Schmerzmittel zu nehmen. Ich habe so eilig gepackt, dass ich meine Medikamente vergessen habe. Ich bin mir sicher, dass der

Kerl neben mir welche dabeihat ... oder zumindest hoffe ich das.

Ich rutsche auf meinem Sitz herum.

»Hör auf zu zappeln. Kannst du nicht schlafen oder irgendwas?«, brummt Kenai.

»Hast du ein Schmerzmittel dabei?«

»Warum?«

»Ich brauche eins.«

»Wofür?«, fragt er.

Ich rutsche wieder herum. »Es betäubt den Schmerz, oder etwa nicht?«

»Das hängt ganz von der Art des Schmerzes ab. Es gibt verschiedene Mittel mit verschiedener Wirkung für unterschiedliche Beschwerden.«

»Weißt du was?«, brumme ich und drücke meine Wange gegen das kühle Fenster. »Vergiss es einfach.«

Er schweigt.

Genau wie ich.

Das wird eine lange Fahrt.

Die Schmerzen sind quälend.

Als wir am Motel ankommen, will ich mich einfach nur zusammenrollen und sterben. Pein strahlt von meinen Knien bis in meine Zehen. Es tut weh. Gott, es tut so weh. Kenai geht an die Rezeption. Es gibt nur noch ein Zimmer, aber glücklicherweise mit zwei Betten. Kenai protestiert nicht – er hatte schließlich gesagt, dass er ein Auge auf mich haben will. Wie auch immer. Er ist einfach ein Kontrollfreak. Ich habe mich wirklich nach einem eigenen Zimmer und einer langen, heißen Dusche gesehnt, doch meine Schmerzen sind zu heftig, um zu widersprechen.

Nervös beobachte ich, wie Kenai unsere Taschen hi-

neinträgt, während ich bloß mühsam hinter ihm her-
humpeln kann. Was, wenn ich einen Albtraum habe? Ich
will nicht, dass er das hört. Vielleicht sollte ich zurück-
gehen und noch mal nach einem Zimmer fragen. Sie
haben doch sicher ein Reservezimmer... ich erreiche
unsere Zimmertür und trete in den großen Raum. Kenai
wühlt bereits in der Tasche herum, die er auf ein durchaus ordentliches Doppelbett geworfen hat. Eines von
zweien.

So schnell ich kann, gehe ich zu meinem Bett und
setze mich. Meine Knie protestieren gegen die Beugung,
und ich fange an, ein wenig zu zittern. Ich brauche hei-
ßes Wasser. Und ich hoffe darauf, dass ich ein Schmerzmittel aus Kenais Tasche stehlen kann, wenn er unter
der Dusche steht. Dann stehe ich auf und sehe Kenai an,
als ich mir ein Handtuch schnappe und Richtung Bad
gehe. Ich spüre seinen brennenden Blick im Rücken,
doch ich drehe mich nicht um. Ich gehe einfach ins Bad
und schließe die Tür hinter mir.

Sobald ich allein bin, stemme ich die Hände aufs
Waschbecken und beuge mich vor, um ein paarmal tief
durchzuatmen. Das wird schon alles werden. Ich bin so
müde, dass ich bestimmt nicht träumen werde, und
wenn ich es doch tue, wird er es sicher nicht bemerken.
Meine Knie werden sich nach einer heißen Dusche besser anfühlen. Alles wird wunderbar. Ich tue das für
Kaity. Sie braucht mich, das darf ich nie vergessen.

Schließlich richte ich mich auf und humple zur
Dusche, um sie aufzudrehen, dann ziehe ich mich aus
und trete in den Wasserstrahl. Ich drehe die Dusche so
heiß, wie ich es eben ertragen kann, lehne mich gegen
die kühle Fliesenwand und lasse das Wasser über meine
leicht vorgestellten Knie rinnen. Sie tun weh. Gott, tun

sie weh. Der Schaden, der an ihnen angerichtet wurde, kann niemals geheilt werden: Sehnen, Muskeln, Knochen – alles zerstört. Ich starre auf die hässlichen Narben und meine seltsam geformten Kniescheiben.

Schrecklich. Hässlich. Widerlich.

Mein Blick huscht zu meinen Handgelenken, wo immer noch verblasste Narben sichtbar sind. Die meisten Leute glauben, ich hätte mir die Wunden selbst zugefügt, doch tatsächlich sind es Fesselspuren. Ich habe so sehr darum gekämpft, mich zu befreien, dass ich mir selbst die Haut aufgescheuert habe. Kaum jemand bemerkt die Narben, weil ich eine Uhr und Armbänder trage, aber sie sind da. Eine ständige Erinnerung an den Horror, den ich durchlitten habe. Dann ist da noch mein mitgenommenes Haar, weil er mir ganze Strähnen aus der Kopfhaut gerissen hat. Inzwischen verdecke ich es geschickt, doch ich habe immer noch kahle Stellen.

Mit einer schmerzerfüllten Grimasse gelingt es mir, mich zu waschen, bevor ich die Dusche verlasse und mich abtrockne. Da wird mir klar, dass ich keine Kleidung mit ins Bad gebracht habe … und die Klamotten, die ich bisher anhatte, sind feucht, da es keinen Duschvorhang gibt. Na toll. Ich wickle mir das ausgewaschen-grünliche Handtuch um den Körper und öffne die Tür, um durch den Spalt zu spähen. Kenai steht vor dem Fenster und telefoniert, mit nacktem Oberkörper.

Ich schnappe nach Luft.

Wow.

Er ist riesig. Eine Wand aus Stärke. Seine Haut spannt über Muskeln, die so definiert sind, dass ich jede Kurve und Kontur sehen kann. Seine Haut ist glatt und mit Tätowierungen überzogen. Komplizierte Muster, die nicht wirklich etwas darstellen, aber trotzdem schön sind. Die Jeans hängen tief auf Kenais schmalen Hüften, und seine trainierten, muskulösen Beine scheinen endlos lang. Dunkles Haar lockt sich in seinem Nacken. Ich kann es nicht leugnen, sein Rücken ist ein fantastischer Anblick.

Ich schleiche zu meiner Tasche, doch meine Knie bringen mich fast um, und mit jedem Schritt wird es schwerer, mich zu bewegen. Ein paar Stunden ordentlicher Schlaf sollten helfen. Die Bodendielen quietschen, und Kenai wirbelt herum. Mich überrascht der Anblick seines attraktiven Körpers und der Tattoos auf seiner Brust, und er ist überrascht, weil ich halb nackt zu meiner Tasche schleiche. Sein Blick sinkt auf das Handtuch, dann tiefer zu meinen Knien.

Ich weiß, dass ich mich seltsam halte, aber ich kann nichts dagegen tun. Ich habe Schmerzen.

Ich trete unangenehm berührt von einem Fuß auf den anderen, weil er meine Narben ansieht. Dann wende ich ihm den Rücken zu und ziehe Kleidung aus meiner Tasche, um zurück ins Bad zu humpeln. Ich ziehe mich an, so schnell ich kann, und verlasse gleich danach den Raum. Als ich wiederauftauche, hat Kenai sein Gespräch beendet und sich ein Handtuch über die Schulter geworfen. Er bleibt vor mir stehen und sieht mich an.

»Du hast Schmerzen.«

»Das hatte ich dir bereits gesagt«, murmle ich, als ich meine Decke nach unten schlage. »Aber du musstest mich ja mit deinen Kommentaren nerven, statt mir zu geben, was ich brauche.«

Er nickt in Richtung meiner Knie. »Machen sie dir oft Probleme?«

»Da sie zertrümmert wurden, lautet die Antwort Ja.«

Er sieht mir in die Augen. »Zertrümmert?«

»Lass das. Tu nicht so, als wüsstest du das nicht. Du scheinst davon auszugehen, dass du alles über mich weißt, aber du weißt angeblich nicht, dass…« Meine Stimme bricht, und ich schlucke schwer. »… er meine Kniescheiben zertrümmert und mir die Beine gebrochen hat?«

»Das wusste ich nicht.«

Sonst sagt er nichts. Stattdessen geht er zu seiner Tasche, beugt sich vor, wühlt darin herum und zieht einen Streifen Pillen heraus. Er wirft sie mir zu, und ich fange sie. »Die werden helfen. Ich gehe jetzt duschen.«

»Danke«, murmle ich, als er verschwindet.

Es ist noch früh, und irgendwie muss ich mich ablenken, bis es Zeit wird, ins Bett zu gehen. Ich schnappe mir mein Handy, steige ins Bett und stecke die Kopfhörer ein.

Die nächsten Stunden werden sich bestimmt hinziehen.

8

Mein Blick ist verschwommen. Um festzustellen, wo ich mich befinde, sehe ich mich um, doch der Raum ist so dunkel, dass ich nicht das Geringste erkennen kann. Ich höre auch nichts. Keine Ahnung, wo ich mich befinde. Meine Gedanken wandern zu dem letzten Moment, an den ich mich erinnern kann. Ich habe einem Mann geholfen, der seine Aktentasche fallen gelassen hat, dann... vage Erinnerungen daran, wie ich gefesselt auf der Ladefläche eines Lieferwagens liege, dann... nichts.

Voller Ungeduld zerre ich an meinen Fesseln, doch meine Hände sind sicher hinter meinem Rücken festgebunden, und auch meine Knöchel werden von Seilen zusammengehalten. Ich winde mich hin und her, bis ich aufrecht sitze. Ich befinde mich auf dem Boden, dem Gefühl nach ist er aus Beton. Ich wage es nicht, zu rufen, weil ich meinen Angreifer auf keinen Fall wissen lassen will, dass ich wach bin. Angst schnürt mir die Kehle zu, aber ich bemühe mich, ruhig zu atmen.

Bin ich entführt worden? Soll ich verkauft werden? Vergewaltigt? Oder noch Schlimmeres?

Ich stöhne, als ein scharfer Schmerz meinen Magen

durchfährt, um mich wissen zu lassen, dass meine Angst durchaus real und gegenwärtig ist. Links von mir höre ich ein Klicken, und ein schwacher Lichtschein erscheint. Ein Mann betritt den Raum. Er hält etwas in der Hand, doch ich kann nicht erkennen, was es ist. Er sieht vollkommen normal aus – dunkles Haar, blaue Augen, von durchschnittlicher Größe.

Wer ist er?

»Ich sehe, du bist wach«, murmelt er. Er öffnet die Tür noch weiter und schaltet das Deckenlicht ein.

Meine Augen brauchen ein paar Sekunden, um sich an die plötzliche Helligkeit zu gewöhnen. Ich mustere ihn erneut, dann senke ich den Blick auf den Gegenstand in seiner Hand. Es sieht aus wie … Haar. Mein Magen verkrampft sich, als er laut lachend näher tritt.

»Gefällt dir mein Schmuckstück nicht?«

Er hebt das Haar. Es hat dieselbe Farbe wie meines, doch es klebt Blut daran. Ich werde mich übergeben. O Gott. Gleich muss ich mich übergeben. Wer ist dieser Kerl, und was will er von mir? Du lieber Gott. Hilfe!

»Lass mich frei«, flehe ich mit gebrochener Stimme.

Er lacht leise. »Nicht mal ein Schrei? Die anderen Mädchen haben geschrien, als ihnen klar wurde, wer ich bin.«

Wer er ist?

Ich verstehe das alles nicht.

»Ah«, schmunzelt er, während er geistesabwesend die Finger über das Haar in seiner Hand gleiten lässt. »Du weißt nicht, wer ich bin.«

Sag nichts.

Versuch, einen Ausweg zu finden.

Es muss einen Ausweg geben.

»Ich bin mir sicher, du hast von mir gehört. Wie war

noch mal der Name, den die Medien mir verliehen haben? O ja. Der Beobachter.«

Der Beobachter.

Angst schnürt mir die Kehle zu. Mir wird schwindelig, als mir alles wieder einfällt, was ich über ihn gehört habe. Den Mann, der Frauen entführt und ihnen bei lebendigem Leib die Haut abzieht. Er ist ein Serienkiller. Ich erinnere mich, dass ich in den Nachrichten davon gehört habe, dass sie keinerlei Hinweis auf seine Identität haben.

Nein.

Gott. Bitte. Nein.

Ich schreie und versuche, meine Fesseln zu zerreißen. Sie sind so eng, dass meine Haut brennt, doch ich höre nicht auf.

»Oh, jetzt passiert endlich etwas. Hier.« Er wirft das Haar in meine Richtung, auf meinen Schoß. Meine Schreie werden immer panischer, als ich das verknotete Etwas anstarre. Ist das ... ist das etwa Haut? »Das ist vom letzten Mädchen. Sie war schwach. Hat mir kein Vergnügen geschenkt. Du dagegen ...« Grinsend tritt er näher. »Du siehst aus, als könntest du mir eine Menge Spaß bereiten.«

Keuchend richte ich mich auf. Meine Hände schießen automatisch zu meinem Schoß, um einen nicht vorhandenen Skalp zur Seite zu stoßen. Schweiß rinnt über meine Schläfen, und ich brauche ein paar Augenblicke, um mich zu orientieren. Ich sehe mich in dem dunklen Raum um und reibe mir die Brust, um mein rasendes Herz zu beruhigen. Schließlich erinnere ich mich, wo ich bin und mit wem.

Kenai.

Auf der Suche nach Kaitlyn.

Alles ist in Ordnung.

Ich schlucke gegen das Brennen in meiner Kehle an, dann schiebe ich vorsichtig die Decke zur Seite und werfe einen Blick zu Kenais Bett. Er liegt auf der Seite, mit dem Gesicht zur Wand und einem Arm unter dem Kopf. Sein Rücken glänzt förmlich im Mondlicht, das durch den Spalt in den Vorhängen fällt. Vorsichtig schleiche ich zum Kühlschrank in der Ecke und hole mir eine Flasche Wasser.

Ich trage sie zurück zu meinem Bett und dehne dabei meine Knie. Sie fühlen sich besser an – was auch immer Kenai mir gegeben hat, es hat gewirkt. Ich setze mich auf die Bettkante und nippe am Wasser, genieße, wie die kühle Flüssigkeit meine Kehle beruhigt. Ich schließe die Augen und seufze leise. Es war nur ein Albtraum. *Er ist weg. Er ist tot. Ich habe überlebt.* Ich wiederhole dieses Mantra in Gedanken, bis eine heisere, verschlafene Stimme fragt: »Wie schlimm war es?«

Ich zucke zusammen und reiße den Kopf zu Kenai herum. Er liegt immer noch mit dem Gesicht zur Wand, doch er ist wach. Mein Herz beginnt erneut zu rasen. Hat er mich gehört? Habe ich geschrien? Gott, was habe ich gesagt?

»Tut mir leid. Ich wollte dich nicht wecken«, flüstere ich in die Dunkelheit.

»Der Albtraum. Wie schlimm?«

»Ach, halb so wild.«

»Von wegen halb so wild«, brummt er, rollt sich herum und sieht mich an. Ich bemühe mich wirklich, nicht seine Brust anzustarren, aber es fällt mir schwer. Ich war seit meiner Entführung mit keinem Mann zusammen – und das ist jetzt fünf Jahre her. Davor war ich kein Kind von Traurigkeit gewesen und zu allem bereit.

Ich hatte ein paar Freunde, aber es war nie etwas Ernstes. Dafür habe ich es viel zu sehr genossen, jung und frei zu sein. »Du hast gute zehn Minuten nonstop geschrien.«

Und er lag einfach nur da?

»Tut mir leid.«

»Ich wollte dich nicht aufwecken. Man sagt, das wäre nicht gut. Du hast erst vor ein oder zwei Minuten damit aufgehört.«

»Tut mir leid«, sage ich wieder.

Er setzt sich auf und fährt sich mit der Hand durchs Haar. Nicht hinschauen.

»Hör auf, dich zu entschuldigen. Du willst nicht darüber reden?«

Ich kneife die Augen zusammen. »Du glaubst, du wüsstest bereits alles über mich. Du hast deine eigenen Schlüsse gezogen und deine eigenen Hypothesen aufgestellt. Was lässt dich vermuten, dass ich mit dir darüber reden will?«

Er sieht mich finster an. »Bitte. Wie du willst.«

Ich presse die Lippen aufeinander, wütend und ein wenig enttäuscht, dass er nicht mal versucht hat, Interesse zu heucheln. Aber was habe ich erwartet? Er fragt bloß, wie es mir geht, weil man das nun einmal tut. Ich lege mich wieder hin, ziehe mir die Decke über den Körper und lausche, bis Kenais Atmung wieder gleichmäßig wird.

Er ist wieder eingeschlafen.

Einfach so.

Das wird eine lange Reise.

Schon bevor die Sonne aufgeht, ist Kenai ist angezogen und bereit zum Aufbruch. Ich stemme mich aus dem

Bett und stöhne frustriert, als meine Beine sich weigern, sich ohne Schmerzen bewegen zu lassen. Trotzdem schaffe ich es, mich anzuziehen, auf Kenais Frage nach Kaffee mit einem zustimmenden Brummen zu reagieren und ihm zum Truck zu folgen.

Schweigend fahren wir los. Ich döse tatsächlich ein bisschen, als wir nach Santa Fe fahren. Kenai will zu irgendeinem Club, um mit einem Mann über Chris zu reden. Das ist unsere erste Spur, also werden wir ihr folgen in der Hoffnung, so ein paar Antworten zu finden. Ich weiß nicht, was der Club und Chris miteinander zu tun haben, aber Kenai hat ein paar Stunden am Telefon verbracht, um Informationen einzuholen. Anscheinend ist der Clubbesitzer ziemlich bekannt in der Drogenszene.

Ich nehme an, es ist eine bessere Spur, als wir sie in Colorado gefunden hätten.

Am frühen Nachmittag kommen wir am Club an, der anscheinend an ein Restaurant mit Bar angeschlossen ist, auch wenn er im Stockwerk darüber liegt. Restaurant und Bar sind geöffnet, der Club allerdings geschlossen. Kenai hat jedoch aus zuverlässiger Quelle erfahren, dass der Besitzer sich hier aufhält. Oder zumindest habe ich das seinen Gesprächen entnommen. Abgesehen von den Telefonaten hat er kein Wort gesprochen.

Wie auch immer.

Kenai parkt den Truck in einer Gasse neben dem Club-Restaurant und dreht sich mit strenger Miene zu mir um. »Steig nicht aus dem Truck aus.«

Ich salutiere. »Ja, Chef.«

Der Muskel an seinem Kinn beginnt zu zucken. »Ich meine es ernst, Marlie. Ich habe keine Zeit für diesen

Mist. Du bleibst in diesem Truck, oder du wirst mir Rede und Antwort stehen.«

»Ich habe dich schon beim ersten Mal gehört«, murmle ich.

Er wirft mir einen bösen Blick zu, dann steigt er aus, knallt die Tür zu und verriegelt den Truck mit einem Druck auf den Schlüsselknopf. Ich bleibe brav sitzen, weil ich den Arsch nicht so früh schon reizen will. Es vergeht etwa eine gute halbe Stunde, bis Kenai schließlich zurückkehrt, mit harter Miene und die Hände zu Fäusten geballt. Er öffnet die Fahrertür, lässt sich hinter das Lenkrad fallen und startet mit einem wütenden Brummen den Wagen.

»Was ist passiert?«

»Sprich mich nicht an.«

Ich verschränke die Arme vor der Brust. »Das war keine der Regeln. Es geht um meine Schwester. Ich bezahle dich. Antworte mir.«

Er wirft mir einen kurzen Blick zu und stößt hervor: »Meine Kontaktperson war nicht da. Irgendwie hat der Dreckskerl erfahren, dass ich komme. Ich habe keine Ahnung, wie er das herausgefunden hat. Hast du es irgendwem erzählt?«

Ich schüttle den Kopf. »Wer aus meinem Bekanntenkreis soll ihn schon kennen?«

Er reibt sich das Gesicht. »Aber immerhin weiß ich jetzt, wo er ist. Schnall dich an, Prinzessin. Wir fahren nach Las Vegas.«

Ich blinzle. »Bitte?«

»Ich habe mich deutlich ausgedrückt.«

»Las Vegas ist ungefähr neun Stunden Fahrt entfernt.«

»Wir werden unterwegs anhalten.«

»Das kannst du nicht ernst meinen. Wir wollen diese ganze Strecke fahren, nur um mit jemandem zu reden, der vielleicht – vielleicht aber auch nicht – Informationen über Chris hat?«

»Genau so wird es auch in der nächsten Woche weitergehen. Dieser Kerl ist die beste Spur, die wir haben. Wenn du ihn also finden willst, sollten wir uns in Bewegung setzen. Möchtest du deine Schwester finden oder nicht?«

»Ja, aber …«

»Dann stell nicht infrage, wie ich meinen Job erledige«, sagt er, als er den Truck auf die Hauptstraße lenkt. »Du tust einfach das, was ich dir sage. Bitte. Und nun schnall dich an.«

»Mein Gott, warst du schon immer so ein Arschloch? Ich habe ein Recht zu wissen, wohin du mich bringst und wie der Plan aussieht.«

»Ja«, brummt er. Dann, nach einer Pause, fährt er fort: »Wir werden heute bis Flagstaff fahren, dann morgen weiter nach Las Vegas. Ich habe noch einen Informanten in Flagstaff, der mit diesem Kerl zu tun hat – er kann uns vielleicht mehr Informationen liefern.«

»Super«, seufze ich, ziehe die Beine an und starre aus dem Fenster. Glücklicherweise scheinen meine Knie sich an die neue Realität zu gewöhnen. Sie schmerzen bei Weitem nicht mehr so sehr wie gestern.

Kenai schweigt, als wir unsere nächste lange Fahrt antreten. Irgendwann gegen zwei Uhr nachmittags schlafe ich für ein paar Stunden ein. Als ich aufwache, sinkt die Sonne bereits hinter den Horizont, und Kenai konzentriert sich, wie immer, voll auf die Straße. Ich kann diese Schweigenummer nicht länger durchziehen.

»Auch wenn du mich nicht magst …«, setze ich an,

nachdem ich mir die Augen gerieben und mich gestreckt habe.

»Vergiss es.«

Gott. Dieser Arsch.

»Du hast mich nicht mal ausreden lassen!«

»Mir ist egal, was du sagen wolltest.«

Wut kocht in mir hoch, und ich blaffe: »Was hast du eigentlich für ein Problem mit mir?«

Er sagt nichts.

»Fühlst du dich insgeheim von mir angezogen? Ist es das?«

Seine Finger schließen sich fester ums Lenkrad, und er blafft zurück: »Nein. Ich fühle mich verdammt noch mal nicht von dir angezogen.«

»Wo liegt dann das Problem? Springst du mit jedem so um oder geht es speziell um mich?«

Er antwortet nicht.

Ich schnaube frustriert. »Weißt du, ich glaube, du urteilst zu hart über Leute. Du gibst ihnen nicht mal eine Chance.«

Eine Sekunde lang antwortet er nicht, dann fragt er: »Was?«

»Du gibst Leuten keine Chance. Du gehst einfach davon aus, dass du alles über sie weißt.«

»Falsch«, brummt er.

»Spar dir diesen Mist. Ich weiß, was du denkst. Das, was alle anderen auch denken.«

»Und das wäre?«

»Dass ich meine Situation ausgenutzt habe, um Millionen zu verdienen.«

Der Muskel an seinem Kinn beginnt zu zucken ... was mir verrät, dass ich recht habe.

»Hast du das etwa nicht?«

»Glaubst du das wirklich?«

Er wirft mir einen kurzen Blick zu und murmelt dann: »Ich habe das Buch gesehen. Habe die Villa gesehen. Ja, das glaube ich.«

»Und du hältst mich deswegen für selbstsüchtig?«

Er hat nicht die geringste Ahnung. Keinen blassen Schimmer. Aber ich werde sein kleines Spiel mitspielen.

»Verdammt, ja, ich finde das selbstsüchtig. Diesen anderen Mädchen war keine zweite Chance vergönnt. Und statt deine Freiheit zu genießen, verdienst du Geld damit. Und ihre Familien müssen das Buch sehen und werden so ständig daran erinnert, was sie verloren haben ... nur damit du Kohle scheffeln kannst.«

»Eins will ich dir sagen«, sage ich, meine Stimme rau vor Wut. »Du weißt ...«

Ich kann den Satz nicht beenden, weil aus dem Nichts heraus plötzlich ein lauter Knall erklingt. Der Truck bricht zur Seite aus. Für einen Moment bin ich verwirrt und benommen. Ich kapiere erst, was vor sich geht, als ein weiterer Knall erklingt und Kenai flucht. Wird auf uns geschossen? Oh. O mein Gott. Jemand schießt auf uns!

»Kenai!«, frage ich panisch. »Schießt da jemand auf uns?«

Er dreht den Kopf, und ich folge seinem Beispiel. Ein schwarzer SUV mit getönten Scheiben folgt uns. Sonst ist niemand zu sehen. Wie konnten wir übersehen, dass das Auto so nahe aufgefahren ist? Und, noch wichtiger, warum zum Teufel schießt jemand auf uns? Das Fahrerfenster sinkt nach unten, und ein Arm erscheint. Ein weiterer Schuss erklingt, und diesmal trifft die Kugel unseren Reifen.

Ich schreie.

»Pack das Lenkrad!«, befiehlt Kenai.

»Was?« Ich keuche, schüttle den Kopf und reiße die Hände in die Luft. »Nein.«

»Jetzt!«, brüllt er.

Ohne nachzudenken, strecke ich den Arm aus und schließe meine Finger um das Lenkrad. Der Truck schlingert, als Kenai sich umdreht. Er stößt gegen meinen Arm, als er nach hinten greift und etwas hervorzieht ... ist das eine Pistole?

»O mein Gott, du bist bewaffnet?«

»Halt die Klappe und konzentrier dich auf die Straße«, blafft er.

Scheiße. Das ist nicht gut.

Er lässt das Seitenfenster herunter, lehnt sich nach draußen und eröffnet das Feuer. Der Truck fährt Schlangenlinien, als ich versuche, um ihn herum zu lenken – was ziemlich schwer ist, wenn jemand gerade auf einen schießt und die Reifen des Wagens sich in fraglichem Zustand befinden. Die Schüsse tun mir in den Ohren weh, und ich muss mich zusammenreißen, um mich auf die Straße vor uns zu konzentrieren. Kenai schießt wieder, doch der SUV hinter uns beschleunigt.

Panik schnürt mir die Kehle zu, bis ich das Gefühl habe, nicht mehr atmen zu können.

»Kenai«, presse ich hervor.

»Halt das Lenkrad fest und den Wagen gerade, egal, was auch passiert. Konzentrier dich, Marlie.«

Ich schlucke gegen die Angst an und starre auf die Straße. Der SUV fährt seitlich an uns heran. Ein weiterer Schuss erklingt, und unser Wagen gerät ins Schlingern. Ich schreie auf, als Kenai den Fuß auf die Bremse rammt und wir ins Schleudern geraten. So gut es geht, versuche ich den Wagen so gerade wie möglich zu halten, doch es hat keinen Sinn. Ich habe die Kontrolle verloren. Wir holpern über den Seitenstreifen auf den Sand, wo wir abrupt zum Stehen kommen.

Bevor ich auch nur erleichtert aufatmen kann, springt Kenai schon aus dem Auto.

Als der Staub sich legt, sehe ich, dass wir allein sind. Vollkommen allein. Der SUV ist verschwunden, und die Straße ist leer. Kenai flucht ein wenig vor sich hin, dann tritt er auf meine Seite des Trucks und öffnet die Tür. »Bist du okay?«

Ich starre ihn blinzelnd an, vollkommen verwirrt. »Ähm …«

»Du blutest.«

Wie betäubt schüttle ich den Kopf. »Was?«

»Du musst dir den Kopf angeschlagen haben. Steig aus.«

Ich hebe die Hand und berühre meine Stirn. Als ich meine Finger wieder senke, klebt Blut daran. Mein gesamter Körper verspannt sich. Oh. O Gott. Erinnerungen steigen in mir auf. Zitternd starre ich auf das klebrige Blut. Ich erinnere mich an einen anderen Moment, als mein Kopf geblutet hat. Oh. Oh. O Gott.

Seine Finger vergraben sich in meinem Haar, als er mich den Flur entlangzerrt. Natürlich wehre ich mich, doch mein Körper ist schwach. Ich bin vollkommen erschöpft. Seit zwei Tagen hat er mir nichts mehr zu essen gegeben. Ich hatte nur sehr wenig Wasser. Er hat mich mit Geschichten darüber gefoltert, was er mir alles antun wird. Heute will er mir ein Video zeigen. Ein Video davon, wie er sein letztes Opfer bei lebendigem Leib gehäutet hat.

Ich kann es nicht ansehen.

Ich werde nicht hinschauen.

Ich wehre mich heftiger, versuche, mich aus seinem Halt zu befreien, aber es hat keinen Sinn. Er ist zu stark, und ich bin zu schwach. Er zerrt an meinem Haar, und ich schreie. Ich versuche, nach ihm zu schlagen, was ihn nur noch wütender macht. Er knallt meinen Kopf auf den Boden, so heftig, dass mein Blick verschwimmt und Schmerzen in meinem Schädel explodieren. Ein gebrochener Schrei steigt aus meiner Kehle auf, als er mich wieder hochzieht und erneut den Flur entlangzerrt.

Etwas Warmes rinnt über mein Gesicht.

Blut.

»Der erste Tropfen Blut«, sagt er, hält an und streicht mit den Fingern über meine Stirn. Als er seine Hand zurückzieht, sind seine Fingerspitzen rot. Bei diesem Anblick muss ich würgen. Er hebt die Hand und führt sie an den Mund.

Nein.

Nicht.

Er lutscht das Blut von seinen Fingern.

»Ich kann kaum erwarten zu sehen, wie du blutest. Manche bluten mehr als andere. Ich glaube, du wirst zu ihnen gehören. Warte nur ab, bis du die Blutpfützen um deinen Körper siehst, wenn ich dir die Haut abziehe.«

Ich würge und schluchze gleichzeitig.

»Ich freue mich schon darauf, dir den Film zu zeigen. Das letzte Mädchen hat wirklich laut geschrien. Das war so unterhaltsam. Sie hat heftig geblutet. Ich hoffe, du bist nicht empfindlich.«

Er lacht in sich hinein, als hätte er gerade etwas unglaublich Witziges gesagt.

»Lass mich gehen«, flehe ich zum tausendsten Mal.

Er ignoriert mich. Offensichtlich ist er es leid, mir zu antworten.

Jemand muss mir helfen.

»Marlie!«

Jemand schüttelt mich. Ich blinzle heftig. Mein Herz rast, und meine Brust ist so eng, dass ich nicht atmen kann. Ein weiteres Schütteln sorgt dafür, dass meine Zähne klappern und mein Blick klarer wird. Kenai steht vor mir, die Hände auf meinen Schultern, und bewegt meinen Körper gerade heftig genug, um mich aus der Erinnerung zu reißen.

»K-K-Kenai?«, flüstere ich.

»Du bist weggetreten.«

»Ich …« Ich senke den Blick auf meine blutigen Finger. »Es ist das Blut. Bitte mach es weg.«

Er greift nach meiner Hand und schiebt sie hinter meinen Rücken. »Schau es nicht an. Ich werde es wegwischen.«

Ich nicke, dann starre ich über die leere, staubige Landschaft, während ich versuche, mich wieder auf das Hier und Jetzt zu konzentrieren. *Lass es gut sein. Er ist weg. Er ist tot.* Ich konzentriere mich auf die Atemübungen, die meine Therapeutin mir beigebracht hat, und als Kenai zurückkehrt, fühle ich mich weniger … weggetreten.

»Bist du okay?«, fragt er mit belegter Stimme, als er einen kleinen Erste-Hilfe-Kasten neben mich stellt und ein paar Desinfektionstücher herauszieht.

Als Erstes nimmt er meine Hand und wischt das Blut von meinen Fingern, danach wendet er sich meinem Kopf zu. Der Alkohol auf den Tüchern brennt, und ich schließe die Augen gegen den Schmerz.

»Ja«, flüstere ich.

»Passiert das oft?«

»Was?«

»Dass du Flashbacks hast.«

Ich beiße die Zähne zusammen, ohne zu antworten.

Ich konzentriere mich darauf, was er mit meiner Stirn macht. Mir wird klar, dass Kenai mit einer Hand mein Kinn umfasst hat, um meinen Kopf hin und her zu drehen. Plötzlich spüre ich nichts anderes mehr. Seine Hände sind groß, ein wenig rau und wahnsinnig männlich. Sie fühlen sich gut an. Fast sicher. Ich öffne die Augen und stelle fest, dass er meine Lippen anstarrt. Mein Herz schlägt gegen meine Rippen, als sich eine Spannung zwischen uns ausbreitet, wie ich sie auf diese Weise noch nie empfunden habe.

Sobald er bemerkt, dass ich ihn ansehe, gibt er mich frei und tritt zurück. »Fertig. Es ist nur ein oberflächlicher Kratzer.«

Ich weigere mich, ihn anzusehen. Was war das? Ein Moment der Anziehung? Nein. Er hasst mich. Er ist ein Arschloch. Aber ehrlich, was zum Teufel war das?

»Was ist mit dem SUV geschehen?«, frage ich, entschlossen, das Thema zu wechseln.

Kenai schließt das Erste-Hilfe-Set. »Weggefahren.«

»Wieso sollte jemand versuchen, uns umzubringen?«, frage ich vollkommen verwirrt.

»Niemand hat versucht, uns umzubringen.«

Ich blinzle. »Diese Person hat auf uns geschossen, Chef.«

Er wirft mir einen warnenden Blick zu. Ich ignoriere ihn und verschränke abwartend die Arme vor der Brust.

»Hätte der Kerl versucht, uns umzubringen, hätte er durch die hintere Scheibe geschossen oder auf uns direkt gezielt, als er vorbeigefahren ist. Aber er hat lediglich auf die Reifen gezielt, was bedeutet, dass er uns bloß aufhalten wollte.«

Oh.

Das ergibt Sinn.

»Glaubst du, der Clubbesitzer hat diesen Angriff in Auftrag gegeben?«

»Vielleicht … auch wenn das etwas extrem wirkt. In Santa Fe schien niemand etwas zu wissen, also ist mir nicht klar, wieso da eine Verbindung bestehen sollte.«

»Was könnte es dann sein?«

Frustriert fährt er sich mit der Hand durchs Haar. »Keine Ahnung. Aber ich denke darüber nach.«

»Wie viele Reifen sind kaputt?«

»Zwei.«

»Oh.«

»Genau«, brummt er.

»Wir haben nur einen Ersatzreifen, oder?«

Er nickt, wendet sich ab und flucht wieder vor sich hin. »Und hier draußen gibt es keinen Handyempfang, was heißt, dass wir auch keinen Abschleppwagen rufen können.«

»Also warten wir darauf, dass ein Auto vorbeikommt, dessen Fahrer wir um Hilfe bitten können?«

»Ja, wahrscheinlich. Das könnte Stunden dauern. Oder auch bloß ein paar Minuten.«

»Ich bin mir sicher, es wird bald jemand vorbeikommen«, meine ich hoffnungsvoll, weil mir die Vorstellung, die Nacht hier draußen verbringen zu müssen, Angst einjagt.

»Wahrscheinlich schon. Aber das heißt nicht, dass derjenige auch anhält.«

Stimmt auch wieder. Ich bin mir nicht sicher, ob ich anhalten würde, wenn ich zwei Leute mitten auf dem Highway entdecken würde, deren Reifen zerschossen wurde. Ganz zu schweigen davon, dass Kenai durchaus

Furcht einflößend aussieht. Ich hätte es nicht besonders eilig, ihm zu helfen.

»Also, was sollen wir tun?«

Er geht zum Heck des Trucks und senkt die Ladeklappe, um sich daraufzusetzen. »Wir warten.«

Ich gleite vom Sitz und schließe mich ihm auf der Ladefläche an. Die nächste halbe Stunde verbringen wir schweigend, während wir darauf hoffen, dass ein Auto vorbeikommt. Die Sonne sinkt immer tiefer. Bald wird es dunkel sein. Mein Magen knurrt... und da es hier draußen so still ist, hört Kenai das Geräusch.

»Hast du etwas zu essen dabei?«, frage ich, als er mich anstarrt.

»Nein.«

»Wer nimmt denn nichts zu essen auf eine lange Fahrt mit?«

Er wirft mir einen bösen Blick zu. »Wir haben vor nicht allzu langer Zeit eine Essenspause eingelegt.«

Er starrt mich nur böse an.

»Hör auf, mich so anzusehen«, blaffe ich. »Das nervt.«

Ich springe von der Ladeklappe, gehe um den Truck herum und ziehe mein Handy heraus. Ich habe gesehen, dass ich zwei Anrufe von Hannah verpasst habe. Erfüllt von der Hoffnung, sie würde mir sagen, dass Kaity zu Hause und in Sicherheit ist, höre ich die Nachricht ab, die sie hinterlassen hat.

»Hey, Süße. Es bin nur ich. Ich wollte hören, wie es dir geht. Ich habe deine Nachricht bekommen und hoffe, dass alles in Ordnung ist. Von meiner Seite gibt es nichts Neues bezüglich Kaity zu berichten. Ich besuche immer noch Grams. Ich werde dich morgen noch mal anrufen, um zu hören, wie es läuft. Ich hoffe wirklich, dein Roadtrip ist nicht zu aufregend.«

»Aufregend« ist noch eine Untertreibung. Ich lege auf und werfe das Handy zurück in meine Handtasche. Bei dem nicht vorhandenen Empfang hier draußen ergibt ein Rückrufversuch keinen Sinn. Ich grabe in meiner Tasche herum, in der Hoffnung, auf irgendetwas Essbares zu stoßen, aber ich finde nur ein Tampon, Taschentücher, einen Schlüssel und eine vertrocknete Blume. Ehrlich, ich will nicht mal wissen, wie dieses Zeug da drin gelandet ist.

Mit einem Seufzen gehe ich zurück zu Kenai, der immer noch in die Ferne starrt.

»Wie kannst du so lange schweigend dasitzen?«

Ich setze mich wieder auf die Ladeklappe und warte auf seine Antwort.

»Nicht jeder muss vierundzwanzig Stunden am Tag seine eigene Stimme hören.«

Unhöflich.

»Ich mag meine eigene Stimme gar nicht so sehr. Ob du es glaubst oder nicht, zu Hause schweige ich oft.«

»Was? Schreibst du die Fortsetzung zu deiner *Begegnung mit dem Teufel*?«

Ich zucke zusammen. Wut und Frust steigen in mir auf, und die Worte brechen einfach aus mir heraus: »Ich habe dieses verdammte Buch nicht geschrieben, du Vollidiot.«

Er dreht den Kopf. Für einen Moment meine ich Schock auf seinem Gesicht zu erkennen, bevor er den Blick wieder auf die Straße richtet. »Es spielt keine Rolle, ob du es geschrieben hast oder nicht ... du hast zugelassen, dass es veröffentlicht wird, und du hast auf keinen Fall das Geld abgelehnt.«

Ich hasse seine Vorurteile. Ich sollte sie richtigstellen, aber seine selbstgefällige Überzeugung, die Sache

84

durchschaut zu haben, macht mich so wütend, dass ich es nicht tue. Soll er doch von mir halten, was er will. Es ist mir egal. Ich brauche niemanden in meinem Leben, der über mich urteilt.

»Ich werde mich in den Truck setzen und versuchen, ein wenig zu schlafen«, erkläre ich angespannt.

Er reagiert nicht.

»Achte drauf, dass du mich rufst, wenn ein Auto kommt«, sage ich sarkastisch. »Ich bin mir sicher, ein paar Sekunden lang kannst du deine eigene Stimme ertragen.«

Seine Lippen werden schmal. »Ich glaube, wir hatten eine Regel zu frechen Sprüchen.«

»Stimmt«, meine ich wegwerfend. »Aber wie du inzwischen sicherlich gelernt hast, halte ich mich nicht an Regeln.«

»Offensichtlich«, murmelt er.

»Komm damit klar. Du kriegst den doppelten Satz bezahlt. Eigentlich sollte ich die Regeln festlegen.«

Kopfschüttelnd dreht er den Kopf zu mir. Ich starre ebenso wütend zurück.

»Geh schlafen. Du regst mich auf.«

»O nein«, flöte ich zurück, »das wäre ja etwas ganz Neues. Weißt du, Chef, falls du je lachen solltest, werde ich wahrscheinlich vor Überraschung tot umfallen.«

»Hätte ich gewusst, dass es so einfach ist, hätte ich schon vor Tagen gelacht.«

Ich kneife die Augen zusammen. »Ich hoffe, du fällst von der Ladeklappe und brichst dir das Bein.«

Er brummt nur.

»Idiot.«

9

Ein nettes altes Paar hält an und nimmt Kenai in die nächste Stadt mit, um neue Reifen zu besorgen. Währenddessen bleibe ich zurück und lese ein Buch auf meinem Handy. Ich kann nicht glauben, dass er mich allein hier draußen zurückgelassen hat, doch ich sage nichts dazu.

Als sie zwei Stunden später zurückkommen, macht Kenai sich daran, nur im Licht einer jämmerlichen Taschenlampe die Reifen zu wechseln. Ich versuche zu helfen, aber er blafft mich an, ich solle ihn in Ruhe lassen. Mit einem frustrierten Seufzen setze ich mich an den Straßenrand und warte. Sobald er fertig ist, befiehlt er mir, in den Truck zu steigen, und wir brechen wieder auf.

Wir fahren bis spät in die Nacht und erreichen Flagstaff zu unchristlicher Stunde. Nachdem wir in einem billigen Hotel eingecheckt haben, fallen wir ins Bett, ohne zu duschen, weil wir so erschöpft sind. Am nächsten Morgen schlafen wir bis zehn Uhr und besorgen uns auf der Straße nach Las Vegas ein Fast-Food-Frühstück in einem Drive-in.

Kenai isst während der Fahrt köstlich fettige Rührei-

Sandwiches und Rösti. Heute scheint er bessere Laune zu haben. Ich stemme die Füße gegen das Armaturenbrett und werfe mir das letzte Stück von meinem Rösti in den Mund.

Sobald ich geschluckt habe, frage ich: »Wieso bist du ständig so wütend?«

Er antwortet nicht.

Seufzend fahre ich fort: »Ehrlich, ist in deinem Leben etwas Schlimmes passiert, was dafür gesorgt hat, dass du so geworden bist? Oder benimmst du dich einfach so, weil du nicht anders kannst?«

»Mein Leben geht dich nichts an«, stößt er leise hervor.

»Vielleicht nicht. Aber würde es dich wirklich umbringen, mal fünf Minuten mit mir zu reden wie ein normaler Mensch?«

Er mustert mich aus dem Augenwinkel, dann seufzt er und sagt: »Ich muss mich so benehmen.«

»Wegen deines Jobs?«

Er seufzt wieder. »Wegen der Leute, mit denen ich mich treffen muss. Du kannst dir nicht mal vorstellen, was für einen Mist ich erlebe. Wie oft ich mich genau in dieser Situation befunden habe, dieselben Fragen beantwortet habe … ertragen musste, dass Leute, die ich kaum kenne, mir ständig nahe sind. Ich muss mich so benehmen, weil ich sonst wahnsinnig werde.«

»Wieso nimmst du dann immer jemanden mit auf die Suche?«

»Weil diejenigen, die den Vermissten nahestehen, Informationen besitzen, die ich allein erst nach Wochen finden würde. Manchmal sind sie sich dessen nicht einmal bewusst … bis ein bestimmter Anblick oder ein zufälliger Kommentar eine Erinnerung aufruft, die sich als wichtiger Hinweis für die Suche entpuppt. Ich nehme für gewöhnlich keine Verwandten mit, wenn ich nicht muss. Aber in einem Fall wie diesem macht es die Sache leichter.«

»Du lässt mich fast die ganze Zeit im Truck zurück. Ich verstehe einfach nicht, inwiefern dir das deine Arbeit erleichtert.«

»Du besitzt Wissen, das ich brauche. Du kannst Gesichter erkennen, du kannst Fragen beantworten, die sich eventuell ergeben, und mir Hintergrundinformationen liefern. Du kennst deine Schwester um einiges besser als ich, und genau das will ich mir zunutze machen.«

»Okay. Also bist du weniger ein alter Brummbär, wenn du zu Hause bist und nicht arbeitest?«

Er schüttelt leicht den Kopf. »Ganz genau.«

»Stell dir vor, wie deine Freundin sich fühlen muss«, murmle ich, halb zu mir selbst.

»Ich habe keine Zeit für Beziehungen.«

»Nun«, schnaube ich, »das ist offensichtlich. Und selbst wenn du versucht hättest, eine Frau zu finden, hätte sie dich wahrscheinlich schon beim ersten Date ermordet.«

»Selbst wenn ich eine Freundin hätte, gäbe es kein erstes Date, also würde das keine Rolle spielen.«

»Was? Du hast keine Verabredungen?«

»Nein.«

»Was tust du dann?«

»Ich ficke.«

Ich spüre, wie meinen Wangen warm werden, also drehe ich den Kopf und starre aus dem Fenster.

Er stößt ein Geräusch aus, das ich – hätte ich es nicht besser gewusst – als leises Lachen interpretiert hätte.

»Hätte ich gewusst, dass ich nur über Sex reden muss, um dich zum Schweigen zu bringen, hätte ich das gleich am Anfang getan.«

»Ich bewundere nur die Aussicht«, erkläre ich, obwohl die Landschaft vor mir vollkommen leer ist.

»Was für eine Aussicht?«, murmelt er.

Ich wirble zu ihm herum. »Ich habe keine Angst vor Gesprächen über Sex, vielen Dank auch.«

»Ach, wirklich?«, fragt er mit einem kurzen Blick zu mir.

»Ja, wirklich.«

»Wenn ich dir also erkläre, dass ich dich über die Motorhaube dieses Trucks beugen und meinen Mund zwischen deinen Beinen vergraben will, um deine Muschi zu lecken, bis du schreist, würde dich das überhaupt nicht stören?«

Meine Wangen brennen wie Feuer. Ich hatte seit langer Zeit keinen Sex mehr … aber noch wichtiger ist, dass ich noch nie mit einem so dreisten Mann gesprochen habe. Ich versuche tief durchzuatmen, doch es klappt nicht. Kenai sieht mich an, und ein Grinsen breitet sich auf seinem Gesicht aus. Es ist das erste Mal, dass ich ihn tatsächlich lächeln sehe. Und dieser Anblick raubt mir den Atem. Ich schwöre, säße ich nicht, wäre ich wegen seiner unfassbaren Attraktivität nach hinten getaumelt.

»Danke, dass du mir deinen Schwachpunkt verraten hast. Nun weiß ich, wie ich dich zum Schweigen bringen kann, wenn du zu viel redest.«

Mund, wieso funktionierst du nicht? Du lässt mich in meiner dunkelsten Stunde im Stich!

Er richtet den Blick zurück auf die Straße. Ich schweige … denn ehrlich, es ist zu viel Zeit vergangen.

Wenn ich jetzt noch etwas dazu sage, würde ich dumm klingen. Ich ziehe die Beine an die Brust und starre aus dem Fenster, bis wir am frühen Nachmittag Las Vegas erreichen. Wir halten an und essen noch etwas, bevor wir in das nächste Hotel einchecken. Da wir erst abends bei dem Club vorbeischauen können, um nach Kenais Kontakt zu suchen, beschließe ich, nach unten zu gehen und eine Weile in einem der Casinos zu spielen. Ich könnte eine Ablenkung brauchen.

Das ist das Beste an Las Vegas ... man muss sein Hotel nicht verlassen, um ein wenig Spaß zu haben. Ich betrete das Casino und besorge mir etwas zu trinken, ehe ich mich vor einen einarmigen Banditen setze und ein paar Münzen einwerfe. Nachdem ich ungefähr eine Stunde gespielt habe, habe ich immer noch keinen Cent gewonnen. Die alte Frau neben mir räumt ab.

»Ich wusste, ich hätte diesen Automaten nehmen sollen«, murmle ich in meinen nicht vorhandenen Bart, als sie glücklich über ihren Gewinn jubelt.

»Dasselbe habe ich mir auch gedacht.«

Sofort wirble ich herum und entdecke einen gut aussehenden, blonden Mann hinter mir, der mit einem breiten Lächeln auf mich herunterblickt. Ich weiß nicht, wer er ist, aber er ist unglaublich attraktiv.

»Ich entscheide mich immer für die Falschen.« Ich grinse. »Spielt keine Rolle, was ich tue.«

»Bei mir ist es genauso.« Er streckt mir die Hand entgegen. »Mein Name ist Jacob. Wie heißt du?«

»Marlie.«

Er lächelt.

»Ja, ich weiß, wie der Hund.«

Sein Lächeln verbreitert sich. »Das ist ein schöner Name. Er passt zu dir.«

»Das kannst du nicht wissen.« Ich erwidere das Lächeln. »Du kennst mich nicht.«

»Das würde ich gerne ändern. Kann ich dir einen Drink spendieren?«

Warum denn nicht?

»Sicher.«

Ich stehe auf und folge ihm zur Bar, wo er mir einen Wodka Soda bestellt. Wir setzen uns, ich drehe mich zu ihm um und sage: »Also, Jacob, lebst du in Las Vegas oder bist du nur zu Besuch hier?«

»Zu Besuch. Und du?«

»Dasselbe. Ich bin bloß eine Nacht in der Stadt.«

Er sucht meinen Blick. »Dann sollte ich mich besser anstrengen, dich heute Abend mit meinem Charme zu bezaubern.«

Ich lache. »Du bist gut, das muss ich dir lassen.«

»Und ich muss zugeben, dass du mir aufgefallen bist, sobald ich das Casino betreten habe.«

Ich rümpfe zweifelnd die Nase. »Ich kann mir nicht vorstellen, warum.«

»Nun, da warst du, in Jeans und Tanktop, während alle um dich herum total aufgedonnert aussehen. Ich habe dich dabei beobachtet, wie du über dich selbst gelacht hast, während du gespielt hast. Du bekommst diese hübschen Grübchen neben der Nase, wenn du lächelst. Bezaubernd.«

Ich erröte. »Also waren meine Jeans zur Abwechslung mal positiv?«

»Das würde ich mit Ja beantworten. Trag sie weiter.«

Mein Herz macht einen Sprung. Ich habe seit … nun ja … Ewigkeiten nicht mehr mit einem Mann geflirtet.

»Erzähl mir etwas über dich, Marlie.«

Ich starre ihn an, und mir fällt auf, dass ich zum ersten Mal seit langer Zeit einfach nur Marlie bin. Nicht die Frau, die einen Serienkiller getötet hat. Keine berühmte Autorin. Ich kann in diesem Moment jede Person sein. Ich werde diesen Mann nie wiedersehen.

»Da gibt es nicht viel zu sagen«, antworte ich, und Gott, wie gut sich das anfühlt. »Ich bin ein Mädchen, das in Colorado Springs wohnt und als Kellnerin arbeitet. Und das war's eigentlich schon.«

Er nippt an seinem Drink, den Blick auf meine Lippen gerichtet. »Ich glaube, an dir ist mehr dran.«

»Nö.« Ich zucke mit den Achseln. »Das bin ich. Die gute, alte Marlie.«

Er hebt die Hand und streicht mir eine Haarsträhne hinter das Ohr. »Du bist mehr als gut. Und du bist sicherlich nicht alt.«

Ich zittere leicht.

»Hey, Hände weg.«

Beim Klang von Kenais wütender Stimme zucke ich zusammen. Als ich mich umdrehe, steht er neben uns, die Arme vor der Brust verschränkt, und starrt Jacob böse an. Gott, er ist so ein Arschloch.

Jacob senkt die Hand und sieht zu Kenai auf, dann zu mir, dann wieder zu Kenai. »Tut mir leid, Mann. Ich wusste nicht, dass sie schon vergeben ist.«

»Bin ich nicht.«

»Ist sie allerdings.«

Wir sagen es gleichzeitig.

Was für ein verdammtes Spielchen soll das sein?

»Nein. Im Moment arbeitet er für mich. Und wenn er so weitermacht, wird das nicht mehr lange der Fall sein«, erkläre ich bissig.

»Nun, wenn das so ist, dann steige ich wohl besser in meinen Truck und fahre nach Hause.«

Kenai wirbelt auf dem Absatz herum und geht Richtung Ausgang. Der Idiot wird seine Drohung wahrscheinlich auch noch wahr machen. »Tut mir wirklich leid«, sage ich zu Jacob, bevor ich aufspringe und hinter Kenai hereile.

»Ernsthaft«, blaffe ich, als wir gleichzeitig die Tür erreichen. »Was ist dein Problem?«

Er wirbelt herum und nagelt mich mit einem Blick von diesen intensiven grünen Augen fest. »Wir sind zum Arbeiten hier, nicht um Spaß oder Sex zu haben.«

»Entschuldigung, aber du hast mir mitgeteilt, dass wir erst später aufbrechen können. Und ich hatte nicht vor, Sex zu haben. Ich habe lediglich etwas getrunken.«

»Was zu einem Fick geführt hätte. Ich habe doch mitbekommen, wie er dich angesehen hat.«

»Eifersüchtig?«, stichle ich.

Er tritt einen Schritt vor. Nur mit Mühe kann ich mich davon abhalten zurückzuweichen. *Halte deine Stellung, Marlie.*

»Eifersüchtig, weil ich mir den Schwanz lutschen lassen und etwas trinken könnte, statt diesen Mist hier zu machen? Dann ja. Also, Süße«, er lehnt sich vor, bis sein Gesicht direkt vor meinem schwebt, »wenn ich keinen Sex bekomme, dann kriegst du auch keinen.«

Ich schnaube. »Du kannst mich nicht davon abhalten.«

In einer schnellen Bewegung hebt er mich hoch und wirft mich über die Schulter. »Warte es nur ab.«

»Stell mich ab!«, quietsche ich und schlage auf seinen Rücken ein.

Gott, seine Muskeln sind so hart. Wie eine Wand. Eine Wand aus Stein.

Er hat wirklich einen schönen Rücken. Ein Teil von

mir – auch wenn ich das eigentlich nicht zugeben will – fühlt sich geschmeichelt, dass er mich auf diese Weise wegträgt. Es fühlt sich gut an, eine solche Reaktion provoziert zu haben; zu wissen, dass es Kenai nicht gefällt, wenn ich mit anderen Männern rede. So kindisch das auch klingen mag, es ist lange her, dass jemand so reagiert hat. Es fühlt sich gut an. Aber das werde ich ihn auf keinen Fall wissen lassen.

Kenai trägt mich aus dem Casino und bis in unser Zimmer. Er schließt die Tür auf, tritt ein und wirft mich aufs Bett. Dann stampft er zur Verbindungstür, sieht kurz zu mir zurück und sagt: »Wenn du diesen Raum noch mal verlässt, ist der Fall für mich erledigt.«

Danach tritt er durch den Türrahmen und schließt die Tür hinter sich.

»Ernsthaft?«, rufe ich und reiße die Hände in die Luft.

Er kommt nicht zurück.

Wir haben ausgemacht, dass Kenai mich kurz nach sechs Uhr abholt, damit wir zum Club gehen, den Kerl finden und endlich ein paar Informationen einholen können. Ich dusche, ziehe mich um und kämme mir die Haare. Ich entscheide mich gegen auffälliges Make-up und nur für ein wenig Foundation. Dann setze ich mich aufs Bett, um auf ihn zu warten und Hannah anzurufen, um herauszufinden, ob es etwas Neues gibt. Sie hebt beim zweiten Klingeln ab.

»Hi«, sagt sie. Sie klingt atemlos.

»Warst du laufen oder etwas in der Art?« Ich lache.

»Etwas in der Art. Wie läuft es?«

»Nicht so toll. Wir sind in Las Vegas. Wir wollen gleich in einen Club, um dort einer Spur nachzugehen. Bis jetzt haben wir nichts herausgefunden.«

Ich habe entschieden, ihr nichts von den Schüssen auf unseren Wagen zu erzählen, denn ehrlich, das wird sie nur aufregen.

»Also ist nichts Aufregendes passiert?«, fragt sie. Ich höre ein schlurfendes Geräusch an ihrem Ende der Leitung.

»Nein, nichts. Wie geht es dir? Und deiner Großmutter?«

»Es geht ihr gut, und hier ist alles in Ordnung. Also habt ihr wirklich noch keine Hinweise? Ich dachte, Kenai wäre der Beste.«

Ich schnaube. »Er ist echt ein Arsch.«

Sie lacht. »Na ja, das wussten wir schon vorher. Ich hoffe bloß, er findet bald etwas. Die arme Kaity. Sie könnte überall sein.«

»Ich weiß«, antworte ich, und mein Herz verkrampft sich, als ich den Namen meiner Schwester höre.

Kenai stürmt durch die Tür. Er sieht so verdammt gut aus, dass ich ein Stöhnen unterdrücken muss. Er trägt schwarze Jeans, ein dunkelgraues Hemd und diese sexy Stiefel. Sein Haar ist feucht, sodass ein paar Strähnen an seiner Stirn kleben, und er ist glatt rasiert. Ich kann jede Kontur seines männlichen Kinns sehen. Gott, er ist heiß. So verdammt heiß. Arschloch.

»Ich muss auflegen, er ist gerade aufgetaucht. Ich werde mich später noch mal melden.«

»Pass auf dich auf, man weiß ja nie, was so passiert. Diese Männer könnten gefährlich sein.«

»Das wird schon. Man sieht sich, Süße.«

»Bis dann.«

Ich beende das Telefonat und stehe auf. »Bereit?«

»Bin ich hier?«, murmelt er, doch mir fällt durchaus auf, wie sein Blick über meinen Körper gleitet. Etwas flackert in seinen Augen auf, aber sofort beißt er die Zähne zusammen und wendet den Blick ab.

»Lass es uns hinter uns bringen.«

Er brummt und geht zur Tür, um sie zu öffnen und mich mit einer Geste aufzufordern, das Zimmer zu verlassen. Als ich an ihm vorbeistiefle, werfe ich mir das Haar über die Schulter. Er stößt ein frustriertes Geräusch aus, dann folgt er mir nach unten. Mit seinem Truck fahren wir zum Club, wo schon ziemlicher Betrieb herrscht.

»Rede mit niemandem und stelle keine Fragen. Setz dich einfach hin und halt die Klappe. Hast du verstanden?«

»Ja«, zische ich.

»Ich meine es ernst, Marlie. Bleib einfach still sitzen.«

»Geht klar, Chef. Kapiert.«

Nachdem er mir einen langen Blick geschenkt hat, stellen wir uns in die Schlange vor der Tür. Es dauert zehn Minuten, bis wir eingelassen werden … und sobald wir drin sind, drängen sich Leute um uns. Ich schiebe mich hinter Kenai durch die Menge, bis wir die Bar erreichen. Er ergattert einen Hocker und deutet darauf.

»Setz dich. Ich bin bald zurück.«

Genervt lasse ich mich auf den Stuhl fallen, während er den Barkeeper heranwinkt. »Wodka Soda für die Dame.«

»Woher weißt du, was ich trinke?«

»Ich habe gehört, wie Jeffrey den Drink für dich bestellt hat.«

»Er hieß Jacob. Aber sehr aufmerksam von dir.«

Wie immer sagt er nichts dazu. Als mein Getränk ankommt, dreht Kenai sich einfach um und verschwindet in der Menge. Ich sehe mich in dem offensichtlich mit viel Herzblut geführten Club um. Den Laden scheint es schon eine Weile zu geben, er wird allerdings gut gepflegt. Holzboden, Bar und Stühle sind aus Holz, doch alles andere erstrahlt in roter Farbe. Die Sitznischen, die Wände. Das ganze Dekor wirkt etwas rustikal, aber hier drin hält sich nicht eine Person auf, die ländlich wirkt.

Tatsächlich wirkt das Publikum eher etwas ... grob.

»Was tust du hier so ganz alleine, meine Hübsche?«

Ich drehe mich zu der heiseren, leicht betrunkenen Stimme um und entdecke einen Mann, der mich breit angrinst. Er ist um die dreißig, vielleicht ein wenig älter, mit unordentlichem schwarzem Haar und blauen Augen. Er sieht nicht schlecht aus. Nicht atemberaubend, aber auch nicht hässlich. Er lehnt sich gegen die Bar, wahrscheinlich weil er Probleme hat, sich ohne Stütze aufrecht zu halten.

»Ich warte nur auf jemanden.« Ich lächle höflich und senke den Blick auf meinen Drink.

Betrunkene. Igitt.

»Ist dieser jemand männlich oder weiblich?«

Was für eine dämliche Frage.

»Männlich. Ein großer, Angst einflößender Mann«, murmle ich.

»Lass mich dir einen Drink spendieren, während du wartest.«

Ich hebe mein Glas. »Ich habe schon einen.«

»Ich habe sofort erkannt, dass du etwas Besonderes bist«, sagt er, wobei er den Blick über die Menge gleiten lässt. »Ich komme häufig her. Treffe viele Leute. Ein Mädchen wie dich sieht man hier drin nicht oft.«

»Mädchen wie mich?«

»Ja. Hübsche, adrette Mädchen.«

»Ich bin nichts davon. Ich warte nur darauf, dass mein Freund … seinen Freund findet.«

»Ach ja? Und wie heißt sein Freund?«

Ich zucke mit den Achseln. »Seinen Namen kenne ich nicht.«

»Hmmmm.«

Ich mustere den Mann, dann frage ich mich, ob er wohl Kaity gesehen hat. Es kann doch nichts schaden, mal zu fragen, oder? Ich ziehe mein Handy heraus und zeige ihm ein Bild meiner Schwester. »Dieses Mädchen haben Sie nicht zufällig gesehen?«

Er kneift die Augen zusammen, um das Foto anzusehen, dann blitzt für einen kurzen Moment etwas in seinem Blick auf. Die meisten Leute hätten es wahrscheinlich nicht bemerkt, aber mein Martyrium hat mir beigebracht, Körpersprache zu deuten. Daher fällt mir seine Reaktion sofort auf. »Nein«, meint er, »ich habe sie nie gesehen. Warum?«

Ich stecke mein Handy wieder weg. »Nur so.«

»Ich muss jetzt gehen, ein Freund von mir ist gerade aufgetaucht«, sagt er und stößt sich von der Bar ab. »War nett, dich kennenzulernen, Marlie.«

Damit verschwindet er. Meine Haut kribbelt. Ich habe ihm meinen Namen nie genannt. Verunsichert gleite ich vom Hocker und drehe mich um, lasse meinen Blick auf der Suche nach dem Mann über die Menge gleiten. Ich sehe noch, wie er in einen Flur im hinteren Teil verschwindet. Sofort setze ich mich in Bewegung. Es kostet mich fünf Minuten, mich durch die Menge zu drängen, dann eile ich den Flur entlang. Rechts sind die Toiletten und am Ende eine Tür. Ich ziehe die Tür auf und trete nach draußen.

Ich lande auf einem Parkplatz, auf dem sich drei

Kerle unterhalten. Der Mann, mit dem ich gerade gesprochen habe, ist einer von ihnen. Ohne nachzudenken gehe ich zu ihnen und sage: »Hey!«

Sofort unterbrechen die Typen ihr Gespräch und drehen sich zu mir um. Ich lasse meinen Blick kurz über die anderen beiden Männer gleiten. Einer ist klein, kahlköpfig und wirkt schlecht gelaunt. Der andere ist groß und schlank, mit dunklem Haar und eisblauen Augen. Absolute Gegensätze. Ich richte meine Aufmerksamkeit wieder auf den Mann aus dem Club. Er ist derjenige, mit dem ich mich unterhalten muss.

»Hast du etwas vergessen?«, fragt er, doch da ist etwas in seinem Blick ... irgendetwas Seltsames.

»Sie haben mich Marlie genannt.«

»So hast du dich mir vorgestellt.«

Ich schüttle den Kopf. »Ich habe Ihnen meinen Namen nicht genannt. Wissen Sie etwas? Haben Sie meine Schwester entführt? Ich schwör's, wenn ...«

Der Mann tritt einen Schritt vor. »Was?«, fragt er mit eiskalter Stimme.

»Ich will nur wissen, wo sie ist«, sage ich. Angst steigt in mir auf und sorgt dafür, dass meine Muskeln sich verspannen. »Wenn Sie etwas wissen, bin ich bereit, für Ihre Informationen zu zahlen.«

»Ich habe keine Ahnung, wovon du redest.«

»Sie lügen«, sage ich langsam. »Woher kennen Sie meinen Namen? Ich habe ihn nicht genannt.«

»Jeder kennt deinen Namen, Marlie. Du bist das Mädchen, das dem Beobachter entkommen ist. Das Buch, das du geschrieben hast, war überall.«

Ich zucke zusammen.

Die drei Männer lachen.

»Ich habe gehört«, sagt der Kahlkopf und tritt ebenfalls vor, »dass er die Mädchen gerne angefasst hat. Hat er das bei dir auch gemacht, Marlie?«

Meine Ohren beginnen zu rauschen.

»Ich habe gehört«, sagt der Große, »dass er den Mädchen gerne die Haare ausgerissen hat. Hat er das auch bei dir gemacht, Marlie?«

Bei dieser Erinnerung kribbelt meine Kopfhaut.

»Ich habe gehört«, sagt der erste Mann lachend, »dass es dir gefallen hat, ihn umzubringen. Was, wenn du der Unmensch bist? Schließlich bist du diejenige, die ihn ermordet hat. Wie war das noch mal? Du hast ihm das Messer von unten durchs Kinn direkt ins Hirn gerammt?«

Meine Knie beginnen zu zittern. Mein Blick verschwimmt. Ich kann nicht atmen.

»Wie hat es sich angefühlt, jemandem ein Messer ins Hirn zu rammen?«

Ich höre in meinem Kopf dieses schreckliche Geräusch widerhallen und beginne zu keuchen.

»Was, wenn der arme Mann einfach nur psychologische Hilfe nötig hatte? Du hast ihn ermordet. Du hast ihm das Leben genommen, ohne ihm die Chance zu geben, Heilung zu finden. Vielleicht bist du eigentlich der Teufel in deinem Buch?«

Galle steigt mir in die Kehle, als ich auf die Knie sinke.

»Oh, schaut mal, wir haben sie aufgeregt, Jungs. Ich habe gehört, er hatte eine Familie. Ich frage mich, wie die sich wohl momentan fuhlt?«

Eine Familie? Hatte er wirklich eine Familie?

Wieso wusste ich das nicht, verdammt?

Mein Körper beginnt zu beben, und ich schlage mir die Hände über die Ohren.

»Angeblich soll sie so zäh sein, aber seht sie euch an – jämmerlich.«

Ich beginne, mich hin und her zu wiegen.

»Sie hat ihre Schwester verloren. Ich frage mich, ob das vielleicht daran liegt, dass ihre Schwester Angst davor hat, sich in ihrer Nähe aufzuhalten. Ich würde so empfinden, wenn man bedenkt, wie sie diesen Mann hingemetzelt hat.«

»Stopp«, wimmere ich.

»Vielleicht will deine Schwester ja gar nicht gefunden werden, Marlie. Stell dir mal vor, wie es sein muss, mit jemandem verwandt zu sein, die sich selbst und ihre Familie auf diese Weise ausnutzt, nachdem sie etwas so Schreckliches durchgemacht hat?«

»Stopp!«, schreie ich, dann werfe ich mich nach vorne und stürze mich auf den nächststehenden Mann.

Bevor ich ihn packen kann, schießt seine Faust nach vorne. Ich werde nach hinten geschleudert und lande mit einem harten Knall auf dem Boden. Mein Blick verschwimmt, als ich versuche, mich aufzurappeln. Schmerzen pulsieren in meinem Kopf. Jemand packt meine Handgelenke, reißt mich nach oben, doch ich kann durch mein schnell zuschwellendes Auge nichts sehen. Gott, dieser Schmerz.

Plötzlich liege ich wieder auf dem Boden und höre seltsame Geräusche. Ich stemme mich auf die Ellbogen hoch und entdecke Kenai, der die Männer richtig fertigmacht. Er erledigt sie, als wären sie kleine Kinder, nicht erwachsene Männer. Seine Fäuste fliegen nur so durch die Luft, und mit seinem breiten Körper ist er ihnen vollkommen überlegen. Einer der Kerle dreht sich um und flieht. Aus seiner Nase rinnt Blut.

Die anderen beiden Kerle schlägt Kenai bewusstlos.

Danach sieht er mich keuchend an, seine Knöchel blutig. Mit großen Schritten kommt er zu mir und beugt sich vor, um mich in seine Arme zu heben. Ich versuche, ihn anzusehen, doch mein Kopf ist ein einziger Schmerz. »Sieh mich an und folge meinem Finger mit dem Blick«, sagt er. Ich richte mein offenes Auge auf ihn. Er hebt den Zeigefinger und bewegt ihn von rechts nach links, dann nach unten, in Richtung meiner Nase. »Wie fühlst du dich?«, fragt er barsch.

»Tut weh«, antworte ich mit schwacher Stimme.

»Komm, wir müssen dein Auge kühlen.«

»Kenai ... diese Männer ...«

»Ich habe dich gebeten, mit niemandem zu reden«, sagt er. Er klingt nicht wütend ... und aus irgendeinem Grund schmerzt mich das.

»Ich weiß, aber ...«

»Eine Bitte, Marlie.«

Ich mache den Mund und die Augen zu.

Schließlich bemühe ich mich mit aller Kraft, die Worte der Männer davon abzuhalten, meine sowieso schon zerstörte Seele weiter zu beschädigen.

10 Kenai bringt mich zurück ins Hotel. Sobald ich auf dem Bett sitze, zieht er los und holt Eis. Beim Reinkommen habe ich mein Gesicht kurz im Spiegel gesehen und musste entsetzt den Blick abwenden. Mein Auge ist zugeschwollen und gerötet, noch mehr entsetzt mich allerdings meine qualvolle Miene. Diese Männer, was sie gesagt haben ... ich verstehe das einfach nicht. Sie wussten so viel. So viel.

»Hier, drück dir das ans Auge. Ich weiß nicht, ob das jetzt noch sinnvoll ist, aber es wird auf jeden Fall den Schmerz betäuben. Ich besorge dir ein paar Tabletten.«

Er geht in sein Zimmer, und ich drücke mit einem Zischen das Handtuch mit dem Eis darin an mein Gesicht. Nach ein paar Minuten wird die Haut taub, und ich schließe die Augen. Mein Kopf pulsiert vor Schmerz. Kenai kommt zurück und lässt zwei Tabletten in meine Hand fallen. Ich schiebe sie in den Mund und schlucke sie mit einem Schluck Wasser aus der Flasche, die er mir entgegenhält.

»Kenai«, sage ich, meine Stimme immer noch zittrig. Er sieht auf mich herunter. »Ja?«

»Diese Männer ... kannten mich.«

Er kneift die Augen zusammen, dann geht er vor mir in die Hocke. »Was meinst du damit?«

»Der Mann ist an der Bar zu mir gekommen und hat angefangen, mit mir zu reden, aber ich habe ihm meinen Namen nicht gesagt. Ich habe ihm ein Bild von meiner Schwester gezeigt und …«

»Du hast was?«

Er klingt wütend.

Mist.

»Ich dachte, er könnte sie vielleicht gesehen haben und …«

»Herrgott noch mal, Marlie. Ich habe dir doch gesagt, dass du keine Fragen stellen sollst. Ich habe dich nur um diese eine Sache gebeten.«

Ich explodiere vor Wut. »Ich weiß, okay?«, schreie ich und schleudere den Eisbeutel von mir. Er rutscht über den Boden. »Ich weiß, dass du das getan hast, aber sie ist meine Schwester. Sie ist so ungefähr das Einzige, was ich noch habe. Verdammt, ich kann nicht einfach nur herumsitzen und nichts tun.«

»Du hättest heute Abend noch viel schlimmer verletzt werden können. Ich habe dich aus gutem Grund gebeten, den Mund zu halten!«

»Das weiß ich, aber ich habe …« Ich breche ab und starre auf den Boden.

»Du hast Angst, das verstehe ich. Allerdings stelle ich meine Regeln aus gutem Grund auf, Marlie. Du musst dich an sie halten.«

Ich antworte nicht.

»Erzähl weiter.«

Ich hole tief Luft und fahre fort. »Nachdem ich ihm das Bild gezeigt hatte, meinte er, er müsste gehen, und dann hat er mich bei der Verabschiedung Marlie genannt. Aber ich habe ihm meinen Namen nie verraten. Als ich nach draußen gegangen bin, um ihn zur Rede zu stellen, haben er und seine Freunde angefangen, mich zu verspotten. Sie haben erklärt, sie würden mich von dem Buch kennen, und schreckliche Dinge gesagt.«

»Jeder, der das Buch gelesen hat, würde dich erkennen, Marlie.«

»Ich bin schon öfter erkannt worden, Kenai«, blaffe ich. »Ich weiß, wie die Leute reagieren. Aber das war nicht normal. Die Art, wie sie geredet, wie sie mich verhöhnt und was sie über meine Schwester gesagt haben ... Ich könnte schwören, dass jemand sie dazu aufgefordert hat. Es war, als hätte jemand sie angestiftet, so mit mir zu reden. Das war kein Zufall.«

»Du bist paranoid«, sagt er vorsichtig.

»Tu das nicht«, warne ich ihn. »Wenn ich im Leben eines auf die harte Tour gelernt habe, dann, meinen Instinkten zu vertrauen. Mein Bauchgefühl sagt mir, dass sie mehr über mich wussten, als das Buch über mich enthüllt, und dass sie mich quälen wollten. Ich weiß nicht warum, aber so war es.«

Kenai antwortet nicht. Als ich den Blick hebe, sehe ich, dass er mich ernst mustert.

»Ich bin nicht einfach nur paranoid«, sage ich sanft.

»Ich werde nachforschen, mir die Kerle genauer ansehen. Ich habe einen Geldbeutel eingesteckt, also habe ich einen Namen. Du musst dich erst mal ausruhen.«

»Hast du im Club etwas herausgefunden?«, frage ich, als er meinen Eisbeutel wieder aufhebt, um ihn mir zurückzugeben.

»Ja. Ich habe den Kerl gefunden, nach dem wir gesucht haben ... jemanden, von dem eine sichere Quelle behauptet hat, er wäre ein enger Freund von Chris. Der Typ behauptet, er hätte keine Ahnung, wovon ich rede, und dass er noch nie von Chris oder Kaitlyn gehört hätte.«

»Was, wenn er lügt?«

»Ich zweifle keinen Moment daran, dass er das tut, aber ich bin kein Bulle. Ich kann ihn nicht einfach verhaften und zur Befragung mitnehmen.«

»Was wirst du jetzt tun?«

»Ich werde ihn beschatten«, erklärt er einfach. »Und du wirst schlafen.«

»Aber…«

»Keine Widerrede, Marlie.«

Seine Stimme ist fest, aber auch sanft.

Ich presse die Lippen aufeinander. »Heute Nacht?«

Er nickt, zieht die Decke nach unten und deutet auf die Matratze. »Ab ins Bett. Sofort.«

Bei diesen Worten klingt seine Stimme noch sanfter, und ich erkenne ein Aufblitzen von echter Anteilnahme in seinem Blick.

»Wenn ich es nicht besser wüsste«, murmle ich, als ich unter die Decke krieche, »könnte ich glauben, du würdest mich mögen, Chef.«

Er schnaubt, doch ich schwöre, ich kann die Sorge in seinem Blick sehen. »Schlaf jetzt, ich werde bald zurück sein.«

»Was, wenn du Schutz brauchst?«, frage ich schläfrig.

Dieses Bett ist echt bequem.

Er stößt ein seltsames, zischendes Geräusch aus. Als hätte er fast gelacht. »Ich denke, ich schaffe es auch ohne deinen Schutz.«

Ich lache leise. »Danke, dass du mich heute Abend beschützt hast.«

Meine Lider sinken nach unten. Die Schmerzmittel, die er mir gegeben hat, sind wirklich gut.

»Ich werde noch mal nach dir schauen, wenn ich zurück bin ... um sicherzugehen, dass du noch lebst.«

Ich lächle. Oder zumindest glaube ich, das zu tun.

»Ich wusste, dass du mich magst.«

Kenai antwortet nicht. Ich döse ein, sodass meine Welt in angenehmem Schwarz versinkt. Bevor ich ganz in Dunkelheit versinke, meine ich ihn sagen zu hören: »Vielleicht stimmt das sogar.«

Ich bin so hungrig.

Ich bin so durstig.

Doch überwiegend bin ich vollkommen verängstigt.

Bin erfüllt von Todesangst.

Er hat mich einen ganzen Tag in diesem Raum eingesperrt, nachdem er mich gezwungen hat, diese Haarbälge zu halten. Mein Magen verkrampft sich bei dem Gedanken. Ich kann entkommen. Ich kann es schaffen. Ich muss nur klüger sein als er. Ich darf nur nicht den Kopf verlieren. Ich darf mich nicht brechen lassen. Ich schließe die Augen, doch ich sehe weiterhin die schrecklichen Bilder der blutverklebten Haare.

Gott, diese armen Mädchen.

Die Türangeln quietschen.

Ich richte mich im Bett auf, meine Hände immer noch fest auf meinem Rücken gefesselt. Meine Füße sind ebenfalls gefesselt. Eine Angst, tiefer als alles, was ich je empfunden habe, nistet sich in meiner Brust ein, als er die Tür öffnet und einen Wagen mit einem Fernseher darauf in den Raum zieht. Er hält ein riesiges Messer in der Hand und grinst breit.

»Guten Abend, Marlie. Wie fühlst du dich heute?«

Er spricht mit mir, als wäre ich eine Patientin in einem Krankenhaus und er der Arzt. Er ist so ruhig, als

*wäre das alles vollkommen normal. Ich antworte nicht.
Ich will ihm nichts schenken. Nicht das Geringste.*

*»Es geht mir gut, danke der Nachfrage«, fährt er fort.
»Ich war den ganzen Tag damit beschäftigt, dieses Video
für dich vorzubereiten. Würdest du es gerne sehen?«*

Nein.

Bitte, nein.

*Er lacht. »Natürlich willst du das. Du wirst so stolz
auf mich sein, Marlie. Die anderen Mädchen waren es
jedenfalls.«*

Ich schließe die Augen, als er den Fernseher einsteckt.

*»Du kannst gerne die Augen schließen, aber ich versi-
chere dir, dass ich dir jedes Mal, wenn du das tust, einen
Finger abtrennen werde. Und dann mache ich mit den
Zehen weiter. Die Entscheidung liegt bei dir.«*

*Ich öffne die Augen. Tränen brennen unter meinen
Lidern. Er wird es tun. Er wird mich zwingen, diesen
Horror anzusehen, wird mich auf schlimmste Weise leiden lassen, wenn ich nicht hinschaue. Kann irgendetwas schlimmer sein, als dabei zusehen zu müssen, wie
er unschuldigen Mädchen die Kopfhaut entfernt?*

»Kluges Mädchen. Lass uns anfangen, ja?«

*Er drückt auf Play, und auf dem Fernseher erscheint
das Bild eines zierlichen, blonden Mädchens auf einem
Bett. Sie hat Prellungen, Quetschungen und ist unglaublich dürr. Er hatte bereits seinen Spaß mit ihr.
Jetzt will er ihr Leben beenden. Ihre Knie sehen schrecklich aus, zerbrochen und verquollen, mit abstehenden
Hautfetzen. Sie ist nackt, doch ihr Körper ist so zerschlagen, dass man es kaum bemerkt.*

*Mein gesamter Körper verspannt sich. Ich will in
Ohnmacht fallen. Ich will sterben. Ich will, dass irgendetwas diesen Horror beendet.*

»Das ist Kelly«, sagt er, als er sich neben mich aufs Bett setzt und mit dem Messer herumspielt. »Sie hat sich heftig gegen mich gewehrt. Sie wollte die Lektion einfach nicht lernen. Siehst du ihre Finger? Oh, warte.« Er lacht. »Sie hat keine mehr.«

Mein Blick schießt gegen meinen Willen zu den Händen des Mädchens. Sie sehen schrecklich aus, aber er hat recht, sie hat weder Finger noch Zehen.

Ich werde mich übergeben.

Im Video betritt er den Raum, ein riesiges Jagdmesser in der Hand. Ich bete um eine Ohnmacht. Ich kann diesen Film nicht schauen. Ich kann es einfach nicht. Auf dem Bildschirm geht er zu ihr, packt ihr Haar und reißt ihren Kopf zurück. Er sagt etwas, doch das Klingeln in meinen Ohren verhindert, dass ich die Worte verstehe. Ich kann das nicht. Ich schließe die Augen.

Er bewegt sich schnell wie der Blitz, packt meine Hand und drückt die Klinge an einen meiner Finger.

»Nein«, schreie ich, »ich werde hinschauen! Ich werde es mir anschauen!«

Er gibt mich frei, starrt mich mit brennendem Blick an. »Du bekommst keine zweite Chance«, zischt er. »Und jetzt sieh dir meine Perfektion an. Meine Kunst.«

Ich zwinge meine Augen zurück zu dem Bildschirm, genau in dem Moment, als er das Messer am Schädel des Mädchens ansetzt.

Ich schreie schon vor dem ersten Schnitt.

»Marlie!«

»Nein!« Ich schlage um mich, treffe den harten Körper, der sich über mich lehnt. »Nein. Bitte.«

»Marlie, hör auf. Ich bin's.«

»Runter von mir!«, kreische ich. »Runter von mir! Hilfe! Bitte! Hilfe!«

»Marlie!«

Etwas Kaltes trifft mein Gesicht, und ich reiße die Augen auf. Ich keuche, bin schweißverklebt, und über mir schwebt ein großer Körper, der meine Hände über dem Kopf festhält.

»Ich bin es. Hey, du hast nur schlecht geträumt.«

Kenai?

Habe ich tatsächlich nur schlecht geträumt?

O Gott. Er hält mich fest, weil ich einen Albtraum hatte. Schamgefühle überwältigen mich, und ich beginne wieder, mich zu winden. »Lass mich los.«

»Marlie…«

»Kenai, lass mich los.«

Als er versteht, dass ich wirklich wach bin, gibt er mich zögerlich frei. Ich rolle vom Bett und renne ins Bad. Meine Knie geben auf halbem Weg nach. Offensichtlich habe ich sie überanstrengt, als ich versucht habe, mich gegen Kenai zu wehren. Ich knalle auf den Boden, fange mich mit den Händen ab. Frustriert und schmerzerfüllt schreie ich auf.

»Scheiße.«

»Nicht«, rufe ich, als ich Kenais Schritte höre. »Bitte, nicht.«

»Marlie…«

Ich zwinge mich aufzustehen und humple ins Bad. Ich knalle die Tür zu, dann sinke ich zu Boden, den Rücken gegen das Holz gedrückt. Ich kann nicht glauben, dass er das gesehen hat. Das ist mir so peinlich. Ich schließe fest die Augen, reibe sie, um die Tränen zurückzuhalten. Schmerzen schießen durch mein Gesicht und erinnern mich an mein Veilchen.

Reiß dich zusammen.

Es geht dir gut.

Du bist stärker als die Panik.

Ich zwinge mich dazu, aufzustehen und zum Spiegel zu gehen. Mein Gesicht sieht schrecklich aus, verquollen und wund. Mein Auge ist unter der Schwellung fast nicht zu sehen. Ich wasche mir das Gesicht, entferne den klebrigen Angstschweiß von meiner Haut. Dann atme ich ein paarmal tief durch und humple zurück in mein Zimmer. Kenai steht immer noch neben dem Bett. Sobald ich durch die Tür trete, sucht er meinen Blick.

»Tut mir leid«, murmle ich Richtung Boden.

»Sieh mich an.«

Ich zucke zusammen. »Kenai, es war ein Albtraum ...«

»Jetzt, Marlie.«

Ich sehe ihn an.

»Geht es dir gut?«

»Sicher ...«

»Die Wahrheit«, verlangt er, doch seine Stimme klingt dabei sanfter, als ich sie je gehört habe.

»Nein«, flüstere ich.

»Was vertreibt sie?«

»Die Albträume? Nichts.«

»Was hast du schon versucht?«

»Abgesehen davon, mich mit Schlafmitteln auszuknocken? Nichts.«

Er sieht zu meinem Bett, dann wieder zu mir. »Nur damit das klar ist – es bedeutet nichts. Aber es ist eine bewährte Methode.«

Ich starre ihn verwirrt an.

Dann fällt mir der Kiefer herunter, als er sein Hemd über den Kopf zieht.

»Ich schlafe nicht mit dir!«, blaffe ich.

Er wirft mir einen strengen Blick zu. »Bilde dir bloß nichts ein. Das habe ich nicht vor.«

Ich schnaube. »Was tust du dann?«

»Ich werde *neben* dir schlafen.«

»Warum?«

»Weil … es hilft.«

»Netter Versuch, Kumpel.«

Er schüttelt nur den Kopf, dreht sich zu mir um – eine Wand aus Muskeln und bronzefarbener Haut –, kommt zu mir, zieht mich in seine Arme und lässt sich aufs Bett fallen. Er rollt mich herum, als wöge ich gar nichts, sodass er hinter mir liegt, sein großer Körper an meinen gedrückt.

»Ich will nicht lügen, das ist seltsam«, murmle ich, um vorzugeben, es würde sich nicht fantastisch anfühlen, ihn neben mir zu spüren.

»Empfinde ich ebenso. Und jetzt schlaf.«

»Du wirst nicht mit einer Morgenlatte aufwachen, oder? Weil das die Sache wirklich unangenehm machen würde.«

»Ich kann meinen Schwanz nicht kontrollieren.«

»Vielleicht solltest du es versuchen. Denk vor dem Einschlafen an etwas, was absolut nicht sexy ist. Vielleicht an deine Mom im Stringtanga.«

Er stößt ein Stöhnen aus und zuckt leicht zusammen, dann murmelt er: »Halt die Klappe und schlaf jetzt.«

»Ich will ja nur sagen …«

»Schlaf.«

»Du bist so herrisch.«

»Sofort«, befiehlt er.

»Hört irgendwer wirklich auf dich, wenn du ihn herumkommandierst?«

Er stößt ein frustriertes Geräusch aus. »Hörst du jemals auf irgendwen, der dir sagt, dass du die Klappe halten und schlafen sollst?«

Ich denke kurz darüber nach. »Nein, sicher nicht.«

»Nun, dann wird es Zeit, das zu lernen. Ich habe meine Methoden, dich vom Reden abzuhalten.«

»Wird das nun etwas Sexuelles? Ich wusste, dass du mich anziehend findest!«

»Himmelherrgott, halt die Klappe.«

»Es ist nicht meine Schuld, dass du ein Perverser bist.«

»Du hast damit angefangen«, murmelt er. »Und jetzt schlaf, verdammt noch mal.«

»Es gab ein Buch darüber ...«

»Verdammt«, blafft er. »Ehrlich, hältst du jemals den Mund?«

Ich lächle, auch wenn er es nicht sehen kann. »Gute Nacht, Chef.«

Er brummt nur.

Mit einem breiten Lächeln auf dem Gesicht schlummere ich ein.

11

»Hey«, sage ich verschlafen in den Hörer und rolle mich von Kenais hartem, warmem Körper weg.

Ich kann nicht glauben, dass ich die ganze Nacht neben ihm geschlafen habe.

Doch es war eine unglaublich erholsame Nachtruhe.

»Tut mir leid, dass ich dich so früh wecke, Marlie, aber ich habe heute einen seltsamen Anruf bekommen.«

Es ist Hannah, und sie klingt besorgt.

Ich setze mich auf, womit ich Kenai wecke. Er rollt sich herum und murmelt: »Was ist los?« Seine Stimme klingt verschlafen und sexy, wie es bei Männern morgens fast immer der Fall ist.

Konzentrier dich.

»Worum ging es? Etwa um Kaity?«

»Ja. Der Anruf war für sie. Ich habe keine Ahnung, wie der Kerl an meine Nummer gekommen ist. Jemand hat nach ihr gesucht. Ich habe mitgespielt und erklärt, ich hätte sie heute noch nicht gesehen, würde ihr aber gerne etwas ausrichten, wenn ich sie das nächste Mal treffe. Er hat mir eine Adresse gegeben, wo Kaity vorbeischauen soll.«

»Wo?«, frage ich, als ich aus dem Bett gleite.

»In Las Vegas. Ich fand das ziemlich seltsam.«

»Wir sind in Las Vegas. Gib mir die Adresse.«

»Ich weiß nicht«, meint sie zögernd. »Ich traue dem Ganzen nicht. Bestimmt ist es gefährlich. Ich sollte lieber die Polizei verständigen.«

»Damit sie uns wieder auflaufen lassen können? Was, wenn das eine heiße Spur ist? Nein, Hannah. Wenn dieser Typ Kontakt zu meiner Schwester hat oder vielleicht weiß, wo sie sich aufhält, will ich das wissen.«

Sie zögert noch einen Moment. »Okay.«

Sie nennt mir eine Adresse und lässt mich versprechen, sie bald wieder anzurufen. Ich lege auf und wende mich an Kenai. »Hannah hat einen seltsamen Anruf von einem Kerl bekommen, der nach Kaity gesucht hat. Er will, dass sie zu irgendeiner Adresse hier in Las Vegas kommt.«

Kenai kneift die Augen zusammen. »Wieso sollte irgendwer Hannah anrufen?«

Ich zucke mit den Achseln. »Sie ist Kaitys beste Freundin – wenn jemand Kaitys Handy hat, wäre es leicht, ihre Nummer herauszufinden. Glaubst du, es ist eine Falle? Hannah meinte, wir sollten lieber die Polizei einschalten, aber ich habe Nein gesagt. Glaubst du, sie hatte recht?«

Kenai wirkt verwirrt. »Nein. Ich muss darüber nachdenken. Es könnte so sein, wie du gesagt hast, aber trotzdem ergibt es keinen Sinn, sie anzurufen. Sie ist in Denver.«

»Vielleicht wollten sie einfach herausfinden, ob Hannah mit Kaity in Kontakt steht?«, biete ich an.

Er nickt und wirkt dabei fast beeindruckt. »Ja, das wäre möglich. Wenn sie nach Kaity suchen, wäre es logisch, herauszufinden, ob Hannah vielleicht weiß, wo sie sich aufhält.«

»Das ergibt Sinn.«

»Wir werden uns diese Adresse mal ansehen, vielleicht liefert uns das eine Spur.«

»Hast du gestern Abend etwas herausgefunden?«, frage ich, als ich in Richtung Bad gehe.

»Nichts.«

Ich halte an und drehe mich zu ihm um. »Hast du bei der ganzen Sache nicht irgendwie auch ein komisches Gefühl?«

Ich weiß nicht genau, was ich damit sagen will, doch irgendetwas an der ganzen Sache ist mir nicht geheuer. Schon seit ein paar Tagen geht mir das so. Bis jetzt habe ich es auf die Nervosität und die Sorge um meine Schwester geschoben. Aber die Wahrheit lautet, dass irgendetwas nicht stimmt, auch wenn ich nicht exakt benennen kann, was mich stört. Die Schüsse. Die Männer auf dem Parkplatz. Es wirkt unglaubwürdig, dass das alles bloß Zufall ist.

»Ja«, meint Kenai und steht auf. »Ich weiß nur nicht, was es ist. Aber ich werde schon noch draufkommen. Zieh dich an, dann sehen wir uns mal um.«

Mit einem Nicken verschwinde ich im Bad. Ich dusche, ziehe mich an und esse das Frühstück, das Kenai bestellt hat. Nachdem wir fertig sind, steigen wir wieder in den Truck und fahren zu der Adresse, die Hannah mir genannt hat. Dort befindet sich ein altes, scheinbar leer stehendes Lagerhaus, ein gutes Stück vom Strip entfernt. Mein Magen verkrampft sich, als ich das Gebäude anstarre.

Es sieht nicht so aus, als hielte sich hier jemand auf.

»Ich glaube, es ist verlassen.«

»Wieso sollte jemand Kaity zu einem verlassenen Lagerhaus bestellen?«, fragt Kenai. Er reibt sich nachdenklich das Kinn, den Blick unverwandt auf das alte, heruntergekommene Gebäude gerichtet.

»Sollen wir reingehen?«

»Hier ist niemand, also ja.«

Kenai greift ins Handschuhfach, zieht seine Pistole heraus und steckt sie in den Hosenbund. Dann steigen wir aus. Der Gedanke, dass er bewaffnet ist, beruhigt mich ein wenig. Dank meines verquollenen Auges kann ich nicht allzu gut sehen, also halte ich mich eng hinter Kenai, während wir auf das Lagerhaus zugehen. Als wir den Eingang erreichen, legt Kenai die Hand an die Tür. Sie öffnet sich mit einem lauten Quietschen.

Wir halten beide an.

Warten ab. Lauschen.

Nichts passiert, also gehen wir weiter. Überall steht Zeug herum – von alten Autos bis zu kaputten Möbeln –, alles bedeckt mit einer dicken Staubschicht. Als wir anfangen, uns genauer umzusehen, flüstert Kenai mir zu: »Sei vorsichtig.« Es wirkt, als hätte sich seit Monaten oder sogar Jahren niemand mehr in diesem Lagerhaus aufgehalten. Das ergibt alles keinen Sinn.

»Sieh dich um. Vielleicht entdeckst du ja etwas, das erklärt, warum Kaity hierherbestellt werden sollte.«

Ich lasse den Blick über meine Umgebung gleiten, schiebe Gegenstände zur Seite, bis der aufgewirbelte Staub einen Hustenreiz auslöst. Ich gehe nach links, während Kenai sich nach rechts bewegt. Schließlich finde ich eine alte Couch mit einer Decke darauf. Ich hebe die Decke an und keuche, danach dringt ein heiserer Schrei aus meiner Kehle, als ich mich vorbeuge und ein rotes Kleid hochhebe.

Ich würde dieses Kleid überall wiedererkennen – weil ich es vor zwei Jahren für Kaity gekauft habe.

»Kenai«, krächze ich. Meine Hände zittern, und Tränen brennen in meinen Augen.

»Was ist?«

»Das gehört ihr. Dieses Kleid gehört Kaity.«

Er zieht mir das Kleidungsstück aus den Händen, dann sieht er sich um.

»O Gott. Jemand hat sie. Ich hatte recht. Kenai ...«

Meine Stimme klingt atemlos. Ich verfalle in eine Panik, die so allumfassend ist, dass mir erst nach einer Weile auffällt, dass Kenai kein Wort gesagt hat, seitdem ich ihm das Kleid gegeben habe. Ich sehe zu ihm auf und stelle fest, dass er die Couch anstarrt.

»Wir müssen hier verschwinden«, sagt er plötzlich.

»Was?«

»Jetzt!«, blafft er, packt meinen Arm und zerrt mich zur Tür.

»Kenai, Kaity könnte hier sein. Sie könnte zurückkommen. Jemand könnte auftauchen. Wir können nicht gehen.«

Er zieht mich weiter, und ich kann seinen Halt nicht lösen. Frustriert schreie ich auf, trete und schlage nach ihm, doch er zieht mich weiter, bis wir wieder draußen sind.

»Kenai!«, schreie ich.

Er zieht seine Pistole, genau in dem Moment, als ein Schuss erklingt. Wir lassen uns beide zu Boden fallen, und die Worte bleiben mir in der Kehle stecken. »Beweg dich«, blafft Kenai, als ein weiterer Schuss erklingt und so nah an meinem Bein auf den Boden trifft, dass ich einen Schrei nicht unterdrücken kann.

Kenai feuert in Richtung der Schüsse. Gleichzeitig

robbt er geschickt über den Boden wie ein Ninja. Ich versuche, ihm zu folgen, doch meine Kehle ist wie zugeschnürt und mein Körper kribbelt vor Angst. Weitere Schüsse erklingen und treffen den Asphalt um mich herum. Gott, wir werden sterben.

»Kenai!«, rufe ich. »Was ist hier los?«

Er rollt herum und schießt noch einmal, bevor er auf die Beine springt und mich mit sich zieht. Er reißt die Trucktür auf und schubst mich in den Innenraum. Ein weiterer Schuss trifft die Windschutzscheibe, die in tausend Splitter zerspringt. Meine Schreie verklingen zu panischem Schluchzen, als die Glassplitter auf mich herabregnen. Kenai schafft es, auf den Fahrersitz zu springen, dann blafft er: »Halt den Kopf unten.«

Danach tritt er aufs Gaspedal.

Noch mehr Schüsse erklingen und treffen den Wagen, bis wir weit genug entfernt sind, dass unser Angreifer uns nicht länger sehen kann. Erst dann krieche ich aus dem Fußraum. Kleine Glassplitter rieseln von meinem Körper.

»Beweg dich nicht, Marlie. Diese Splitter sind wie winzige Rasierklingen, die deine Haut mühelos aufschlitzen können.«

Ich senke den Blick und entdecke bereits die ersten Blutstropfen auf meinen Armen und Beinen.

»W-w-was ist gerade passiert?«, stammle ich mit belegter Stimme.

»Wir wurden in eine Falle gelockt, das ist passiert.«

»Ich … Woher weißt du das?«

»Das Lagerhaus war heruntergekommen und leer, aber diese Decke war perfekt platziert. Sie war sauber. Das Kleid ebenfalls. Beides wurde dort hingelegt, damit wir es finden. Jemand wusste, dass wir uns in der Ge-

gend aufhalten, und hat Hannah angerufen ... hat offenbar die richtigen Schlüsse gezogen und geahnt, dass sie dir die Adresse geben würde. Eigentlich ziemlich genial.«

Ich hatte nicht einmal bemerkt, dass die Decke sauber war. »Also hat jemand sie nur deswegen angerufen, damit sie uns die Adresse weitergibt ... damit wir herkommen und man uns töten kann.«

Er nickt abgehakt.

»Wer sollte so was tun?!«

»Wer auch immer es ist, ihm gefällt nicht, dass wir nach Kaity suchen, weshalb er versucht, uns auszuschalten.«

Oh. Mein. Gott.

»Sind wir sicher?«

Er sieht mich mit brennendem Blick an. »Nicht mehr.«

Wir geben den Truck in einer Werkstatt ab, um die Windschutzscheibe austauschen zu lassen, dann eilen wir zurück zum Hotel. Kenai verbringt die nächsten zwei Stunden am Telefon, während ich mir einfach nur Kaitys Kleid an die Brust drücke und darum bete, dass es ihr gut geht. Gott, was, wenn sie bereits tot ist? Ich kann den Gedanken nicht ertragen. Ich fühle mich, als wäre das alles meine Schuld. Meine Schwester hat nach allem, was mir zugestoßen ist, ziemlich gelitten. Ich frage mich, ob ihr wohl irgendwer beigestanden hat. Sie hatte auch jemanden verdient, der auf sie aufpasst. Wäre ihr das vergönnt gewesen, hätte sie vielleicht nicht den Drang verspürt, sich mit den falschen Leuten einzulassen.

Kenai ist offensichtlich genervt von seinem Telefonat.

Irgendwann schleudert er das Handy quer durchs Zimmer und geht zum Fenster. Es ist später Nachmittag. Ein weiterer Tag ist vergangen, in dem wir uns mehr Ärger eingehandelt haben als irgendwelche hilfreichen Hinweise gefunden. Was, wenn wir uns irren? Was ist, wenn wir der vollkommen falschen Spur folgen?

»Kann es sein, dass ihr Verschwinden gar nichts mit ihrem Freund und Drogen zu tun hat? Womöglich hat sie ja jemand ganz anderes entführt?«

Kenai dreht sich nicht um. »Nein.«

»Aber das alles wirkt nicht wie etwas, das Drogendealer tun. Es wirkt irgendwie … verrückter.«

Er wirbelt herum, offensichtlich immer noch sauer wegen seines Telefonats. »Lass deine Paranoia nicht dein Denken bestimmen, Marlie. Hier geht es darum, deine Schwester zu finden. Ich weiß, dass es schwer für dich ist, glaub mir. Ich sehe es dir doch an. Aber du musst stark sein. Wenn du mit alledem nicht umgehen kannst, sollte ich vielleicht allein weitermachen.«

Mir bleibt der Mund offen stehen. »Was, wenn du dich irrst? Hm? Was dann?«, schreie ich ihn wütend an.

Er atmet tief durch, in dem offensichtlichen Versuch, seine Ungeduld zu zügeln. »Ich irre mich nicht. Ich werde denjenigen finden, der das alles tut … aber es hat nichts mit dem Mann zu tun, der dich entführt hat, oder irgendeinem anderen durchgeknallten Killer. Du musst dich auf das Hier und Jetzt konzentrieren. Du lässt dich von der Vergangenheit beherrschen. Du musst damit aufhören und mir vertrauen.«

»Dieses Kleid wurde dort zurückgelassen und …«

»Es reicht«, sagt er angespannt. »Du verschwendest unsere Zeit und Energie. Das können wir uns nicht leisten.«

Ich verschwende unsere Zeit und Energie? Das kann er doch wohl nicht ernst meinen? Mein Herz verkrampft sich, und für einen Moment starre ich ihn nur an, während seine Worte in meinem Kopf widerhallen. Wie kann er es wagen, mir so etwas vorzuwerfen? Wie kann er es wagen! Wut kocht in mir hoch. Er kapiert es nicht. Das wird er nie. Ich tue das alles nicht für mich. Es ist bloß Kaity zuliebe.

»Weißt du was?«, schreie ich, weil ich meine Wut einfach nicht mehr zurückhalten kann. »Du willst nicht auf mich hören, also bin ich damit durch, auf dich zu hören.«

»Marlie!«, ruft er, als ich aufspringe und aus dem Raum eile. »Geh nicht. Ich will kein Arschloch sein. Ich versuche nur, sachlich zu bleiben. Einer von uns muss klar denken.«

Ich sehe ihn an. »Du kannst mich nicht verstehen, Kenai. Du kannst mich nicht bitten, meine Gefühle aus der Sache herauszuhalten, weil du sie nicht nachvollziehen kannst.«

»Nein«, sagt er, sein Blick fast weich. »Ich weiß nicht, was in dir vorgeht. Aber ich bin gut in meinem Job, und ich weiß, was ich tun muss. Ich sage nicht, dass du dich irrst; ich behaupte nicht, dass es falsch ist, die Dinge zu empfinden, die du empfindest. Ich erkläre dir bloß, dass wir uns auf das konzentrieren müssen, was jetzt passiert, und nicht auf die Vergangenheit.«

Ich bin immer noch wütend, also verschränke ich die Arme vor der Brust, um nicht erneut zu explodieren. Ich wünschte, er könnte verstehen, was ich sagen will. Ich wünschte, er könnte das alles aus meiner Perspektive sehen. Ich weiß, dass er nur versucht, seinen Job zu machen – doch es ist, als weigere er sich, meine Vorschläge ernst zu nehmen. Als weigere er sich, wirklich die Augen zu öffnen. »Ich habe gelernt, meinem Instinkt, meinem Bauchgefühl, meinen Gefühlen zu vertrauen ... mehr als allem anderen. Hier stimmt etwas nicht ...«

»Vielleicht. Aber du hast mich angeheuert. Es ist meine Aufgabe, dieser Sache auf den Grund zu gehen. Nicht deine.«

»Dann hättest du mich nicht mitnehmen sollen!«, blaffe ich und eile aus dem Raum.

Er ruft meinen Namen, doch ich halte nicht an. Ich muss durchatmen, also fahre ich mit dem Lift aufs Dach des Hotels. Glücklicherweise hält sich dort niemand auf. Ich gehe zu der Ziegelmauer um das Flachdach, setze mich darauf und lasse die Beine über die Kante baumeln. Vielleicht versteht Kenai mich nicht, weil ich ihm nie etwas erzählt habe. Ich rede eigentlich nie über mein Martyrium. Dieses Buch erzählt die Geschichte eigentlich nicht aus meinem Blickwinkel. Es ist ein Konstrukt aus Geschichten, die meine Mutter, die Polizei und die Medien zusammengestückelt haben. Im Grunde habe ich nie jemandem erzählt, was wirklich geschehen ist. Wie es sich wirklich angefühlt hat.

»Runter da.«

Ich höre Kenais Stimme hinter mir, doch ich drehe mich nicht um. Ich starre nur über den Rand des hohen Gebäudes.

»Marlie ...«

»Ich habe ihm geholfen, als er seine Aktentasche fallen gelassen hat«, sage ich leise. »Er hat sie fallen gelassen, und ich bin zu ihm gegangen und habe ihm geholfen. Einfach so bin ich einem Killer in die Hände geraten ... weil ich hilfsbereit war.«

»Marlie, komm da runter.«

Ich spreche weiter.

»Ich weiß nicht, wo er mich hingebracht hat, aber ich erinnere mich noch genau daran, wie fröhlich er war. Er war immer so glücklich und gut gelaunt, als täte er absolut nichts Unrechtes. Am ersten Tag in seiner Gefangenschaft hat er mich gezwungen, den Skalp eines der Mädchen zu halten. Er hat ihn mir einfach in den Schoß geworfen. Ich konnte nichts dagegen tun.«

Meine Stimme bricht, doch ich rede weiter. Wenn Kenai über mich urteilen und mich abtun will, dann sollte er über die ganze Geschichte urteilen und sie abtun… nicht nur seine Version, oder die Version der Medien oder irgendeine Version, die nicht meine eigene ist. Erst wenn er meine Geschichte gehört hat, darf er über mich urteilen.

»Am nächsten Tag hat er mich gezwungen, mir ein Video anzusehen – das zeigte, wie er eines der Mädchen skalpiert hat. Es war das Grauenhafteste, was ich in meinem gesamten Leben gesehen habe. Ich kann keine Nacht schlafen, ohne dass ich diese Bilder vor mir sehe.«

Kenai schweigt, also rede ich weiter. Ich weiß nicht, ob er immer noch hinter mir steht… und es ist mir auch egal.

»Er hat gesagt, er würde mir die Finger abschneiden, wenn ich nicht hinschaue. Das Mädchen in dem Video… sie hatte keine Finger und keine Zehen mehr. Er hat mich immer dazu gezwungen, ihr Haar zu kämmen. Haar, das nicht länger an ihrem Kopf befestigt war.« Ich lache bitter. »Ich bin entkommen. Habe ihn überrumpelt und bin geflohen. Weißt du, was ich getan habe? Ich habe mich in einem verdammten Schrank versteckt. Das war zweifellos die dümmste Tat meines Lebens. Da hat er meine Knie zerstört. Mir die Beine einfach mit einem Baseballschläger zertrümmert.«

Kenai stößt ein Geräusch aus, das mir verrät, dass er noch da ist. Es klingt schmerzerfüllt.

»Das zweite Mal bin ich entkommen, weil er mir zu wenig Beruhigungsmittel gegeben hat. Ich habe es geschafft, mich wegzuschleppen. Ich bin in die Küche gekrochen und habe mir ein Messer gegriffen. Er hat sich über die Arbeitsfläche gelehnt und mir büschelweise Haare ausgerissen. Noch heute habe ich kahle Stellen auf der Kopfhaut. Ich habe ihn umgebracht. Irgendwie ist es mir gelungen, ihm das Messer durchs Kinn ins Hirn zu rammen. Dieser Anblick und das Geräusch quälen mich am meisten.«

»Marlie«, sagt Kenai mit belegter Stimme.

»Du glaubst, du würdest mich kennen – aber du weißt nichts. Du kannst dir nicht mal vorstellen, wie ich mich gefühlt habe, als ich nach Hause kam. Alle wollten etwas von mir. Die Polizei, Reporter, Verleger, die Familien der anderen Mädchen, meine eigene Familie. Sie wollten so viel, dabei war ich wie weggetreten. Ich erinnere mich an absolut nichts aus diesen ersten paar Monaten. Ich war wie betäubt. Tot. Ich mag mich bewegt haben, aber eigentlich war ich nicht anwesend.« Ich atme zitternd ein. »Meine Mom hat das Buch geschrieben. Sie hat es unter meinem Namen veröffentlicht ... das Buch, wegen dem du mich seit unserer ersten Begegnung verurteilst. Und über Nacht wurde ich berühmt. Du hast recht, ich habe sie nicht davon abgehalten. Ich war kaum stark genug, einen Tag nach dem anderen zu überleben. Ich wusste nicht, was um mich herum geschah, und es war mir eigentlich auch egal. Meine Mutter ist ziemlich selbstsüchtig. Statt für mich da zu sein, hat sie Millionen mit meiner Geschichte verdient. Da ich offiziell die Autorin bin, ging das ganze Geld an mich, allerdings hat sie mir klar zu verstehen gegeben, es ihr besser zu schenken. Sie könnte alles nehmen, aber so gierig ist sie anscheinend doch nicht. Ich rühre das Geld nicht an und werde es auch nie tun. Okay, ich habe es verwendet, um dich zu bezahlen ... damit du mir bei der Suche nach meiner Schwester hilfst. Abgesehen davon lebe ich in einer heruntergekommenen Hütte in Colorado Springs und fahre einen klapprigen Truck, weil ich keinen Anteil an diesem Geld haben will.«

»Marlie ...«

»Wenn du also das nächste Mal glaubst, mich zu kennen, denk noch mal nach.« Meine Stimme wird hart. »Und wage es ja nicht, mein Bauchgefühl zu ignorieren. Hätte ich nicht auf meine Instinkte gehört, wäre ich heute nicht hier.«

Eine Hand senkt sich auf meine Schulter. Ich zucke zusammen.

»Komm da runter«, sagt Kenai, seine Stimme sanfter, als ich es je gehört habe.

Ich schwinge meine Beine über die Mauer und rutsche herunter, dann sehe ich zu ihm auf. »Ich kann mit deinem Zorn umgehen, deinem herrischen Auftreten ... mit allem. Aber ich kann es nicht länger ertragen, dass du mich verurteilst. Ich habe das nicht verdient. Du kannst dir nicht mal vorstellen, wie es ist, in meiner Haut zu stecken.«

»Es tut mir leid.«

Ich blinzle. »Soll das eine Entschuldigung sein?«

»Es tut mir so unglaublich leid. Du hast recht. Ich habe dich verurteilt, ohne wirklich etwas zu wissen ... und dafür möchte ich mich entschuldigen. Ich habe dir gerade gesagt, dass du deine Vergangenheit ausklammern sollst. Aber wenn ich ehrlich bin, war es meine eigene Vergangenheit, die mich dazu gebracht hat, über dich zu urteilen. Und das war falsch.«

»Deine Vergangenheit?«, frage ich leise.

»Ich bin noch nicht bereit, darüber zu reden«, erklärt er vorsichtig. »Aber glaub mir, wenn ich dir versichere, dass ich weiß, wie es ist, etwas falsch zu deuten oder vorschnell verurteilt zu werden. Meine Vergangenheit hat den Mann geschaffen, der vor dir steht; hat mich zu dem Spurensucher gemacht, der ich bin. Und ich weiß, dass deine Vergangenheit dich zu dir gemacht hat. Das respektiere ich. Aber du musst mir vertrauen, Marlie. Ich verspreche dir, dass ich alles in meiner Macht Stehende tue, um deine Schwester sicher nach Hause zu holen.«

Sieh einer an. Damit hatte ich nicht gerechnet.

Kenai umfasst sanft meine Wange. »Ich habe in meinem Leben schon eine Menge Leute getroffen, Marlie, aber noch nie jemanden, der so stark ist wie du.«

Mein Herz macht einen Sprung, und Tränen brennen in meinen Augen.

»Du bist unglaublich.«

O Gott.

Dann beugt er sich vor und lässt seine Lippen über meine gleiten. Die Berührung ist so leicht, dass ich mich fast frage, ob ich mir das nur eingebildet habe, doch seine Hand liegt an meiner Wange, und sein Körper ist mir so nah, dass wir uns mühelos berühren könnten. Also weiß ich, dass ich mir nichts einbilde. Zum Teufel damit. Ich hebe die Hand, schließe meine Finger um seinen Nacken und ziehe ihn näher an mich heran, presse meine Lippen auf seine.

Er stöhnt.

Ich seufze. Es ist unglaublich lange her, dass ich mich so gefühlt habe.

Und danach küsst Kenai mich wirklich – öffnet die Lippen, lässt seine Zunge in meinen Mund gleiten. Ich keuche, dann dränge ich mich näher an ihn heran, ziehe an seinem Haar und genieße das atemlose Geräusch, das er ausstößt. Wir küssen uns lange und leidenschaftlich. Wir lösen uns erst voneinander, als hinter uns ein Räuspern erklingt. Eine Familie – zwei Erwachsene und zwei Kinder – stehen hinter uns auf dem Dach. Sie wirken ein wenig peinlich berührt.

»Tut mir leid«, sagt der Vater. »Wir wollten nur den Sonnenuntergang beobachten.«

»Kein Problem«, antwortet Kenai mit belegter Stimme. »Wir wollten sowieso gehen.«

Kenai ergreift meine Hand und führt mich vom Dach.

Doch mir fällt durchaus auf, dass er mich nicht ansieht.

Kein einziges Mal.

12

Kaum sind wir ins Hotelzimmer zurückgekehrt, geht Kenai mir aus dem Weg. Tatsächlich spricht er kein einziges Wort mehr mit mir, sondern steigt einfach ins Bett und rollt sich auf die Seite. Er bereut den Kuss, das weiß ich einfach. Ich glaube, ich weiß auch, warum – er ist ein ernster Mensch, und sein Job ist ihm sehr wichtig. Wahrscheinlich hat er gerade jede selbst gezogene Grenze übertreten.

Doch es war ein unglaublicher Kuss. Da war etwas zwischen uns, ein Gefühl, eine Emotion – da bin ich mir sicher.

Aber vielleicht hatte er einfach nur Mitleid mit mir.

Mit einem Seufzen steige auch ich ins Bett. Kenai hat nicht angeboten, heute Nacht neben mir zu schlafen – verständlicherweise –, also werde ich diese Nacht wohl allein durchstehen müssen. Ich liege auf dem Rücken und lege einen Arm über die Augen, atme tief durch und versuche auf diese Art, den Wirbel von Erinnerungen zu stoppen, der in meinem Kopf tobt. Es war gut, über meine Tortur zu reden, aber damit habe ich auch alles wieder an die Oberfläche geholt. Echte Erholung dürfte mir heute Nacht schwerfallen.

Trotzdem gelingt es mir irgendwann, in ruhelosen Schlaf zu verfallen.

»Du warst heute so ein braves Mädchen, Marlie. Ich habe eine Überraschung für dich.«

Ich sehe vom Bett auf. Ich bin so hungrig, dass mein Magen sich anfühlt, als wolle er sich selbst verdauen. Ich habe Durst. Ich bin müde. Ich kann nicht schlafen, weil ich jedes Mal, wenn ich die Augen schließe, wieder vor mir sehe, wie er diese Mädchen skalpiert. Das Blut sehe. Die Schreie höre. Galle steigt in meine Kehle, doch ich kann keine Hand an meinen Mund drücken, um sie aufzuhalten. Es spielt keine Rolle. Es gibt nichts, was ich hervorwürgen könnte.

Ich entdecke ihn im Türrahmen. Er hat ... o Gott. Wieder brennt Galle in meiner Kehle, und ich wende den Kopf ab, weil ich einfach nicht hinschauen kann. Er hält alle Kopfhäute, aus denen sich das lange Haar ergießt. Meine Finger zittern, und mein Körper beginnt zu beben, als er näher tritt und alles aufs Bett wirft.

»Ich habe ihre Haare gerade gewaschen. Meine Lieblingsbeschäftigung der Woche. Ich habe einen Skalp in jeder Farbe. Findest du sie nicht auch wunderschön? Ich glaube, wenn du dich um sie kümmern würdest, sähen sie noch besser aus.«

O Gott.

Nein.

Dazu kann er mich nicht zwingen.

»Ich muss dir ja nicht erklären, was mit dir geschehen wird, wenn du mir nicht gehorchst. Und das willst du nicht, nicht wahr, Marlie? Du warst in den letzten Tagen so brav. Als Belohnung werde ich dich vielleicht etwas länger am Leben lassen. Mir ein paar neue Spiele einfallen lassen. Was denkst du?«

Ich will sterben. Das denke ich.

Aber ich kann nicht. Ich werde das nicht sagen. Er kann mich nicht brechen. Er wird mich nicht zerstören.

Ich werde tun, was auch immer er will, wenn ich damit auch nur einen einzigen weiteren Tag gewinne, der mir vielleicht die Chance zur Flucht bietet.

Ich sehe zu den Haaren. Er hat rote Bänder mit kleinen weißen Punkten um die Pferdeschwänze gebunden. Ich schlucke gegen die Übelkeit an. Schalte dein Hirn ab. Tu einfach nur, was er sagt, und denk nicht nach.

»*Ich hätte sie gerne geflochten*«, *flötet er in einem Singsang, als er meine Fesseln löst.*

Ich könnte mich gegen ihn wehren, doch ich weiß, dass ich im Moment nicht stark genug bin. Und ich erkenne an den Wölbungen an seiner Hose, dass er ein Messer und eine Pistole im Bund trägt. Ich würde es nicht mal aus der Tür schaffen. Sobald meine Hände frei sind, tritt er zurück und zieht die Pistole, um sie auf mich zu richten. »*Du kennst die Regeln. Jedes Mal, wenn du etwas falsch machst, werde ich schießen.*«

Ich schlucke schwer, dann greife ich mit zitternden Fingern und schmerzenden Handgelenken nach der Bürste und dem ersten Haarbündel. Tränen brennen in meinen Augen, als ich das Haar kämme. Ich kann das nicht. Ich kann nicht. O Gott. Meine Hände zittern wie Espenlaub, doch er scheint nichts zu bemerken.

»*Das war Sasha. Sie hat mir sexuelle Gefälligkeiten angeboten, wenn ich sie freilasse*«, *erklärt er mit einem Kopfschütteln.* »*Sie hätte wissen müssen, dass Sex mich nicht interessiert. Ich brauche ihn nicht.*«

Das Haar ist lang und zeigt ein glänzendes Honigbraun. Gott.

Ich will sterben.

»Kämm es, Marlie. Das ist Sashas hübsches Haar.«

Ich kämme weiter, wobei ich darauf achte, die Kopfhaut nicht zu berühren. Diesen Teil kann ich nicht berühren. Und das werde ich auch nicht.

»Tu so, als wäre Sasha hier, als hättet ihr eine kleine Party. Was würdest du zu ihr sagen?«

Der Typ ist doch total krank.

»I-i-ich würde sagen...«

»Rede nicht mit mir, Marlie. Rede mit Sasha. Frag sie nach dem Jungen, mit dem sie ausgeht.«

Geistesgestört.

Krank.

»Triffst du dich immer noch mit diesem Jungen, Sasha?«, krächze ich. Ich halte meine Tränen zurück.

»Sehr gut«, flötet er. »Was würde Sasha antworten?«

»Aber ja, M-M-Marlie. Er sieht so gut aus, findest du nicht auch?«

Er verlagert sein Gewicht, und ich sehe eine Beule in seiner Hose, die Lust in seinem Blick. Das törnt ihn an. Dieser kranke Wichser.

»Mach weiter«, presst er hervor, dann zieht er das Messer und lässt seine Finger immer wieder über die Klinge gleiten. »Was würdest du noch über den Jungen sagen, den Sasha so mag?«

»Finde ich auch«, flüstere ich. »Er sieht wirklich sehr gut aus.«

»Lass dir von ihr erzählen, was sie mit ihm machen will«, verlangt er und drückte seine Finger so fest gegen die Klinge, dass Blut auf seiner Haut erscheint.

Nein.

Ich kann nicht.

Ich kann das nicht.

»Marlie!«

Ich schrecke aus dem Schlaf und setze mich auf. Meine Hände schießen zu meinem Kopf. Meine Haare sind da. Sie sind noch da. Ich keuche und bin schweißverklebt. Es ist dunkel. Ich kann nichts sehen, aber ich höre Kenais Stimme. Fest und unerschütterlich lockt sie mich aus meiner Verwirrung. Ich kann die Tränen nicht zurückhalten, die über mein Gesicht rinnen, genauso wenig wie das Schluchzen, das aus meiner Kehle dringt.

»Hey«, sagt er, seine Stimme noch heiser vom Schlaf. »Hey, es ist okay. Es war nur ein Traum.«

Ich schluchze heftiger, ziehe die Beine an die Brust und schlinge die Arme um die Knie.

»Verdammt«, murmelt er, dann fühle ich, wie sein harter Körper näher kommt. Seine Arme legen sich um mich und ziehen mich näher.

Ich schluchze noch heftiger.

»Eines Tages wirst du friedlich schlafen. Eines Tages, das verspreche ich dir, wirst du nicht mit der schrecklichen Erinnerung an ihn aufwachen«, sagt Kenai sanft.

»Das glaube ich nicht.« Ich hickse. »Ich habe das Gefühl, dass mich diese Bilder niemals freigeben werden.«

»Vielleicht wirst du nicht jede Nacht ruhig schlafen, vielleicht werden die Erinnerungen hin und wieder aufsteigen, aber ich verspreche dir, dass es leichter wird.«

Er streichelt sanft meinen Kopf. Es fühlt sich so gut an, getröstet zu werden. »Kenai?«, flüstere ich, immer noch schluchzend.

»Ja?«

»Werde ich jemals wieder normal sein?«

»Nein«, antwortet er ehrlich.

Seine Antwort jagt mir Angst ein. Für einen Moment steigt Panik in mir auf, und mein Herz beginnt zu rasen.

Seine Antwort war ehrlich und direkt, ohne das geringste Zögern. Als wüsste er, wovon er spricht. Als könnte er etwas erkennen, was mir verborgen ist. Ist es so offensichtlich? Können mich Leute wirklich einfach anschauen und sofort wissen, dass mit mir etwas nicht stimmt? Ehe ich weiterdenken kann, fährt Kenai fort.

»Aber daran ist nichts falsch. Was ist schon normal? Jeder hat seine eigenen Dämonen, Marlie. Manche sind schlimmer als andere. Normalität gibt es nicht. Du bist jetzt, wie du bist. Das macht dich nicht schwächer oder stärker – sondern einfach zu einer neuen Version von dir. Akzeptier es. Mach das Beste daraus. Dann kannst du zumindest voller Überzeugung erklären, dass er dich nicht besiegt hat.«

Ich schlinge die Arme um seine Hüften und klammere mich an ihn, weil ich seinen Trost brauche. Kenais Körper ist hart, er riecht fantastisch, seine Haut ist warm. Er hält mich, bis ich mich beruhige. Seine Finger gleiten durch mein Haar, bis meine Lider schwer werden. Kurz bevor ich einschlafe, spüre ich, wie seine Lippen über meine Stirn gleiten. »Ich würde dich nicht anders wollen. Du bist ein tapferes Mädchen, Marlie. Tapferer als jeder andere Mensch, den ich bisher getroffen habe.«

Ich weiß nicht, wann ich einschlafe – ich weiß nur, dass ich, als ich am Morgen aufwache, immer noch in Kenais Armen liege. Er hält mich fest. Zum ersten Mal, seit ich zurückdenken kann, fühle ich mich sicher. Meine Lider öffnen sich flatternd, dann bemerke ich, dass er mit offenen Augen an die Decke starrt.

»Hi«, flüstere ich. »Das mit gestern Nacht tut mir leid.«

»Entschuldige dich nicht«, sagt er, gibt mich frei und steigt aus dem Bett. Sofort vermisse ich seine Wärme.

»Danke ... für den Trost. Das habe ich gebraucht.«

Er hält meinen Blick, und ich erkenne etwas in den harten Tiefen, was mein Herz berührt.

»Gern geschehen.«

»Also«, flüstere ich, »was machen wir heute?«

»Heute fahren wir nach Los Angeles. Es ist Zeit, diese Sache zu Ende zu bringen.«

Wieso habe ich das Gefühl, dass das nicht so einfach sein wird?

Kenai bestellt Frühstück für uns, während ich dusche.

Ich lasse mir Zeit im Bad, trockne hinterher sorgfältig mein Haar. Ich weiß nicht, warum es so wichtig ist, aber ich spüre den Drang, gut auszusehen. Sobald ich fertig bin, ziehe ich mich an und gehe zurück ins Wohnzimmer. Kenai steht am Fenster, das Handy am Ohr. Er hört nicht, wie ich den Raum betrete, also kann ich ihn einen Moment lang einfach beobachten.

Männliche Perfektion.

Er legt auf und dreht sich um. Sein Blick fällt auf mein Haar, das um meine Schulter weht. Er beißt die Zähne zusammen und wendet den Blick ab. Enttäuschung erfüllt mich, doch ich dränge das Gefühl zurück. Ich bin nicht hier, um eine Beziehung anzufangen; ich bin hier, um meine Schwester zu finden. Schuldgefühle steigen in mir auf, und ich verschränke die Arme vor der Brust, weil ich mich plötzlich dumm fühle. Ich sollte all das nicht einmal denken. Im Moment sollte das alles keine Rolle spielen ... doch es ist so lange her, dass ich etwas anderes empfunden habe als Angst und Einsamkeit.

Es klopft an der Tür, und Kenai nähert sich ihr mit steifen Schritten. Er öffnet sie, steckt den Kopf durch den Türspalt und sieht sich im Flur um, ehe er sich vorbeugt und einen Karton hochhebt. Er mustert die Kiste, danach kommt er zurück ins Zimmer und tritt die Tür hinter sich ins Schloss. Das Paket in seinen Händen ist klein und schlecht verpackt.

»Was ist das?«, frage ich, als ich zu ihm gehe.

Er zuckt mit den Achseln, dann hebt er den Karton vorsichtig an sein Ohr und lauscht.

»Du glaubst, es ist eine Bombe?«, stoße ich hervor. Gleichzeitig weiche ich zwei Schritte zurück.

Er drückt einen Finger an die Lippen und lauscht mit finsterer Miene. Ich halte die Klappe und lasse ihn sein Ding durchziehen. Eine Sekunde später senkt er den Karton und öffnet den Deckel. Er starrt den Inhalt ein paar Sekunden an, anschließend huscht sein Blick zu mir. Seine Miene ist nicht mehr grimmig, sondern erfüllt von einem Mitgefühl, das mir das Blut in den Adern gefrieren lässt. »Was ist es?«, flüstere ich, als ich zögernd einen Schritt vortrete.

»Marlie ... ich glaube, es ...«

»Was?«, falle ich ihm ins Wort. »Kenai, was ist es?«

Mit einem Seufzen gibt er mir den Karton. Ich nehme ihn entgegen und senke den Blick. Darin liegt ein Shirt. Ich erkenne es sofort. Es gehört Kaity. Sie liebt dieses Top. Ein enges, weißes Oberteil mit einem langen Reißverschluss auf der Vorderseite. Sie sieht darin wunderbar aus – sexy –, und sie hat es immer geliebt. Meine Finger zittern, als ich den Stoff anhebe und umdrehe. Dann keuche ich und lasse das Oberteil wieder fallen. Es ist blutig.

»Kenai«, wimmere ich und lasse den Karton fallen, »das ist ihr Shirt. Es ist blutig. O Gott. O mein Gott.«

»Marlie, atme tief durch«, ermahnt er mich, dann

tritt er vor und legt die Hände auf meine Schultern. »Atme.«

»Ich kann nicht«, stoße ich hervor. Meine Brust ist wie zugeschnürt und wird immer enger. »Jemand hat Kaity entführt. Jemand hat sie verletzt. Er ist es, der Beobachter. Ich weiß es einfach. Ich kann es spüren. Er spielt mit uns. Er ist noch am Leben. Er ...«

»Marlie, hör auf!«, sagt Kenai laut, womit er meine Panik so weit durchdringt, dass ich ihn ansehe. »Wir wissen beide, dass du den Mann getötet hast. Niemand kann eine Messerklinge im Hirn überleben.«

»Dann ist es jemand anders. Oder vielleicht will sich jemand dafür rächen, was ich getan habe. Ich weiß, dass es keinen Sinn ergibt ... aber alles in mir schreit, dass ich recht habe. Wer auch immer es ist, er hat meine Schwester, und er wird ...«

»Marlie«, sagt Kenai und schüttelt mich leicht, »jeder könnte dafür verantwortlich sein. Wenn sie mit Drogen zu tun hat, dann könnte es eine Warnung sein. Du musst dich beruhigen und dich konzentrieren.«

Mit zitternden Beinen gehe ich zu einem Stuhl und lasse mich darauf sinken, bevor ich nicke. Mein Magen ist total verkrampft, meine Kehle brennt, und mir ist schwindlig. Das ist einfach nur falsch. Ich fühle es bis ins Mark, aber Kenai hat recht – ich muss ruhig bleiben. Ich lasse den Kopf in die Hände sinken und atme ein paarmal tief durch, während Kenai noch einmal den Karton untersucht.

»Keine Nachricht«, murmelt er, mehr an sich selbst gerichtet. »Jemand will uns bloß wissen lassen, dass er Kaity in seiner Gewalt hat, aber er stellt keine Forderungen. Allerdings werden wir offensichtlich verfolgt, weil er weiß, dass wir hier sind.«

Ich zittere.

Das hat nichts mit Drogen zu tun. Ich weiß es, aber ich schweige trotzdem.

»Was sollen wir jetzt tun?«, frage ich. »Bleiben wir? Um herauszufinden, wer uns das geschickt hat?«

»Nein«, sagt Kenai. »Wir bleiben in Bewegung. Wir müssen diesen Chris dringender finden als je zuvor.«

13 Kenai und ich fahren nach Los Angeles. Er hat Hinweise und Informationen über Chris – von denen er hofft, dass sie ausreichen, um Kaity zu finden. Kenai verrät mir nicht viel darüber, was er herausgefunden hat, aber immerhin genug, dass ich eine ungefähre Vorstellung davon habe, was vor sich geht. Für mich sieht es bisher so aus, als würde uns jemand an der Nase herumführen. Ich weiß, dass ich Kenai vertrauen muss und er der Beste in seinem Job ist, doch irgendetwas stört mich, und langsam kann ich das Gefühl nicht mehr verdrängen.

»Wieso zappelst du so herum?«, fragt Kenai, als wir noch ungefähr eine Stunde von L. A. entfernt sind.

»Ich kann nicht anders, ich fühle mich ruhelos«, sage ich und ziehe die Beine unter den Körper.

»Du seufzt und zappelst schon die ganze Fahrt, Marlie. Warum?«

»Ich glaube, dass du dich damit irrst ... dass das, was hier geschieht, sehr wohl mit dem in Verbindung steht, was mir zugestoßen ist. Und ich wünschte mir, du würdest mir zuhören.«

Er packt das Lenkrad fester. »Ich höre dir zu. Ich höre

mir an, was du zu sagen hast, allerdings musst du mir vertrauen.«

Ich stoße den Atem aus. »Aber du verrätst mir nichts. Du zwingst mich, das Puzzle selbst zusammenzusetzen.«

Er seufzt. »Marlie, ich weiß, dass du dir wünschst, ich würde dir alles erzählen … doch das werde ich nicht tun. Das ist eine meiner Regeln. Du musst einfach darauf vertrauen, dass ich mein Bestes gebe. Wenn ich dir alles erzähle, dann wirst du austicken und versuchen, die Sache selbst in die Hand zu nehmen. Und das macht alles nur noch schwerer. Lass mich meinen Job machen.«

»Aber …«, setze ich an.

Er wendet den Blick ab und sagt nichts mehr, sondern starrt bloß auf die Straße. Dieses Gespräch ist offensichtlich beendet.

Ich bleibe eine Weile ruhig sitzen, doch das Schweigen wird immer unangenehmer. Jemand muss das eigentliche Problem ansprechen, weil es zu Spannungen zwischen uns führt.

»Hör mal, Kenai, wegen dieses Kusses …«, sage ich, nur um meine Worte sofort zu bereuen, als er zusammenzuckt.

»Das hätte nie passieren dürfen, Marlie. Ich bin hier, um einen Job zu erledigen. Solche Verwicklungen … das darf nicht sein.«

Okay.

Scham trifft mich wie ein Schlag in die Magengrube.

»Nun, wenn das so ist, warum hast du mich dann geküsst?«, blaffe ich, um meine Verlegenheit hinter Wut zu verstecken.

»Weil es dir nicht gut ging und du spüren musstest, dass du nicht allein bist.«

144

»Also war das ein Mitleidskuss? Und alles, was du mir gestern Abend erzählt hast, hast du mir auch bloß aus Mitleid gesagt?«, schreie ich und reiße die Hände in die Luft. Ich bin stinksauer auf mich selbst, dass ich das Thema angesprochen habe. »Wow. Ich habe schon viel erlebt, habe eine Menge Dinge getan, aber ich wurde wirklich noch nie aus Mitleid geküsst.«

»Ich habe dich nicht …«, setzt er an, doch ich falle ihm ins Wort.

»Spar dir die Mühe. Der Kuss hatte sowieso nichts zu bedeuten.«

Für ein paar Minuten herrscht Schweigen, bevor Kenai leise flucht.

»Was hast du gesagt?«, frage ich und verschränke die Arme vor der Brust.

Er schüttelt nur den Kopf.

»Schön, mach ruhig wieder dicht«, schnaube ich, ehe ich den Kopf zum Fenster drehe und nach draußen starre. »Aber ich bin nicht die einzige Person in diesem Auto, bei der etwas nicht in Ordnung ist.«

Den Rest der Fahrt verbringen wir schweigend. Wir kommen am Nachmittag in Los Angeles an, und Kenai hält sofort an einem Hotel, um uns ein Zimmer zu besorgen. Währenddessen bleibe ich im Truck sitzen, starre aus dem Fenster und weigere mich, auszusteigen. Sobald er uns eingecheckt hat, kommt er zurück, klopft gegen das Fenster und wedelt mit den Schlüsseln. Ich nehme an, das bedeutet, dass wir unser Zimmer beziehen, bevor wir nach Chris suchen.

Das ist in Ordnung für mich.

Ich steige aus und rausche an Kenai vorbei. Er murmelt etwas, was klingt wie »stures Weib«, ehe er mir in die Lobby folgt. Mein Handy klingelt, als wir in den

Aufzug steigen. Als ich aufs Display schaue, sehe ich, dass meine Mutter anruft. Ich bin nicht in der Stimmung für ein Gespräch, aber ich hebe trotzdem ab – nur für den Fall, dass sie sich Sorgen um die Sicherheit ihrer Tochter macht.

»Mutter«, sage ich, als ich mir das Handy ans Ohr drücke.

»Tolle Neuigkeiten, Süße. Ein Filmproduzent will dein Buch verfilmen.«

Ich zucke erst zusammen, dann versteift sich jeder Muskel in meinem Körper.

Nach einem Moment presse ich hervor: »Wie bitte?«

Kenai dreht sich zu mir um und lauscht dem Gespräch mit zusammengekniffenen Augen.

»Ist das nicht wundervoll? Du glaubst bestimmt nicht, wie viel Geld sie zahlen wollen. Und sie meinten, sie wollen der ursprünglichen Geschichte möglichst treu bleiben. Das ist unsere Chance! Das ist der Jackpot, Marlie!«

Das kann sie nicht ernst meinen.

Ein seltsames Gefühl breitet sich in meiner Brust aus – der Zorn, den ich so lange unterdrückt habe. Eine Rage, die ich jahrelang ignoriert habe. Eine Wut, die ich schon vor langer Zeit gegen meine Mutter hätte richten sollen. Ich denke an meine Schwester, die irgendwo eingesperrt ist, verängstigt und allein. Und diese Frau denkt nur ans Geld. Nein. Ich mache das nicht länger mit. Gefühle explodieren in mir, und ich empfinde etwas, das ich seit langer Zeit nicht empfunden habe.

Innere Stärke.

»Marlie?«, fragt sie.

»Nein«, sage ich heiser.

»Wie bitte?«

»Ich habe Nein gesagt, Mutter. Ich lasse das nicht zu. Ich verweigere dir meine Erlaubnis. Es ist meine Geschichte. Du hast mich bereits mit dem Roman ins Rampenlicht gezerrt, als ich eigentlich Ruhe und Unterstützung gebraucht hätte, um mich selbst wiederzufinden. Ich werde nicht zulassen, dass du das noch mal tust. Nein.«

»Aber ich habe ihnen schon zugesagt und ...«

»Dann sag ihnen wieder ab!«, schreie ich so laut, dass Kenai zusammenzuckt. »Das ist mein Leben. Das ist mein Leiden. Du hast diesen Horror nicht durchlebt, also hast du auch nicht das Recht, aus meinem Leiden Kapital zu schlagen. Ich habe gelitten. Ich. Nicht du. Ich habe genug durchgemacht, und ich erlaube dir das nicht. Wenn du das tust, werde ich dir jeden Cent wegnehmen, der von Rechts wegen mir gehört, und dir den Zugang zu dem Geld für immer unmöglich machen.«

Sie stammelt nur unverständliches Zeug.

»Und wenn du nicht so verdammt selbstsüchtig wärst, hättest du dich nach deiner vermissten Tochter erkundigt – nach der du übrigens in der gesamten letzten Woche nicht einmal gefragt hast.«

»Ich vertraue darauf, dass die Polizei sich darum kümmert«, stammelt sie. »Sei nicht so egoistisch.«

Ich lege auf und schmeiße das Handy gegen die Aufzugwand. Es knallt gegen den Spiegel und prallt davon ab. Kenai fängt es mit einer Hand auf, quasi mühelos. Natürlich.

»Marlie«, sagt er vorsichtig, aber ruhig.

»Sie will einen Film drehen lassen«, schreie ich und vergrabe die Hände in den Haaren. »Sie will mit meinem Martyrium noch mehr Geld verdienen. Es ist ihr egal. Sie ist so verdammt selbstsüchtig. Sie hat sich nicht einmal nach Kaity, mir oder unserer Suche erkundigt. Es geht immer bloß ums Geld, Geld, Geld.«

»Marlie …«

»Verdammt, wieso bin ich nicht genug?« Meine Knie geben nach. Kenai tritt näher an mich heran, schiebt einen Arm um meine Taille und hält mich auf den Beinen. »Wieso bin ich nicht genug?«, flüstere ich in sein Hemd. »Ich bin ihre Tochter. Ich bin durch die Hölle gegangen. Wieso kann sie mir nicht einfach geben, was ich brauche?«

»Was brauchst du denn?«, fragt er sanft.

»Ich brauche ihre Fürsorge. Ich brauche ihr Verständnis. Ich brauche ihre Erkenntnis, wie sehr sie mich mit ihren Handlungen verletzt.«

Kenai hält mich eng an sich gedrückt, bis der Aufzug in unserem Stockwerk hält. Er führt mich nach draußen und zu unserem Zimmer. Ich klammere mich an ihm fest. Tränen rinnen über mein Gesicht, als er die Tür öffnet. Sobald wir drin sind, führt er mich zu dem riesigen Bett, und wir setzen uns.

»Du hast das Recht, Nein zu sagen. Du hast das Recht, das alles zu verweigern.«

Ich vergrabe mein Gesicht in den Händen. »Ich weiß. Aber am Anfang war ich so schwach und zerbrechlich, dass mir die Kraft gefehlt hat.«

»Aber jetzt hast du die Kraft. Du besitzt die Macht, dein Leben neu aufzubauen.«

Ich schlucke schwer, dann nicke ich, ohne den Kopf zu heben.

»Du musst dich ausruhen. Bleib hier. Ich werde allein losziehen, um Chris zu finden.«

»Nein.« Ich reiße den Kopf hoch. »Bitte, Kenai. Ich

will nicht hierbleiben. Ich will helfen. Ich muss wissen, dass ich etwas Gutes tue.«

Er mustert mich. »Okay. Aber du kennst die Regeln, Marlie. Es ist jetzt wichtiger als je zuvor, dass du dich daran hältst.«

Ich nicke. »Ich werde kein Wort sagen. Danke.«

Er nickt ebenfalls, dann gibt er mir mein Handy zurück. »Du hast die Macht über dein eigenes Leben. Fürchte dich nicht davor, sie auch einzusetzen. Ich bin stolz auf dich.«

Damit verschwindet er im Bad.

Ich kann mich nicht bewegen.

Wieder explodiert etwas in meiner Brust.

Ein unbekanntes Gefühl.

Kenai hat mir gesagt, er wäre stolz auf mich.

Bis zu diesem Augenblick war mir nicht klar, wie dringend ich diese Worte gebraucht habe.

Der Club ist rappelvoll. Das erkenne ich an der langen Schlange vor der Tür.

Es ist kurz nach neun Uhr, und Kenai und ich tragen schicke Kleidung, um nicht aufzufallen. Mein Kleid ist kurz, schwarz und wahrscheinlich mehr wert, als ich in einer Woche verdiene. Aber es ist auch atemberaubend. Tiefer Ausschnitt und Reißverschluss am Rücken. Kenai trägt einen Anzug, und Gott, er sieht darin unglaublich aus. Er umschmeichelt seinen Körper, betont jeden Muskel an seinem starken Körper.

Wir brauchen diese Kleidung, weil dieser Laden wirklich chic ist. Teuer. Aber auch irgendwie halbseiden. Die Leute vermitteln den Eindruck von Autorität und Reichtum, doch unter der Oberfläche brodelt das Gefühl von illegalem Geld und organisiertem Verbrechen.

»Dieser Club ist grenzwertig«, flüstere ich Kenai zu, als wir uns anstellen.

»Du spürst das auch, hm?«

»Alle wirken reich und wichtig, aber irgendwie kann man erkennen, dass das nur Show ist.«

Kenai nickt. »Ja, ich habe Recherchen angestellt. Der Kerl, der den Laden führt, hat eine Menge Dreck am Stecken. Ich vermute, dass er einen Underground-Fighting-Ring führt.«

»Gott, so was gibt es noch?«, frage ich und trete ein wenig näher an ihn heran.

»Ja, so was gibt es noch.«

»Also, wie sieht dieser Chris eigentlich aus?«

Kenais Blick gleitet über die Menge. »Groß, blond, ziemlich auffällige Narbe über der Augenbraue.«

»Okay«, sage ich. Ich trete nervös von einem Bein auf das andere.

»Hör auf zu zappeln«, sagt Kenai, ohne mich anzusehen. »Benimm dich einfach ganz normal.«

»Das fällt mir ein wenig schwer, wenn die Leute mich anstarren.«

»Sie starren dich an, weil du verdammt noch mal fantastisch aussiehst. Steh dazu.«

»Hast du mir gerade ein Kompliment gemacht?«

Er nickt abgehakt.

»Aber du kannst mich dabei nicht mal ansehen. Fällt es dir so schwer, das zu sagen … selbst wenn es eine Lüge ist?«, frage ich leise.

Kenai reißt den Kopf herum und starrt mich an. Dann tritt er einen Schritt vor, schlingt die Arme um meine Taille und zieht mich an sich. Mir stockt der Atem, als er den Kopf senkt, sodass sein Atem über mein Ohr gleitet. Leise und verführerisch sagt er: »Das war keine

Lüge. Du bist die schönste Frau, die ich je gesehen habe, Marlie. So verdammt perfekt.«

Dann gibt er mich frei, und ich trete unsicher einen Schritt zurück.

Mein Herz rast, und meine Wangen brennen. Danach erscheint es mir, als kämen wir in der Schlange schneller voran – wahrscheinlich, weil ich im Kopf ständig seine Worte höre. Denkt er das wirklich? Oder weiß er nur, dass ich seit meinem Martyrium Probleme mit meinem Selbstbild habe, und gibt mir einfach den Selbstbewusstseinsschub, den ich brauche?

»Hör auf zu analysieren, was ich gesagt habe«, murmelt er, als wir den Türsteher fast erreicht haben. »Ich habe jedes Wort ernst gemeint.«

Ich sehe ihn an, und seine Miene verrät mir, dass es keinen Sinn hat, mit ihm zu diskutieren. Also tue ich es nicht. Stattdessen nehme ich das Kompliment an. Gott weiß, dass ich die Unterstützung brauchen kann. Ich brauche das Gefühl, etwas wert zu sein – trotz allem, was ich durchgemacht habe.

Wir zeigen unsere Ausweise und betreten den Club. Es ist ein toller Laden, mit blauen und weißen Lichtern überall. Die Bar besteht aus durchsichtigem Glas, und die allgemeine Atmosphäre ist kühl und elegant. Leute stehen in Gruppen herum und unterhalten sich, aber niemand tanzt, niemand reibt sich aneinander, niemand scheint zu flirten. Es ist anders als in einem normalen Club und erinnert eher an einen Geschäftsempfang.

»Ich werde losziehen und nach Chris Ausschau halten. Setz dich an die Bar und bleib dort«, befiehlt Kenai, als er mich an die Bar begleitet.

»Kann ich nicht mitkommen? Ich werde auch nichts sagen.«

»Nein.«

Er bedenkt mich mit einem strengen Blick, doch ich empfinde nur Verzweiflung. »Sie ist meine Schwester, Kenai. Ich kenne sie besser als quasi jeder andere Mensch. Bitte. Ich werde nichts sagen, aber vielleicht kann ich helfen.«

»Das ist nicht verhandelbar, Marlie. Ich will dich nicht in Gefahr bringen. Und wenn Chris dich erkennt, weigert er sich vielleicht, mit mir zu reden.«

Ich schlucke schwer, dann nicke ich. Das ist ein gutes Argument – und ich habe Kenai versprochen, dass ich mich nicht einmischen werde.

»Danke«, murmelt er anerkennend.

Er bestellt mir einen Drink, dann verschwindet er in der Menge. Ich bleibe an der Bar sitzen und sehe mich um. Zuerst bemerke ich den Mann nicht, weil er in einer Gruppe im hintersten Teil des Clubs steht, doch als er sich umdreht, fällt mir die auffällige Narbe quer über einer Augenbraue auf. Das passt zu der Beschreibung, die Kenai mir von Chris gegeben hat. Er hält ein Glas Whiskey in der Hand, sein Haar ist mit Gel nach hinten gestrichen, und er trägt einen auffälligen Anzug. Er muss es sein. Ich leere meinen Drink und stehe auf, um mich nach Kenai umzusehen, kann ihn allerdings nirgendwo entdecken. Ich bewege mich durch den Club, ohne Chris aus den Augen zu lassen, halte aber immer noch Ausschau nach Kenai.

Ich kann ihn einfach nicht finden.

Chris und ein anderer Mann öffnen eine Tür nach draußen und treten hindurch. Mein Herz rast, als ich mich verzweifelt nach Kenai umsehe. Wenn Chris verschwindet, finden wir Kaity vielleicht niemals wieder. Weiß Chris, wer Kenai ist? Ist er bereits nervös? Ich denke nicht nach, sondern handle rein instinktiv. Ich renne zur Hintertür und nach draußen.

Zwischen Chris und dem anderen Mann wechselt gerade ein braunes Päckchen die Hände. Als sie mich hören, drehen sich beide um. Chris mustert mich, dann reißt er die Augen auf. Meine Schwester und ich sehen uns ziemlich ähnlich, daher bin ich mir sicher, dass er weiß, wer ich bin. Ich kann es in seinem Gesicht erkennen… und das bestätigt die Identität des Mannes vor mir. Das ist Chris. Doch damit steht auch fest, dass ich in Gefahr schwebe. Mist. Der andere Mann dreht sich um und verschwindet. Offensichtlich hat er gekriegt, was er wollte. Mit rasendem Herzen starre ich den Mann vor mir an.

Den Unmenschen.

Die Person, die das Leben meiner Schwester ruiniert hat.

»Marlie«, sagt Chris. Gleichzeitig tritt er einen Schritt vor.

»Wo ist sie?«, zische ich.

Seine Brauen schießen nach oben. »Wie bitte?«

»Wo ist Kaitlyn?«

Er schüttelt mit einem fiesen Grinsen den Kopf. »Wahrscheinlich liegt sie tot in einer Gasse, mit irgendeinem Kerl zwischen den Beinen.«

Wut kocht in mir hoch, und ich werfe mich nach vorne. »Wo ist sie, du Bastard?«

Er tritt zurück, seine Miene voller Wut. »Was zum Teufel laberst du da? Ich habe Kaitlyn seit Wochen nicht gesehen.«

»Red doch keinen Scheiß!«, schreie ich, die Hände zu Fäusten geballt. »Ich weiß, dass sie bei dir ist. Ich weiß es. Was hast du mit ihr gemacht?«

Er schüttelt den Kopf und tritt noch einen Schritt zurück. »Du bist ja total irre. Ich habe deine verdammte Schwester nicht gesehen.«

»Marlie!«

Kenais Stimme erklingt hinter mir wie ein Peitschenschlag. Meine Hände zittern, als ich mich zu ihm umdrehe. Zornentbrannt stürmt er auf uns zu, packt mich am Arm und reißt mich zur Seite. Danach sieht er Chris an.

»Ich habe nach dir gesucht.«

»Kenai Michaelson.« Chris grinst. »Wie kann sie sich deine Dienste leisten? Bläst sie so gut wie ihre Schwester?«

Kenai zuckt zusammen, dann tritt er vor, packt Chris am Kragen und zieht ihn an sich heran, als wäre er leicht wie eine Feder. »Sag mir, wo Kaitlyn ist, oder ich schwöre« – er schiebt sein Gesicht direkt vor das von Chris –, »ich werde dafür sorgen, dass du dir wünschst, du wärst nie geboren worden.«

Chris wird kreidebleich. »Wie ich deiner Freundin da drüben schon gesagt habe, habe ich Kaity seit Wochen nicht gesehen. Sie ist einfach verschwunden; ich dachte, sie hätte einen anderen Kerl gefunden.«

Kenai mustert ihn genau. »Du bist ein verdammter Lügner.«

»Ich habe sie nicht gesehen«, faucht Chris. Erfolglos versucht er, Kenai von sich zu stoßen.

»Ich habe aus sicherer Quelle erfahren, dass du sie gesehen hast.«

»Wer auch immer dir das erzählt hat, ist ein Lügner. Ich mochte das Miststück nicht mal besonders. Ich habe sie nur gefickt. Und im Grunde war sie es gar nicht wert. Schrecklich im Bett.«

Kenai reißt die Faust zurück und schlägt Chris so hart, dass ein lauter Knall durch die Nacht hallt. Ich schlage eine Hand vor den Mund, um einen Schrei zu unterdrücken. Tränen verschleiern meinen Blick. Chris brüllt vor Schmerzen, aber Kenai lässt ihn zu Boden fallen und rammt ihm einen Fuß in die Rippen, bevor er ihn wieder auf die Beine zerrt und gegen eine Wand presst.

»Wo ist sie?«

»Ich habe sie nicht gesehen, verdammt noch mal, du gottverdammter Irrer.«

»Sie wird vermisst. Mehrere Quellen haben erklärt, sie wäre mit dir gesichtet worden.«

»Sie ist nicht bei mir«, schreit Chris. Blut rinnt über sein Gesicht. »Dieses Miststück ist keine fünf Minuten meiner Zeit wert.«

»Wo zum Teufel ist sie dann?«, brüllt Kenai ihm ins Gesicht.

»Als ich Kaity das letzte Mal gesehen habe, hat sie überlegt zu verschwinden. Ihretwegen.« Er sticht mit dem Finger in meine Richtung. Meine Brust wird eng. »Sie konnte es nicht ertragen, dass die ganze Stadt ständig über ihre verdammte Schwester redet, also wollte sie weg. Sie wollte diesen ganzen Mist hinter sich lassen. Wenn du also irgendwen fragen willst, dann frag die Tusse hinter dir. Ihretwegen ist ihre Schwester ab- gehauen. Hast du je darüber nachgedacht, dass sie viel- leicht nicht gefunden werden will?«

Meine Knie werden weich. Hat er recht? Ist Kaity meinetwegen weggelaufen?

»Kaitlyn mag ihre Probleme gehabt haben, aber nie- mand hat etwas von ihr gehört. Ich glaube nicht, dass sie sich einfach nur versteckt«, zischt Kenai.

»Dann habt ihr mit der Suche nach mir verdammt noch mal eine falsche Spur verfolgt. Ich habe sie nicht getroffen, und ich habe auch nicht vor, sie wiederzusehen.«

»Wo zum Teufel ist sie dann?«, brüllt Kenai wieder.

»Ich weiß es nicht!«, brüllt Chris zurück.

Kenai gibt ihn frei, und sofort klappt Chris keuchend zusammen.

»Verschwinde von hier, verdammt noch mal, bevor ich dir eine Kugel in den Körper schieße«, knurrt Kenai.

»Was?«, schreie ich. Ich setze mich in Bewegung, doch Kenais Arm schießt zur Seite, schlingt sich um meine Taille und hält mich fest.

»Wenn du das Miststück findest«, faucht Chris, als er sich mit dem Handrücken das Blut vom Gesicht wischt, »sag ihr, dass sie mir noch Geld schuldet.«

Damit verschwindet er im Club.

»Du lässt ihn gehen?«, schreie ich und winde mich in Kenais Halt.

»Er sagt die Wahrheit, Marlie«, erklärt er mit harter, immer noch wuterfüllter Stimme.

»Aber was, wenn er doch lügt? Verdammt, er war unsere einzige Chance.«

Kenai wirbelt mich herum, sodass ich ihn ansehen muss. Als er spricht, klingt seine Stimme überraschend sanft. »Marlie, beruhige dich und hör mir zu.«

»Du hast ihn einfach gehen lassen, Kenai«, jammere ich und trommle mit den Fäusten auf seine Brust. »Sie könnte dort draußen sein, verängstigt und allein, und du hast ihn einfach laufen lassen.«

»Er lügt nicht«, sagt er, legt die Hände auf meine Schultern und sieht mir tief in die Augen.

»Woher weißt du das?«

»Erfahrung. Er weiß nicht, wo sie ist.«

»Er könnte ein guter Lügner sein. Du verlässt dich auf deine Intuition. Du weißt nicht sicher, ob er meine Schwester in seinen schmierigen Fängen hat oder nicht. Wir hätten ihn der Polizei übergeben sollen ... hätten dafür sorgen müssen, dass sie ihn überprüfen, statt ihm einfach zu glauben.«

»Hör für eine Sekunde auf, dich gegen mich zu wehren, und denk mal ruhig darüber nach. Schieb deine Gefühle zur Seite. Glaubst du wirklich, dass er sie festhält? Denn wenn nicht, wäre es eine unglaubliche Zeitverschwendung, ihn weiter zu verfolgen. Und uns läuft die Zeit davon.«

Ich höre auf, gegen ihn zu kämpfen, und sehe ihn an.

»Du hattest von Anfang an ein komisches Gefühl bei der ganzen Sache ... und dasselbe gilt für mich.«

Mir läuft ein kalter Schauder über den Rücken.

»Er hat sie nicht, Marlie.«

»D-d-das weißt du nicht.«

Kenai legt eine Hand an meine Wange. »Ich weiß es.«

Meine Unterlippe beginnt zu zittern. »Wo ist sie dann?«

Kenai schüttelt den Kopf. »Ich weiß es nicht, aber ich werde es herausfinden.«

»Er ist es, nicht wahr? Der Beobachter. Das alles hängt irgendwie mit ihm zusammen und ...«

»Hey«, unterbricht Kenai mich, »nein. Das habe ich nie gesagt. Dass Kaity nicht bei Chris ist, bedeutet nicht, dass sie nicht in Kontakt mit seiner Welt gekommen ist und Probleme bekommen hat, bevor sie verschwunden ist.«

»Es ging nie um Drogen. Ich weiß es einfach, Kenai ... es hat mit ihm zu tun.«

»Du drehst durch… was absolut verständlich ist. Aber du musst darauf vertrauen, dass ich herausfinden werde, wer deine Schwester entführt hat. Und zieh bitte keine voreiligen Schlüsse. Kannst du das für mich tun?«

Ich nicke. »Ja. Aber nur unter einer Bedingung.«

»Was?«

»Du erzählst mir ab jetzt alles, was du herausfindest.«

Dieser Muskel an seinem Kinn zuckt, sodass ich für einen Moment damit rechne, dass er mich zurückweisen wird. Doch dann nickt er einmal und fängt an zu reden.

14

»Wo fahren wir hin?«, frage ich Kenai, als wir L. A. verlassen.

»Wir brauchen eine Atempause, benötigen Zeit, um unsere Gedanken zu sammeln und alles noch mal durchzugehen. Wir sind beide erschöpft und verwirrt. Ich bin es leid, mich in Städten herumzutreiben. Also habe ich uns eine Hütte im Wald gemietet.«

»Im Wald?« Ich blinzle überrascht.

Er nickt. »Dort ist es einfacher, nicht erkannt zu werden. Ich will nicht mehr fahren. Ich muss den Kopf frei bekommen, um den Fall mit neuen Augen zu betrachten.«

Seine Argumente sind gut. Und ich will nicht lügen, ich freue mich darauf, in die Natur zurückzukehren. Ich vermisse mein kleines Haus in Colorado Springs. Ich vermisse die Stille und den Frieden. Ich vermisse es, in Ruhe gelassen zu werden.

»Klingt gut«, sage ich sanft und ziehe die Beine an die Brust.

»Wir werden Kaity finden, Marlie. Das verspreche ich dir.«

Ich nicke nur, da meine Kehle zu eng ist, um zu antworten. Kenai sagt nichts mehr, doch er ergreift meine Hand und drückt meine Finger. Ich bin ihm in diesem Moment unendlich dankbar, weil mir vorher gar nicht bewusst war, wie dringend ich Trost nötig hatte. Es ist so lange her, dass mir dieser Luxus vergönnt war. Ich hatte vergessen, wie gut es sich anfühlt zu wissen, dass jemand für mich da ist und mich unterstützt. Dieser einfache Druck seiner langen Finger sorgt dafür, dass ich mich ein wenig entspanne.

Wir fahren schweigend weiter, aber Kenai gibt meine Hand nicht frei. Wir verlassen die Stadt, zurück in Richtung Las Vegas. Irgendwann biegen wir auf eine Schotterstraße ab und folgen ihr ein paar Meilen, bevor wir eine hübsche kleine Hütte erreichen, umgeben von hohen Bäumen und sonst nichts. Die Zivilisation scheint weit entfernt. Vor Erleichterung seufze ich auf, als ich aus dem Wagen steige und die frische Luft einatme. Ich weiß nicht mal, in welchem Bundesstaat wir uns befinden, doch ich fühle mich gleich besser.

»Oh. Das ist perfekt.«

»Schön, nicht wahr?«, murmelt Kenai, als er sich umsieht.

»Hast du sie für eine Nacht gemietet?«

»Die Hütte gehört einem Freund von mir. Er hat gesagt, wir können so lange bleiben, wie es nötig ist.«

»Das ist ein guter Freund«, sage ich, als ich mich in Richtung Haus aufmache.

Es ist wunderschön, mit den hohen Bäumen, zwischen denen sich Wildblumenwiesen ausbreiten. Als ich auf die Veranda trete, erregt ein Rascheln im Gebüsch meine Aufmerksamkeit, aber als ich den Kopf drehe, kann ich nichts entdecken. Wahrscheinlich irgendein Tier. Ich lächle zum ersten Mal seit Tagen und schiebe die Tür auf. Das Innere der Hütte ist gemütlich, rustikal und gut gepflegt. Der Wohnbereich und die Küche gehen ineinander über, die Möbel wirken bequem, und auf dem Boden liegen wunderschöne Teppiche.

»Das ist unglaublich«, sage ich, als ich mir alles genauer ansehe.

»Ja«, meint Kenai, als er hinter mich tritt. Ich kann fühlen, wie sein Körper meinen streift, als er unsere Taschen ins Haus trägt.

»Hey, Kenai?«, frage ich, als er sie abstellt.

»Ja?«

»Wer auch immer das alles tut, er ist clever. Sehr clever.«

Er sieht mich an. »Stimmt. Aber wir sind cleverer, Marlie. Ich verspreche dir, wir werden dieser Sache auf den Grund gehen. Gemeinsam.«

Gemeinsam.

Mir wird warm ums Herz. Er lässt mich an sich heran. Gegen all seine eisernen Regeln lässt er mich an sich heran, weil er mich respektiert.

»Vertraust du mir?«, frage ich.

Kenai wirkt einen kurzen Moment verwirrt, dann nickt er. »Natürlich. Ich teile sonst meine Informationen niemals mit jemandem. Ich respektiere dich sehr.«

Mir wird noch wärmer ums Herz.

»Ich kann nicht aufhören, darüber nachzudenken, weißt du? Ich gehe im Kopf alles immer wieder durch und versuche ständig herauszufinden, was wir übersehen.«

»Wir kommen schon noch dahinter«, sagt er und verschränkt die Arme vor der Brust – nicht defensiv, sondern einfach so.

»Was, wenn uns das nicht gelingt?«

»Fang nicht an, an dir zu zweifeln. Du musst mich unterstützen. Wir werden dieser Sache auf den Grund gehen. Wir wissen, dass nicht Chris deine Schwester entführt hat, und wir wissen auch, dass jemand dafür gesorgt hat, dass es so aussieht. Und wir wissen, dass wir jetzt auf der richtigen Fährte sind. Wir werden herausfinden, wer für all das verantwortlich ist, und deine Schwester zurückholen.«

Er ist so selbstsicher und vertraut auf seine – auf unsere – Fähigkeiten. Aber mir fehlt diese Selbstsicherheit.

»Weißt du, was meiner Erfahrung nach hilft?«, fragt Kenai, als er neben mich tritt. Er ergreift meine Hand, um mich zum Sofa zu ziehen und sich mit mir zusammen hinzusetzen.

»Nämlich?«

»Einmal alles durchzugehen, was wir wissen.«

Ich schlucke, rutsche ein wenig auf dem Polster hin und her, dann nicke ich. »Okay.«

»Also, was wissen wir, Marlie?«

Für eine Sekunde bin ich verwirrt, weil ich nicht weiß, was genau er von mir hören will. Will er, dass ich ihm erzähle, dass meine Schwester vermisst wird und wir bisher keinen Hinweis darauf haben, was mit ihr geschehen ist? Oder will er, dass ich die Detektivin spiele und ihm erzähle, was ich denke?

»Ich bin mir nicht sicher, was ich jetzt sagen soll«, gebe ich zu.

»Ich will, dass du mir die Fakten nennst. Alles, was wir bisher über den Fall wissen.«

Oh. Okay. Ich atme tief ein. »Du willst, dass ich alles aufzähle?«

Er nickt, ohne meinen Blick freizugeben. »Leg die

Fakten dar. Sprich sie laut aus. Das wird den Druck in deinem Kopf mildern und alles klarer werden lassen.«

»Okay«, wiederhole ich leise. »Wir wissen, dass Chris Kaitlyn nicht entführt hat.«

»Fang früher an, Marlie«, ermuntert er mich.

Früher. Gott. Es schmerzt mich, weiter zurückzudenken. Es tut mir weh, weil sich mein Herz verkrampft, wenn ich an Kaity denke und an all die Zeit, die wir bereits damit verbracht haben, nach ihr zu suchen. Aber ich tue, worum Kenai mich bittet. Ich beantworte die Frage.

»Wir wissen, dass wir scheinbar auf diesen Trip geschickt wurden, um nach einem Mann zu suchen, der – so, wie es klingt – nicht das Problem ist, sondern nur als solches dargestellt wurde.«

Kenai nickt.

»Und du bist davon überzeugt, dass Chris die Wahrheit sagt, dass er Kaity wirklich nicht gesehen hat.«

Kenai nickt wieder.

»Was bedeutet, dass jemand anders Kaity in seiner Gewalt hat«, erkläre ich. Für einen Moment fällt mir das Atmen schwer. »Und diese Person wollte uns glauben lassen, dass Chris Kaity hat, und hat uns auf diese sinnlose Suche geschickt, um … was?«

»Sag du es mir«, drängt er.

Meine Gedanken überschlagen sich. Ich habe so viele Theorien, so viele Ideen … habe so oft an meine eigene Situation zurückgedacht und mich gefragt, ob mein Martyrium mit der aktuellen Situation in Verbindung steht. Doch ich beschließe, das Erste auszusprechen, was mir in den Kopf kommt, da mir das als die logischste Antwort erscheint. Und damit vielleicht die richtige.

»Um uns abzulenken?«

»Was glaubst du: Warum sollte uns jemand ablenken wollen?«

Mein Magen zieht sich zusammen. Wieso sollte jemand uns ablenken wollen? Um zu entkommen? Um mehr Zeit mit Kaity zu haben? Um sie länger foltern zu können?

»Ich will nicht einmal darüber nachdenken«, flüstere ich.

»Ich weiß, dass du das nicht willst... aber ich bitte dich trotzdem darum«, drängt er.

Ich atme tief ein. »Ehrlich, ich verstehe nicht, warum jemand uns ablenken sollte, indem er uns Chris jagen lässt. Ich glaube, es könnte damit zu tun haben, uns von Kaity fernzuhalten, damit diese Person sie verletzen kann. Aber wenn ich jetzt so darüber nachdenke, ergibt das auch keinen Sinn. Also bleibt mir nur der Gedanke, den ich wirklich nicht wahrhaben will... nämlich dass alles, was wir erlebt haben, irgendetwas mit mir und meiner Tortur zu tun hat.«

»Also können wir was annehmen?«

Mein Herz rast, meine Handflächen werden feucht, und mein Körper zittert, doch ich antworte mit dem, was wohl am ehesten der Wahrheit entspricht.

»Dass wer auch immer Kaity entführt hat, es wahrscheinlich wegen dem getan hat, was ich erlitten habe. Dass diese Person versucht, sich an mir zu rächen.«

Kenai nickt. Sein Blick ist weich, tröstend, voller Verständnis. »Genau. Unter diesem Gesichtspunkt ergibt es doch Sinn, dass Chris eventuell die Wahrheit sagt, findest du nicht?«

Ich nicke. Ich will nicht zustimmen, tue es aber trotzdem.

»Und wie machen wir jetzt weiter?«

»Wir graben tiefer«, sage ich leise, erschöpft. »Wir betrachten alles aus einem neuen Blickwinkel.«

»Und welcher Blickwinkel wäre das?«

»Wir müssen mich in den Fokus stellen.«

Mich. Alles führt zurück zu mir. Doch wenn ich meine Schwester dadurch retten kann – wenn meine Geschichte uns zu ihr führt –, dann werde ich tun, was auch immer nötig ist.

Kenai nickt. »Ja. Dich. Ich weiß, dass ich diese Idee bisher immer von mir gewiesen habe ... weil ich wirklich nicht geglaubt habe, dass das alles mit dir zusammenhängen könnte. Aber nun bin ich bereit, auf diese Weise an die Sache heranzugehen, weil ich denke, dass du recht haben könntest.«

»Okay.« Ich nicke müde.

»Fühlst du dich nun besser?«

Das tue ich tatsächlich, da mir diese Übung dabei geholfen hat, die Geschehnisse mit Chris genauso zu verarbeiten wie meine Empfindungen in Bezug darauf. Unser Gespräch hat mir geholfen, mich zu beruhigen und klarer zu denken.

»Ich sollte duschen gehen«, sage ich leise, bevor ich aufstehe. »Danke.«

Meine Gefühle sind aufgewühlt. Ich muss einfach mal durchatmen.

»Immer gerne«, murmelt Kenai.

Ich schenke ihm ein Lächeln, dann verschwinde ich in der Dusche. Ich brauche ein paar Minuten für mich, um nachzudenken. Es war ein langer, anstrengender Tag. Als das warme Wasser auf mich herabprasselt, denke ich an Kaitlyn und frage mich, wo sie wohl ist. Ich denke über all die Dinge nach, die Kenai und ich gerade besprochen haben. Alle von Chris' Bekannten haben ihn als totalen Drecksack beschrieben – aber auch als zu dumm, um ein ernst zu nehmender Krimineller zu sein. Kaity hatte sich ein paar Tage vor ihrem Verschwinden von ihm getrennt, und er ist ohne sie aus der Stadt abgehauen. Was bedeutet, dass wir jetzt auf der richtigen Fährte sind.

Jemand hat meine Schwester entführt. Genau wie ich dachte.

Eine Träne rinnt über meine Wange, dann noch eine und noch eine. Meine Knie geben nach, und ich sinke unkontrolliert schluchzend auf dem Boden der Dusche zusammen. Ich kann den Zusammenbruch nicht aufhalten. Mein Schluchzen wird heftiger, als Angst, Panik, Verzweiflung und Verlustängste mich überwältigen. Alles, was ich so lange zurückgehalten habe, schwappt über mich hinweg. Furcht, Schuldgefühle, meine Schwäche. Der Sturm der Gefühle bricht einfach aus mir heraus. Als wäre mein Körper es einfach leid, das alles zurückzuhalten.

Ich habe Angst. Ich bin einsam. Ich bin wütend. Ich bin verletzt. Ich leide an Verfolgungswahn. Ich bin so verdammt kaputt.

Ich höre nicht, wie die Tür geöffnet wird, ich höre nicht, wie Kenai in die Dusche tritt. Ich weiß nur, dass sich starke Arme um mich legen und an seinen Körper ziehen. Meine Wange landet an Kenais Brust. Er hält mich fest, als ich alles herauslasse. Tage der angestauten Angst, Jahre, in denen ich das Gefühlschaos in mir unterdrückt habe. Kenai schlingt seine Arme fest um mich, drückt mich, bis ich fast nicht mehr atmen kann.

Es ist genau das, was ich brauche und will.

»Wir werden sie finden«, sagt er, seine Kleidung

durchnässt vom Wasser. »Ich schwöre es, Marlie. Wir werden Kaity finden.«

»Was, wenn sie ... was, wenn sie schon ...«

»Nein«, erklärt er fest. »Nein. Sieh mich an.«

Sanft legt er die Finger unter mein Kinn und hebt meinen Kopf, bis ich ihm in die Augen sehen muss. »Gib sie nicht verloren. Gib dich selbst nicht verloren, und gib mich nicht verloren.«

Ich starre ihn an, dann explodiert Hitze in meiner Brust. Beim besten Willen kann ich die Lust nicht unterdrücken; ich bin mir nicht mal sicher, ob ich das will. Ich hebe die Hand und streiche ihm eine feuchte Strähne von der Stirn, dann vergrabe ich meine Finger in Kenais dichten Locken. Ich bin nackt. Liege in seinen Armen. Und es ist mir egal. Ich drücke meine Lippen gegen seine und küsse ihn.

»Marlie«, sagt er und stöhnt. Seine Hand gleitet über meinen Rücken. »Das ist keine gute Idee.«

Ich küsse ihn wieder.

»Marlie«, knurrt er und schiebt mich ein kleines Stück nach hinten. »Verdammt. Ich kann das nicht tun. Wir dürfen das nicht tun.«

Schamgefühle treffen mich wie ein Schlag. Ich weiche entsetzt zurück. Dann springe ich quasi aus der Dusche. Ich bin tief getroffen. Kenai hat mich zurückgewiesen. Ich habe mich vollkommen geöffnet, und er hat mich zurückgewiesen.

»Marlie!«, ruft er mir hinterher, als ich mir ein Handtuch um den Körper wickle und ins Wohnzimmer renne.

Auf der Suche nach Kleidung fange ich an, in meiner Tasche herumzuwühlen. Kenai tritt ebenfalls mit einem Handtuch um die Hüften aus dem Bad. Offensichtlich hat er seine nasse Kleidung ausgezogen. Ihn dort stehen zu sehen, mit nacktem, feuchtem Oberkörper, hilft mir auch nicht weiter.

»Marlie«, sagt er vorsichtig, als er näher tritt.

»Nicht«, blaffe ich und zerre eine Unterhose aus der Tasche.

»Ich habe dich nicht zurückgewiesen.«

Ich springe auf die Beine und wirble zu ihm herum. »Ach nein?«, frage ich. Ich versuche, mich zusammenzureißen, obwohl meine Brust sich anfühlt, als müsste mein Herz gleich in tausend Stücke zerspringen. »Es ist okay, Kenai. Ich verstehe das. Kein Problem.«

»Nein«, stößt er hervor, »deswegen habe ich das nicht gesagt.«

»Genau«, murmle ich und ziehe mir ein Top über den Kopf. »Es ist okay, wirklich.«

»Hör mir einfach zu.«

Ich ignoriere ihn und ziehe stattdessen eine Baumwollshorts an.

»Verdammt, Marlie.«

Ich richte mich auf und gehe in Richtung des Zimmers, das ich für das Schlafzimmer halte.

»Stopp«, befiehlt er.

»Nein«, blaffe ich.

Ich schaffe es gerade bis zur Tür, bevor er seinen Arm um mich schlingt und mich an seine Brust zieht. Sein gesamter Körper presst sich an meinen Rücken, und ich kann seinen heißen Atem im Nacken spüren, als er mit zusammengepressten Zähnen sagt: »Hör. Mir. Zu.«

»Steck es dir …«

Kenai wirbelt mich so schnell herum, dass ich fast das Gleichgewicht verliere, doch er zieht mich sofort wieder in die Arme und umfasst meinen Kopf. »Ich weise dich nicht zurück.«

»Ich bin mir ziemlich sicher, dass du das tust.«

Er packt meine Hand und schiebt sie zwischen unsere Körper, bis meine Handfläche an seiner Härte liegt. »Fühlt sich das an, als wollte ich dich nicht ficken?«

Ich öffne den Mund, nur um ihn wieder zu schließen.

»Fühlt es sich so an?«, zischt er an meinen Lippen. »Hm?«

»Nein«, hauche ich.

»Ich will dich so dringend nehmen. Die Hälfte der Zeit kann ich in deiner Nähe nicht einmal klar denken. Ich kann mir bloß ausmalen, wie fantastisch es sich anfühlen würde, meinen Schwanz in dir zu vergraben. Zu hören, wie du meinen Namen schreist. Zu fühlen, wie deine Muschi mich willkommen heißt.«

Ich presse die Beine zusammen, und ein leises Keuchen dringt über meine Lippen.

»Also hör auf«, knurrt er, als er sich noch enger an mich drückt, »vor mir wegzulaufen.«

»Du hast Nein gesagt«, sage ich, den Blick auf seine Lippen gerichtet.

»Was ich gesagt habe, war: ›Wir dürfen das nicht tun.‹ Das ist nicht dasselbe.«

»Wieso dürfen wir nicht?«

Seine Augen glühen. »Weil du mich bezahlst, einen Job zu erledigen, und ich meine Aufgabe bisher nicht allzu gut erfülle. Wenn ich mich von dir ablenken lasse, kann ich nicht mein volles Potenzial abrufen.«

»Es geht nur um eine Nacht, Kenai«, sage ich und schließe meine Finger fester um seinen Schwanz.

»Marlie ...«

»Bitte. Ich war mit niemandem zusammen, seit ... ich ... bitte?«

»Baby«, stöhnt er.

Baby.

Meine Haut beginnt zu kribbeln.

Ich beginne ihn leicht zu streicheln.

»Scheiß drauf«, zischt er. Er beugt sich leicht vor, reißt mir Shorts und Höschen vom Körper, dann schiebt er einen Arm unter meinen Po und hebt mich hoch. Ich schlinge die Beine um seinen Körper, werfe die Arme um seinen Hals, ziehe seinen Kopf an mich und presse meine Lippen auf seinen Mund. Er küsst mich tief und hart. Unsere Zungen duellieren sich. Wir sind verzweifelt, das merkt man uns beiden an.

»Verdammt«, stößt er hervor, »ich kann nicht warten. Und ich will es nicht einmal.«

Er senkt die Hand und lässt seine Finger durch meine Schamlippen gleiten.

»So feucht«, brummt er.

»Kenai«, wimmere ich, »bitte.«

Er versenkt einen Finger in mir, dann einen zweiten. Ein Schrei entringt sich meiner Kehle. Begierig werfe ich den Kopf in den Nacken und genieße das Gefühl, wie er mich dehnt.

»Ja«, presst er lustvoll hervor. »Gott, ja.«

»Fick mich«, schreie ich, umklammere seine Schulter. »Ich brauche dich in mir.«

Er versenkt für einen Moment die Finger tiefer in mir, danach zieht er die Hand zurück und packt seinen Schwanz, um ihn an meine Mitte zu pressen. Er stößt nach oben, füllt mich aus. Ein wunderbares Brennen erfüllt meinen Körper. Es ist ein unglaubliches Gefühl. Ich vergrabe die Fingernägel in Kenais Rücken und kratze ihn, als er sich zurückzieht, um erneut in mich zu stoßen.

Mein Rücken knallt gegen die Wand, und mein Stöhnen wird lauter.

»Du fühlst dich so gut an«, keuche ich, als er mich mit einer Wildheit nimmt, die ich mir nicht in meinen heißesten Träumen hätte ausmalen können.

»So eng«, sagt er und stöhnt, die Finger in meinen Hüften vergraben. »Du bist perfekt, Marlie.«

Ich wimmere und hebe meine Hüften, nehme ihn tiefer auf, weil ich ihn noch intensiver spüren will. »Kenai«, stöhne ich lustvoll.

»Verdammt. Sag das noch mal.«

»Kenai …«

Er vergräbt sich noch tiefer in mir, stößt härter in mich, bis meine Muschi sich um ihn verkrampft und ich spüre, wie ein allumfassender Orgasmus von meinem Körper Besitz ergreift. Das Gefühl nimmt seinen Anfang in meiner Mitte, doch die Wärme explodiert schnell nach außen, erobert meinen gesamten Körper, bis ich es kaum noch ertragen kann.

Ich komme heftig.

So heftig, dass ich meine eigenen Schreie nicht mehr höre.

Kenai stöhnt laut, kurz darauf erstarrt sein Körper, und ich fühle, wie er tief in mir pulsiert.

Ich lasse den Kopf an seine Schulter sinken, dann atme ich für einen Moment einfach nur seinen Duft ein. Er riecht unglaublich gut. Sein Aftershave macht mich verrückt. Dieser Duft, verbunden mit seiner eigenen Essenz, könnte jede Frau an den Rand der Selbstkontrolle treiben.

»Das war unglaublich«, murmelt er, als er mich freigibt. Ich vergrabe das Gesicht an seiner Brust. Ich brauche noch ein paar Augenblicke.

»Lass mich kurz noch mal duschen, dann machen wir uns etwas zu essen«, sagt er.

Mit einem Nicken trete ich zurück. Meine Knie sind weich.

Kenai sucht meinen Blick, und da ist etwas zwischen uns.

Etwas Unglaubliches.

Etwas Intensives.

Etwas Echtes.

»Erzähl mir von dir«, bitte ich Kenai später, als wir nebeneinander auf dem Bett ruhen. Unsere Füße berühren sich, und meine Hand liegt in seiner. »Etwas, was niemand sonst weiß.«

»Ich hatte eine Schwester«, sagt er. Sein Daumen gleitet sanft über meine Handfläche.

Mein Herz beginnt schneller zu schlagen. »Hatte?«

»Sie ist gestorben.«

Mein Magen verkrampft sich, und mein Herzschlag setzt für einen Moment aus. Ich kann mir das nicht ausmalen. Ich kann mir ... nicht mal für eine Sekunde ... vorstellen, wie sich das angefühlt haben muss. Die Angst davor, meine Schwester zu verlieren, macht mich fast verrückt, doch sie tatsächlich zu verlieren ... ich fühle mit ihm.

»Das tut mir unglaublich leid. Darf ich fragen, was passiert ist?«

Kenais Daumen stoppt seine Bewegung, und einen Augenblick lang wird er ganz still. Ich mache mir Sorgen, dass ich zu viel verlangt habe, doch eine Sekunde später beginnt er zu sprechen: »Sie ist verschwunden. Sie war erst vierzehn. In einer Minute war sie noch da und in der nächsten weg. Wir waren zusammen. Sie hat gesagt, sie wolle nur kurz zum Laden, ist allerdings nie wieder nach Hause gekommen.«

Meine Haut kribbelt. Ich rolle mich auf die Seite und sehe Kenai an. »Das tut mir so leid, Kenai.«

»Ich hätte auf sie aufpassen müssen, aber ich war zu sehr auf irgendein dämliches Mädchen konzentriert. Sie ist allein losgezogen, irgendein Widerling hat sie erwischt und umgebracht.«

Entsetzen überschwemmt mich. Ich weiß genau, wie sich das anfühlt. Ich weiß, wie es ist, in die Hände eines Unmenschen zu geraten.

»Das ist nicht deine Schuld«, sage ich sanft. »Es gibt schreckliche Menschen dort draußen. Du hättest das nicht verhindern können.«

»Ich war ihr älterer Bruder, ich hätte sie begleiten müssen.«

»Sie ist zum Laden gegangen, Kenai. Du hast sie nicht allein in einem einsamen Wald zurückgelassen. Dort waren andere Leute unterwegs. Du hättest sie nicht jede Sekunde im Blick behalten können. Das ist nicht deine Schuld.«

Er antwortet nicht, und sein Körper ist steif. Ich will ihn nicht bedrängen. Ich weiß, wie es sich anfühlt, wenn man unter Druck gesetzt wird, obwohl man nur in Frieden gelassen werden will.

»Wurde der Mann gefasst, der das getan hat?«

Er nickt. »Ja, die Polizei hat ihn gefunden. Er hat sich im Gefängnis umgebracht.«

Gott sei Dank.

»Tust du deswegen, was du tust?«

Er rollt sich herum, bis er mich ansehen kann. Ich erkenne den Schmerz in seinen Augen, wünsche mir, ich könnte die Hand ausstrecken und ihn davon befreien.

»Ja. Ich habe die Polizei beobachtet, als sie nach ihr gesucht haben. Ich habe sie alle beobachtet und mir ständig bloß gedacht: ›Sie unternehmen nicht genug.‹ In diesem Moment wusste ich, was ich einmal tun werde. Ich würde alles in meiner Macht Stehende tun, um verschwundene Leute aufzuspüren.«

»Und hast die Suche zu deinem Lebensinhalt gemacht.«

»Ja«, sagt er, bevor er mir eine Strähne aus der Stirn streicht.

»Es tut mir leid um deine Schwester.«

Er lächelt. Es ist ein schwaches Lächeln, aber ich sehe es.

»Deswegen warst du wütend auf mich, als du noch dachtest, ich hätte etwas mit diesem Buch zu tun, oder?«

Er beißt die Zähne zusammen, doch er nickt. »Damals wusste ich noch nicht, dass du nichts dafürkannst. Ich dachte, du hättest dein Leiden ausgenutzt, um berühmt zu werden. Und das hat mich so wütend gemacht. Ich konnte einfach nicht verstehen, wie jemand so etwas tun kann, wenn so viele andere dort draußen verschwunden bleiben oder gefoltert werden. Außerdem habe ich nicht ganz begriffen, was du durchgemacht hast. Es war einfacher für mich, dich zu verurteilen, als über dein Leiden nachzudenken. Und das tut mir leid, Marlie.«

»Es ist okay«, antworte ich mit zitternder Stimme. »Ich habe dieses Buch immer gehasst. Es hat mein Leben zerstört. Es hat Kaitys Leben zerstört. Ich wünschte, meine Mutter hätte mehr getan, um Kaity und mir zu helfen, statt uns ins Rampenlicht zu zerren.«

»Du kannst selbstsüchtige Menschen nicht ändern, Marlie. Du kannst nur beschließen, selbst nicht so zu sein.«

»Ich hasse nur den Gedanken so sehr, dass Kaity deswegen gelitten hat – wegen meiner Entführung und diesem verdammten Buch.«

»Tu das nicht«, sagt er, seine Stimme fast hart. »Gib dir nicht selbst die Schuld. Du hast um nichts von alledem gebeten. Kaity hat gelitten, das verstehe ich, aber sie hat trotzdem ihre eigenen Entscheidungen getroffen. Du kannst nicht die Verantwortung für die Fehler und Entscheidungen anderer übernehmen. Letztendlich sind wir Erwachsene, die eigene Entscheidungen über ihr Leben treffen.«

Ich schiebe mich näher an ihn heran, um meine Lippen auf seine zu drücken. »Du solltest deine eigenen Ratschläge annehmen.«

Er schnaubt.

»Gib es zu«, sage ich und lege die Arme um seinen Hals. »Jetzt magst du mich.«

Er brummt, zieht mich aber gleichzeitig enger an sich. »Vielleicht ein kleines bisschen.«

Ich strahle über das ganze Gesicht.

Es ist ein unglaubliches Gefühl.

15 Kenai und ich unterhalten uns noch stundenlang, bis ich in seinen Armen einschlafe, doch irgendwann mitten in der Nacht weckt mich ein Rascheln draußen vor der Hütte. Ich greife nach meinem Handy, um auf die Uhr zu sehen, doch ich kann es nicht finden. Dann fällt mir ein, dass ich es im Auto gelassen habe. Sosehr ich mir auch wünsche, im Bett zu bleiben, ich will nachsehen, ob jemand mich wegen Kaity angerufen oder mir eine Nachricht geschrieben hat. Vorsichtig löse ich mich aus Kenais Armen und ziehe mein Top und die Shorts wieder an.

Ich werfe noch einen Blick zu Kenai, aber er schläft tief und fest. Da ich weiß, wie erschöpft er ist, will ich ihn nicht wecken.

Ich gehe zu der hinteren Tür der Hütte, schalte das Licht draußen an und trete auf die Veranda, um mich umzusehen. Ich kann kaum etwas erkennen, also trete ich vorsichtig einen Schritt vor. Links von mir erklingt erneut dieses Rascheln. Ich reiße den Kopf herum und sage leise: »Hallo?«

Nichts.

Wahrscheinlich nur ein Opossum.

Gerade als ich mich umdrehen und wieder in die Hütte gehen will, bemerke ich, dass das Licht im Inneren von Kenais Truck brennt. Ich kneife die Augen zusammen und nähere mich vorsichtig dem Wagen. Ich habe ein seltsames Gefühl bei der Sache, aber ich erinnere mich daran, was Kenai über meinen Verfolgungswahn gesagt hat. Wahrscheinlich hat er einfach nur aus Versehen die Tür einen Spalt offen gelassen, als er unsere Taschen ins Haus getragen hat. Ich erreiche den Truck und stelle fest, dass die beiden vorderen Türen nicht zu sind. Mir gefriert das Blut in den Adern.

Etwas stimmt hier nicht. Er hätte vielleicht eine Tür vergessen. Aber beide ... nein. Panisch sehe ich mich um.

Erst da wird mir klar, wie dunkel es hier draußen ist. Quasi stockfinster.

Ich wende mich der Hütte zu, als ich rechts von mir ein Geräusch höre. Es ist laut, richtig laut, und klingt wie Schritte. »Kenai?«, flüstere ich, den Rücken an den Truck gedrückt.

Die Schritte kommen näher, doch ich kann niemanden entdecken. Mein Herz rast wie verrückt, als ich mich am Truck entlangschiebe. »Kenai, bist du das?«

Ein Ast knackt, ein beängstigend scharfes Geräusch.

Ich denke nicht nach, sondern drehe mich einfach um und renne los.

Instinktiv laufe ich in Richtung Hütte, aber ein Schatten direkt neben mir sorgt dafür, dass ich abrupt abbiege. Als ich zwischen die Bäume renne, höre ich, wie die Schritte hinter mir beschleunigen. Jemand verfolgt mich. Eine viel zu vertraute Angst ergreift Besitz von mir. Ich renne schneller. Äste verkratzen mir die Arme, und ich stolpere über Unebenheiten, die ich nicht sehen kann.

Ich stolpere über einen Baumstumpf und fange mich mit den Händen auf der weichen Erde ab. Dann krieche ich weiter, bis meine Stirn mit einem dicken Ast kollidiert. Schluchzend krieche ich weiter. Meine Finger brennen, weil ich mir die Haut aufreiße. Die Schritte kommen näher. Ich weiß, dass ich aufstehen muss. Ich muss.

Steh auf.

Renn, Marlie.

Ich kämpfe mich auf die Beine und laufe weiter, stoße gegen Bäume, weiche Felsen aus. Blut rinnt über mein Gesicht. Ich kann es schmecken. »Lass mich in Ruhe!«, schreie ich keuchend. Meine Knie schmerzen.

Die Schritte werden schneller, und meine Knie geben nach.

Schließlich falle ich nach vorne. Schmerzen schießen durch meine Beine bis in meine Wirbelsäule. Ich schreie und versuche weiterzukriechen, doch ein schwerer Körper landet auf meinem Rücken und drückt mein Gesicht in die Erde. Ich kann nicht sagen, ob es ein Mann oder eine Frau ist. Ich weiß gar nichts mehr. Danach umfasst eine Hand meinen Hinterkopf und presst mein Gesicht tiefer in den Dreck.

Ich kämpfe.

Ich winde mich und versuche, die Person von meinem Rücken abzuwerfen.

»Lass mich los!«, schreie ich.

»Marlie?«

Kenai.

O Gott.

»Wo bist du?« Ich höre, wie seine verzweifelte Stimme näher kommt.

Gleichzeitig erklingt eine verzerrte Stimme an meinem Ohr. »Es ist nicht vorbei. Es fängt erst an. Ich hoffe, du hast mich vermisst, Marlie. Ich beobachte dich.«

Dann verschwindet das Gewicht von meinem Rücken, und ich höre Schritte, die zwischen den Bäumen verklingen.

Ich kann mich nicht bewegen.

Ich kann nicht atmen.

War das etwa er? Ist er am Leben? O Gott. Er ist am Leben. Er lebt noch.

Mir ist nicht einmal bewusst, dass ich schreie, bis Kenai vor mir auf die Knie sinkt, mich packt und in seine Arme zieht. »Was ist passiert? Marlie, was ist passiert?«

»E-e-e-er ...«

»Beruhig dich und rede mit mir. Verdammt, du blutest ja.«

»Er ist ... er ist ...«

»Marlie, hol tief Luft.«

»Er ist am Leben«, flüstere ich.

Kenai erstarrt vor Schreck. Anschließend hebt er mich in seine Arme und sagt leise: »Ich bringe dich nach drinnen.«

Er lässt den Strahl seiner Taschenlampe über die Umgebung gleiten, doch niemand ist zu sehen.

Er ist weg.

Für den Moment.

»Marlie, rede mit mir«, sagt Kenai. Er kauert vor mir und wischt mir mit einem warmen Waschlappen das Gesicht ab.

»Er war es.«

»Wer?«

Unsere Blicke treffen sich, und etwas flackert in Kenais Augen auf.

»Marlie, er ist tot.«

»Er war es, Kenai. Ich weiß es. Ich wusste es die ganze Zeit. Er hat Kaity entführt, um mich damit zu quälen. Das ist alles ein Spiel. Ein Trick. Er hat mich nach draußen zum Truck gelockt und durch den Wald gehetzt. Wenn du nicht gekommen wärst ...«

»Hast du ihn gesehen?«, fragt Kenai – vorsichtig, sanft.

Ich blinzle. »Nein, aber ...«

»Hast du seine Stimme erkannt, als er mit dir geredet hat?«

»Er hatte einen dieser Stimmverzerrer. Ich weiß, was ich gehört habe, Kenai. Er hat gesagt, es wäre nicht vorbei.«

Kenai mustert mich, und ich kann das Mitleid in seinen Augen erkennen. Er sieht mich an, als würde er mich bedauern.

»Hast du geträumt, bevor du nach draußen gegangen bist?«

Ich reiße die Augen auf. »Du glaubst, ich habe mir das alles nur eingebildet?«

Er versucht, meine Hand zu ergreifen, doch ich entziehe ihm meine Finger. »Ich habe mir das nicht eingebildet«, kreische ich, entsetzt, dass er mir so etwas zutraut.

»Marlie, mit aufgewühlten Gefühlen und unter Stress können unsere Körper seltsame Dinge tun. Es gibt Flashbacks. Das ist eine Form von posttraumatischer Belastungsstörung.«

»Es war real. Ich habe mich nicht selbst durch den Wald gehetzt«, schreie ich und stehe mit zitternden Beinen auf.

»Bitte reg dich nicht auf«, sagt er, vorsichtig und

ruhig – als rede er mit einer Frau, die am Rand einer Klippe steht und jeden Moment springen könnte.

»Ich weiß, was ich gesehen habe. Ich weiß, was ich gefühlt habe. Ich weiß, was ich gehört habe. Jemand war heute Nacht dort draußen, Kenai. Jemand hat mich gefoltert. Jemand spielt sein Spiel mit mir. Bis du mir glaubst – bis du bereit bist, das Ganze durch meine Augen zu betrachten –, werden wir niemals sicher sein. Und dasselbe gilt für Kaity. Denk über mich, was du willst … und vielleicht leide ich tatsächlich an einer posttraumatischen Belastungsstörung. Aber das hat nichts mit heute Nacht zu tun. Das alles ist wirklich passiert. Ich kann den Unterschied erkennen.«

Ich drehe mich um und eile ins Schlafzimmer. Mein gesamter Körper tut weh, und mein Herz ist erfüllt von der Angst, dieser Albtraum könnte von vorne beginnen. Ich kann nicht glauben, dass Kenai denkt, ich hätte mir das bloß eingebildet; dass er sich weigert, auch nur in Erwägung zu ziehen, der Beobachter könnte etwas damit zu tun haben. Wieso kann er nicht erkennen, dass ich die Wahrheit sage? Wieso vertraut er mir nicht ausreichend, um zu verstehen, dass ich einfach weiß – in jeder Zelle meines Körpers spüre –, dass das alles mit meiner Vergangenheit in Verbindung steht?

»Hey.«

Zwanzig Minuten sind vergangen. Ich drehe mich auf dem Bett um und entdecke Kenai, der mit seinem Tablet in den Händen den Raum betritt.

»Bitte nicht. Ich kann es nicht mehr ertragen.«

»Ich habe mich draußen umgesehen. Du hattest recht. Es gibt zwei Spuren. Es tut mir leid. Ich hätte dir glauben sollen.«

Ich nicke, doch trotzdem ist meine Kehle eng.

»Ich habe hier all meine Notizen und die Polizeiberichte … von deinem Fall, von Kaitys, alles. Ich denke, wir müssen noch mal von vorne anfangen, weil wir bisher falsch an die Sache herangegangen sind.«

»Das glaube ich auch.« Ich rutsche zur Seite, damit er sich neben mich setzen kann.

»Bist du bereit für eine lange Nacht? Das könnte eine Weile dauern.«

Ich zucke mit den Achseln und spähe dann über seine Schulter auf den Bildschirm. »Ich könnte sowieso nicht schlafen, also koche ich uns wohl einen Kaffee.«

»Lass mich dich noch mal sauber machen, bevor du das tust. Du hast immer noch Blut und Erde im Gesicht.«

Ich nicke schwach.

Er steht auf und streckt mir die Hand entgegen. Ich kneife die Augen zusammen und schüttle verwirrt den Kopf.

»Vertraust du mir?«

Als ich seine Finger ergreife, zieht er mich auf die Beine und führt mich ins Bad. Er gibt mich frei und dreht die Dusche auf, danach dreht er sich zu mir um und murmelt mit heiserer Stimme: »Arme hoch.«

Ich hebe die Arme. Er packt den Saum meines Shirts und zieht es mir über den Kopf. Mein Herz schlägt wie wild, während er das Oberteil zur Seite wirft und seine Hände wieder auf meine Haut drückt. Ich sehe zu ihm auf, halte seinen Blick, als er die Finger nach unten schiebt, um meine Shorts zu entfernen. Zitternd stehe ich vor ihm, schaue ihm in die Augen. Wie er mich ansieht, ist einfach wunderbar.

»Du bist schön, Marlie.«

Meine Wangen beginnen zu brennen, als Kenai sich ebenfalls auszieht, ehe er meine Hand ergreift und mich in die Dusche zieht. Die ersten Wassertropfen, die meine Haut treffen, entreißen mir ein Zischen. Es brennt in den winzigen Kratzern überall auf meinem Körper. Kenai nimmt einen weichen Waschlappen und macht ihn nass, bevor er vortritt und mir Blut und Erde vom Gesicht wäscht.

Ich bleibe stumm.

Keiner von uns sagt etwas.

Manchmal muss man kein einziges Wort sprechen, um zu verstehen, wie eine andere Person empfindet. Manchmal kann man es spüren, einfach wenn man sie ansieht, weil eine kribbelnde Energie eine Verbindung aufbaut. Ein tiefes Verständnis. Es ist real. Es ist rein. Man weiß mit jeder Faser des Körpers, wer man ist. Nein, Worte sind unnötig, wenn es eine Verbindung gibt, die bis in die Seele reicht.

Ich lasse die Finger über Kenais Hals gleiten, über seine Brust und seine Bauchmuskeln. Er zittert unter meiner Berührung, versucht aber nicht, mich aufzuhalten. Ich glaube, wir wollen beide nicht mehr gegen die Anziehung zwischen uns ankämpfen. Ich lasse die Hand tiefer sinken, schließe die Finger um seinen Ständer. Er stößt ein tiefes Geräusch aus und brummt: »Baby, glaub mir, ich will das. Aber du bist verletzt, und so ein Miesling bin ich nicht.«

Ich stelle mich auf die Zehenspitzen und flüstere ihm ins Ohr: »Ich habe nicht gesagt, dass ich irgendetwas bekommen muss. Vielleicht will ich einfach nur etwas für dich tun.«

Als ich mich langsam auf die Knie sinken lasse, ohne seine Erektion freizugeben, funkeln seine Augen. Das warme Wasser prasselt auf mich herab, und meine Knie brennen, doch ich höre nicht auf. Das will ich nicht. Ich hebe seinen Ständer an meine Lippen und nehme ihn in den Mund, lasse meine Zunge um die Eichel kreisen. Ich liebe das Zischen, das er ausstößt, und die unwillkürliche Bewegung seiner Hüften.

»Verdammt, ja«, keucht er, dann presst er die Hände gegen die Wand, als ich ihn tiefer aufnehme.

Ich schließe meine Finger um seine Wurzel, streichle ihn im Takt meiner Kopfbewegungen. Ich liebe die Geräusche, die über seine Lippen dringen; liebe es, ihn unter meiner Kontrolle zu haben. Sanft schiebt er eine Hand in mein Haar und übt leichten Druck aus, damit ich seinen Penis tiefer in den Mund nehme. Es fühlt sich gut an, unglaublich, obwohl meine Kopfhaut ein wenig brennt. Doch ich werde nicht zulassen, dass die Dämonen der Vergangenheit diesen Moment zerstören.

»Ich komme«, stößt er hervor. »Gott, Marlie. Verdammt, ja.«

Er stöhnt leise, als er sich in meinen Mund ergießt. Ich schlucke alles, genieße, wie er schmeckt, wie er sich anfühlt. Sanft löse ich meine Lippen von ihm und sehe auf, um seinen dunklen, lustvollen Blick einzufangen. Er umfasst sanft mein Kinn und murmelt: »Du bist perfekt.«

Ein lauter Knall sorgt dafür, dass wir beide die Köpfe herumreißen.

Kenai setzt sich sofort in Bewegung. »Bleib hier.«

Noch bevor ich auch nur aufstehen kann, ist er schon aus der Dusche gesprungen und hat sich ein Handtuch um die Hüften geschlungen. Ein weiterer Knall. Dann ein lauter, wütender Fluch.

Ich stehe auf und eile aus der Dusche, schlinge mir

ein Handtuch um den Körper und renne ins Wohnzimmer. Ich kann nicht glauben, dass wir so unaufmerksam waren. Schuldgefühle brennen in meiner Brust, als ich die Hütte durchquere. Kenai ist nirgendwo zu entdecken. Der Küchentisch ist umgefallen, und alles, was darauf stand, liegt auf dem Boden verteilt.

Alles, bis auf … Kenais Tablet.

»Kenai?«, rufe ich panisch und renne zur Vordertür.

Er steht draußen, starrt in die Dunkelheit und schreit: »Ich werde dich finden. Dafür brauche ich meine Akten nicht.«

Anschließend dreht er sich um und kommt zurück, die Hände zu Fäusten geballt, seine Miene finster.

»Kenai?«, frage ich sanft, die Hände in meinem Handtuch vergraben.

»Jemand will nicht, dass wir weiter ermitteln. Du hast recht, irgendjemand spielt mit uns. Hier ist es nicht sicher. Wir müssen aufbrechen.«

Mit einem Nicken drehe ich mich um und eile zurück ins Haus. Kenai zieht sich genauso schnell an wie ich, dann sammeln wir unsere Sachen ein und gehen zum Truck. Als wir den Wagen erreichen, hebt Kenai einen Arm, um mich aufzuhalten. Er kneift die Augen zusammen und murmelt dann: »Bleib hier.«

Er geht zum Truck, und erst da fällt mir auf, dass die Ladeklappe nicht ganz geschlossen ist. Er öffnet sie nicht, sondern lässt sich stattdessen auf Hände und Knie sinken, um unter den Wagen zu spähen. Ich beobachte verwirrt, wie er den gesamten Truck untersucht. Irgendwann steht er auf, geht zu einer Seitentür und zieht sie auf, dann sehe ich, wie sich sein gesamter Körper verspannt.

»Kenai?«, frage ich und trete einen Schritt vor.

Er streckt den Arm aus, um etwas hochzuheben, danach dreht er sich zu mir um. Ich erkenne Mitgefühl in seinen Augen. Fast schon Mitleid.

»Was ist es?«

Er tritt zurück. In der Hand hält er eine dicke Locke roten Haars, die von einem Band zusammengehalten wird.

Nein. Bitte. Nein.

»Das ist sein Erkennungszeichen«, keuche ich. Ich kann nicht atmen. Meine Lunge verweigert einfach den Dienst. »Und das sind Haare von Kaity!«

Die Welt beginnt sich um mich zu drehen. Kenai bewegt sich schnell und schlingt einen Arm um meine Taille, bevor ich umfallen kann. Ich vergrabe das Gesicht in seinem Hemd und atme ein paarmal tief durch, um mich zu beruhigen. Ich darf nicht in Panik geraten. Das darf ich nicht. Das ist genau das, was diese Person will. Sie will mir Angst einjagen. Versucht, mich zu brechen. Sie wird nicht gewinnen. Das werde ich nicht zulassen.

Ich ziehe mich ein wenig zurück und sehe Kenai in die Augen. »Wir müssen sie finden, Kenai. Ich weiß, was er ihr antut. Wir müssen ihr helfen.«

»Er ist es nicht, Marlie.«

Ich öffne den Mund, um mit ihm zu diskutieren, doch er hebt eine Hand.

»Ich will damit nicht sagen, dass du verrückt bist«, fährt er fort. »Ich sage nur, dass es nicht der Beobachter ist. Er ist tot. Ich habe alle Berichte gesehen. Wer auch immer mit uns spielt, es ist ein Nachahmungstäter.«

»Ein … Nachahmungstäter?« Ich reibe mir die Arme, um mich aufzuwärmen.

»Ja, ein Nachahmungstäter. Ein gestörter Fremder,

der ein Buch gelesen und dabei kranke Ideen entwickelt hat. Auf jeden Fall ist es nicht der Beobachter.«

»Wie kannst du dir da so sicher sein?«

Er beugt sich vor und hebt seine Tasche vom Boden. »Nachahmungstäter sind nicht so selten wie wiederauferstandene Tote. Und der Beobachter ist tot – ich habe den Autopsiebericht gelesen, habe Fotos von seiner Leiche gesehen.«

»Hattest du Sicherheitskopien deiner Dateien? Wie sollen wir ohne dein Tablet irgendetwas herausfinden?«

»Wir fahren heute zurück nach Las Vegas. Ich habe dort einen Freund bei der Polizei. Er wird mir dabei helfen, erneut alle Informationen zusammenzutragen.«

»Und Kaity?«, frage ich verängstigt, den Blick auf die rote Locke gerichtet, die er in der Hand hält.

»Wir werden sie finden. Vertraust du mir?«

Ich sehe zu ihm auf und nicke. »Absolut.«

»Dann lass uns aufbrechen. Uns läuft die Zeit davon.«

16

Wir erreichen Las Vegas kurz nach Mittag. Kenai parkt vor einem Polizeirevier, dann gehen wir beide hinein. An der Rezeption sitzt eine hübsche, junge Blondine, die fröhlich mit jemandem am Telefon schwatzt. Als sie aufsieht und Kenai entdeckt, erscheint ein breites Grinsen auf ihrem Gesicht. Sie verabschiedet sich eilig von ihrem Gesprächspartner, springt auf und rennt auf ihn zu. »Kenai!«, quietscht sie und wirft sich in seine Arme.

Ich ziehe die Augenbrauen hoch.

»Hi, Sara. Lange nicht gesehen. Wie geht es dir, Süße?«

Süße?

Mein Herz verkrampft sich. Ist das etwa Eifersucht? Ich unterdrücke das Gefühl.

»Alles prima«, antwortet sie. »Du siehst toll aus.«

»Genau wie du. Wie geht es Mark und den Kindern?«

Sie ist verheiratet.

Komm wieder runter.

Ich entspanne mich.

»Gut. Die Jungs sind inzwischen beide in der Schule.«

»Wirklich?« Kenai grinst. »Nett. Hey, ist Darcy da?«

»Ist er. Er wird begeistert sein, dich zu sehen. Ich rufe ihn an.«

Sie geht zurück zum Schreibtisch, während Kenai sich zu mir umdreht. Dann grinst er.

»Was?« Ich verschränke die Arme vor der Brust.

»Du warst eifersüchtig.«

Ich schnaube. »Von wegen.«

»Warst du. Ich habe es genau gesehen.«

»Bilde dir bloß nichts ein, Chef. Ich war neugierig, nicht eifersüchtig.«

Sein Grinsen wird breiter.

Ich verdrehe die Augen und wende mich wieder dem Schreibtisch zu. Einen Moment später tritt ein Mann durch die Tür neben Sara. Er ist groß, dunkel und gut aussehend. Er wirkt nicht so wild wie Kenai, sondern eher distinguiert und gepflegt. Sein Haar ist mit Gel nach hinten gekämmt, seine Augen mandelförmig und braun, und sein breites Grinsen enthüllt zwei atemberaubende Grübchen auf seinen Wangen.

»Kenai, Kumpel«, lacht er. Er kommt zu uns und zieht Kenai in eine Umarmung. »Lange nicht gesehen.«

»Du siehst immer noch chic aus, Darcy«, gluckst Kenai, als er zurücktritt. »Wie läuft es so?«

»Besser, jetzt, wo du hier bist.« Darcys Blick huscht zu mir, dann reißt er die Augen auf. »Marlie Jacobson.«

Super.

Er kennt mich.

»Hi«, sage ich leise.

Darcy kommt auf mich zu und streckt mir die Hand entgegen. »Es ist mir wirklich eine Ehre, Sie kennenzulernen. Ich habe Ihre Geschichte gehört, wie wohl die meisten Menschen im Land. Ich bin tief beeindruckt von Ihrer Stärke und Ihrem Mut.«

Das Mitgefühl in seinem Blick beruhigt mich. »Das war's, Kenai«, sage ich, als ich Darcys Hand schüttle. »Ich habe mich gerade verliebt.«

Darcy lacht, als Kenai etwas in seinen Bart murmelt.

»Ich mag sie. Wenn du sie nicht für dich behältst, lass es mich wissen.« Darcy zwinkert mir zu, dann gibt er meine Finger frei. »Wie kann ich euch helfen?«

»Zuerst einmal«, brummt Kenai, »könntest du aufhören, sie anzubaggern. Sie ist schon vergeben. Und du könntest mir ein paar Informationen liefern.«

Ist Kenai etwa eifersüchtig? Mein Herz macht einen Sprung.

Meine Knie werden weich, doch ich reiße mich zusammen. Aber ich weiß, dass sie beide die Röte sehen können, die langsam in meine Wangen steigt.

Darcys Grinsen wird breiter. Er wackelt kurz mit den Augenbrauen, bevor er sich umdreht und sagt: »Kommt mit.«

Wir folgen ihm durch einen Flur, aber die kribbelnde Spannung zwischen Kenai und mir ist intensiver als je zuvor. Wir kollidieren, als wir gleichzeitig in Darcys Büro treten wollen.

»Ihr beide seid urkomisch«, schmunzelt Darcy. Er setzt sich hinter seinen Schreibtisch.

Kenai wirft ihm einen bösen Blick zu.

Ich kichere.

Was dafür sorgt, dass Kenai mich böse anstarrt.

Gott, wie launisch er immer ist.

»Also, was kann ich für euch tun?«, fragt Darcy erneut, als wir auch Platz genommen haben.

»Ich brauche die Akten über Marlies Fall und den Beobachter. Meine sind sicher gespeichert, aber mein Tablet ist verloren gegangen, und ich kann aus der Ferne nicht aufs Büro zugreifen. Ich muss mir alles noch mal ansehen.«

Darcy tippt sich mit einem Finger ans Kinn. »Das fällt nicht in meine Zuständigkeit, das weißt du doch. Das Verbrechen wurde in Denver verübt.«

»Sicher, aber ich weiß, dass du Kontakte hast und mir die Infos besorgen kannst.«

»Kann ich. Aber ich werde es erst tun, wenn du mir sagst, warum.«

Ich sehe zu Kenai, doch er hält unverwandt Darcys Blick.

»Erinnerst du dich noch daran, wie ich dich aus der Scheiße geholt habe …«

Darcy verdreht die Augen. »In Ordnung. Ich wusste, dass du das gegen mich verwenden würdest.« Er gibt Kenai ein leeres Blatt Papier. »Schreib mir die Fallnummer auf, und dann gib mir Zeit bis heute Nachmittag. Ich werde dir Kopien besorgen.«

Kenai schreibt auf, was ihm einfällt, und gibt Darcy den Zettel zurück. »Du bist ein guter Mensch«, sagt Kenai, als er aufsteht. »Wenn du nicht beschäftigt bist, lass uns doch mal was zusammen trinken.«

Darcy sieht zwischen Kenai und mir hin und her, dann gluckst er: »Nicht ich werde beschäftigt sein.«

Ich verdrehe die Augen, doch gleichzeitig kann ich ein Lächeln nicht unterdrücken.

Danach überkommen mich sofort Schuldgefühle, weil ich mich so gut fühle. Aber vielleicht brauchen wir ja ein wenig Leichtigkeit in dieser dunklen Stunde.

Manchmal muss man sich einfach etwas Gutes tun.

»Glaub mir, du willst dir die Bilder nicht ansehen, Süße«, murmelt Kenai, als er durch die ausgedruckten

Akten blättert, die Darcy vor einer Stunde vorbeigebracht hat. »Da wir es mit einem Nachahmer zu tun haben, habe ich Darcy auch die Akten des ursprünglichen Falls anfordern lassen.«

»Ich habe das alles schon mal gesehen«, sage ich, während ich mich bemühe, über seine Schulter zu spähen.

»Vielleicht. Aber du musst diesen Horror nicht noch mal durchleben. Lass mich das durchschauen.«

»Kenai, bitte. Ich möchte dir helfen. Du musst mir ja nicht die Bilder geben, sondern nur die Akten. Dann kann ich die durchlesen.«

Er sieht auf, mustert mich einen Moment und murmelt schließlich: »Du wirst mich nicht in Frieden lassen, bis ich dir etwas gegeben habe, oder?«

Grinsend schüttle ich den Kopf.

Er brummt, dann drückt er mir einen Stapel Papiere in die Hand. »Alle Informationen über Clayton. Schau, was du herausfinden kannst. Familie. Freunde. Irgendetwas.«

Clayton. Der Beobachter.

Meine Haut beginnt zu kribbeln, doch ich atme tief durch und beginne zu lesen. Name. Geburtsdatum. Gewicht. Hautfarbe. Haarfarbe. Augenfarbe. Strafregister ... in dem sich ehrlich nicht viel findet bis auf ein paar Anzeigen für Einbruch, die aufgrund von mangelnden Beweisen nie zu einer Verurteilung geführt haben. Meine Kehle ist wie zugeschnürt, als ich weiterlese. Ich wusste das alles nicht. Ich frage mich, ob die Polizci sich je diese Akte noch mal angesehen und sich gefragt hat, ob sie ihn vielleicht intensiver hätten in die Mangeln nehmen müssen, als er wegen dieser kleinen Vergehen bei ihnen saß. Gab es Hinweise? Ist es überhaupt möglich zu bemerken, dass man gerade einen Killer getroffen hat?

Ich blättere durch die ersten paar Seiten, dann entdecke ich eine Seite mit handschriftlichen Notizen, die aussehen, als hätte einfach jemand seine Gedanken niedergeschrieben.

Clayton ist in San Diego aufgewachsen? Familie?

Ich bemühe mich, die hingeworfenen Sätze zu entziffern, die verschiedene Beamte offensichtlich während der Ermittlung notiert haben.

Kaum Informationen über seine Eltern. Der Verdächtige kam direkt nach der Geburt ins Pflegesystem.

Ich schlucke. Im Pflegesystem ab der Geburt. Ist er deswegen geworden, wie er war?

Gespräche mit den Pflegefamilien zeigen auf, dass er eine lange, gewalttätige Vorgeschichte hat. Wurde einmal in Frauenkleidung ertappt.

Ich zittere. Ich erinnere mich genau daran, wie besessen er von Frauen und ihrer Schönheit war.

Immer noch keine Informationen über die Eltern, aber wir haben Hinweise, dass er eine Schwester hat, die ein paar Jahre vor ihm dem System übergeben wurde.

Eine Schwester.

Er hatte eine Schwester.

»Hier!«, rufe ich aufgeregt.

Kenai zuckt zusammen und sieht von seinem Stapel auf. »Was?«

»Er hat eine Schwester! Sie könnte etwas wissen.«

Ich gebe Kenai den Zettel. Er nickt und sieht mich mit stolzem Blick an. »Eine heiße Spur. Schau, ob du herausfinden kannst, wer sie ist … oder vielleicht sogar, wo sie lebt.«

Ich stürze mich wieder auf die Akten.

Es heißt, die Schwester wohnt immer noch in San Diego. Allein. Nicht verheiratet. Sie behauptet, sie hätte ihn seit ihrer Kindheit nicht mehr gesehen. Es gibt keine Hinweise darauf, dass sie von seinen Verbrechen wusste. Sie wurde befragt. Konnte uns keine nützlichen Informationen liefern.

»Sie lebt in San Diego. Die Polizei hat sie befragt, aber sie hat behauptet, sie hätte Clayton seit ihrer Kindheit nicht gesehen«, sage ich, ohne den Blick vom Papier zu heben.

»Das ist wahrscheinlich, besonders im Pflegesystem. Hast du einen Namen gefunden?«

Ich lese weiter, lasse meine Finger über die Seite gleiten, bis ich ihn entdecke.

»Georgia Dumas. Es gibt auch eine Adresse.«

Kenai grinst mich an. »Gute Arbeit, Baby. Vielleicht hast du ja eine Begabung für die Detektivarbeit.«

Ich lächle und schnaube. »Das bezweifle ich ... ich habe ja nichts weiter getan als eine Akte gelesen.«

»Das war gut.«

»Also werden wir Georgia einen Besuch abstatten?«

Kenai nickt und schließt die Akte. »Das werden wir auf jeden Fall tun. Aber jetzt gehen wir erst einmal ins Bett.«

Meine Wangen beginnen zu brennen.

Ich lasse die Papiere fallen.

Klingt perfekt.

17

»Scheiße«, flucht Kenai und fährt sich mit der Hand durchs Haar.

Wir starren beide seinen Truck an. Die Reifen sind aufgeschlitzt, die Fenster eingeschlagen, aber es sind die quer über die Seite gesprühten Worte *Ich beobachte euch*, die uns am heftigsten treffen. Wer auch immer meine Schwester in seiner Gewalt hat, er ist klug und ständig in unserer Nähe. Und wer auch immer es sein mag, offensichtlich verfolgt er uns.

»Was machen wir jetzt?«, frage ich, während ich mir nervös die Arme reibe.

»Wir werden uns einen Leihwagen nehmen.«

»Er beobachtet uns«, sage ich und drücke mich eng an Kenais Seite, während ich meinen Blick über den Parkplatz gleiten lasse.

»Ja, wir werden beobachtet. Wir müssen vorsichtiger sein. Wer auch immer es ist, er will nicht, dass wir dieser Sache auf den Grund gehen. Er genießt das Spiel. Das gilt für die meisten Killer.«

»Glaubst du, er hat uns gestern Nacht belauscht?«

»Vielleicht. Das werden wir wohl erst herausfinden, wenn wir Georgias Haus erreicht haben. Im Moment müssen wir einfach die Augen offen halten. Wir sind nicht sicher.«

Ich nicke, dann bleibe ich eng neben Kenai, als wir auf die Straße treten und ein Taxi heranwinken. Wir fahren zu einer Autovermietung, wo wir uns einen Wagen nehmen und uns zum Aufbruch bereit machen. Wir sprechen kaum auf der Fahrt Richtung Kalifornien. Meine Gedanken überschlagen sich. Wer auch immer uns verfolgt, er ist clever. Ich sehe ständig nach hinten, starre all die Autos auf der Straße an und frage mich, in welchem davon er oder sie wohl sitzt.

Mein Telefon klingelt und reißt mich aus meinen Gedanken. Es ist Hannah. Ich habe sie ein paar Tage lang nicht angerufen.

Ich hebe ab. »Hey«, sage ich müde.

»Hey. Ich wollte mich nur mal nach dir erkundigen. Ich habe seit ein paar Tagen nichts von dir gehört. Bist du okay? Läuft alles gut?«

Ich seufze. »Eigentlich nicht. Es hat sich herausgestellt, dass Chris nichts mit Kaitys Verschwinden zu tun hat.«

Sie keucht. »Was meinst du damit?«

»Wir waren in L. A. und haben herausgefunden, dass man uns auf eine falsche Fährte gelockt hat.«

»Wer sollte so etwas tun?«

Mein Blick huscht zu Kenai, der den Kopf schüttelt. Er will nicht, dass ich sie einweihe.

»Wir sind uns noch nicht sicher, aber wir gehen gerade den ganzen Fall noch mal durch.«

»Arme Kaity«, sagt Hannah besorgt. »Ich kann mir nur ausmalen, was sie gerade durchmacht.«

Schuldgefühle und Angst bekriegen sich in meiner Brust, sodass ich lediglich murmeln kann: »Ja.«

»Ich wollte bloß mal hören, wie es dir geht. Ich weiß, dass das alles sehr hart für dich sein muss.«

»Ist es«, gebe ich zu. »Ich habe panische Angst um sie.«

»So ginge es mir auch.«

»Auf jeden Fall muss ich jetzt aufhören, Han. Ich halte dich auf dem Laufenden.«

»Pass auf dich auf, Marlie. Ich will nicht, dass du auch wieder verletzt wirst.«

»Werde ich nicht. Ciao.«

Ich lege auf und wende mich Kenai zu.

»Tut mir leid«, sagt er. »Ich will nicht, dass irgendwer weiß, was wir tun ... nicht, wenn wir beobachtet werden. Du könntest jeden in Gefahr bringen, dem du etwas erzählst.«

Na klar.

Ich kann nicht glauben, dass mir dieser Gedanke nicht gekommen ist. »Natürlich. Danke.«

»Hannah hat nichts gehört?«

»Nein. Sie macht sich nur Sorgen, wie der Rest von uns auch.«

»Hat deine Mom noch mal angerufen?«

Ich brumme. »Von wegen. Sie ist zu sehr damit beschäftigt, mehr Geld zu scheffeln.«

Kenai schüttelt den Kopf und deutet nach links, zu einer Tankstelle. »Wir werden auftanken, uns etwas zu essen besorgen und dann heute noch so weit fahren, wie es geht.«

Ich nicke, als er abbiegt. »Ich muss sowieso mal auf die Toilette.«

Ich steige aus dem Wagen und gehe in Richtung des Gebäudes, während Kenai nach dem Tankstutzen greift. Es sind nicht allzu viele Leute hier. Im Vorbeigehen sehe ich durch das Fenster der Station und erkenne einen alten Mann am Kassentresen. Er starrt mich an. Ich schenke ihm ein leichtes Lächeln. Ein seltsames Gefühl ergreift Besitz von mir, aber ich gehe trotzdem weiter zu den Toiletten in dem Anbau hinter der Station.

Ich betrete die Damentoilette, dann rümpfe ich die Nase. Offensichtlich wurde hier seit einer Weile nicht mehr geputzt. Ich frage mich fast, ob es nicht besser wäre, mich hinter ein Gebüsch zu hocken. Ich wähle die sauberste der drei Toiletten und lege Papier auf der Brille aus. Dann tue ich, was getan werden muss. Genau in diesem Moment höre ich, wie die Eingangstür ins Schloss schlägt. Das Licht geht aus, sodass es vollkommen dunkel wird. Es gibt keine Fenster. Es ist ein alter Anbau aus Ziegeln. Meine Kehle wird eng, und ich stehe auf. »Hallo?«

Ein paar Sekunden lang ist es still.

Dann höre ich es.

»Kämm es, Marlie. Das ist Sashas hübsches Haar. Tu so, als wäre Sasha hier, als hättet ihr eine kleine Party. Was würdest du zu ihr sagen?«

Nein.

O Gott.

Die Aufnahme läuft weiter ab, hallt durch den Raum. Seine Stimme zu hören trifft mich wie ein Schlag in die Magengrube. Meine Knie zittern. Ich greife nach der Tür, um die Kabine zu verlassen, doch sie lässt sich nicht öffnen. Ich trommle mit den Fäusten dagegen. »Lass mich raus!«, schreie ich.

»I-i-ich würde sagen ...«

»Rede nicht mit mir, Marlie. Rede mit Sasha. Frag sie nach dem Jungen, mit dem sie ausgeht.«

»Triffst du dich immer noch mit diesem Jungen, Sasha?«, krächze ich.

»Sehr gut. Was würde Sasha antworten?«

»Lass mich raus!«, schreie ich und schlage mit aller Kraft auf die Tür ein. »Lass mich frei.«

Diese schreckliche Tonbandaufnahme meines schlimmsten Albtraums läuft weiter.

»Aber ja, M-M-Marlie. Er sieht so gut aus, findest du nicht auch?«

»Mach weiter. Was würdest du noch über den Jungen sagen, den Sasha so mag?«

»Finde ich auch. Er sieht wirklich sehr gut aus.«

»Lass dir von ihr erzählen, was sie mit ihm machen will.«

Ich meine, eine Bewegung vor der Tür zu hören, das Licht geht an, dann wird etwas über die Kabinenwand geworfen und landet direkt auf meinem Kopf. Es ist eine dichte Haarlocke. Ich schreie und werfe mich nach hinten, falle gegen die Toilette. Das Haar ist honigbraun, und die Kopfhaut hängt daran, genau wie damals. Meine Schreie werden hysterisch, als ich versuche, mich aus der Kabine zu befreien. Die Tür wurde festgeklemmt.

»Kenai!«, kreische ich.

Ich schreie und schreie, auch nachdem die Tür aufgerissen wird. Ich schreie, bis meine Stimme heiser ist und meine Beine nachgeben. Ich falle zu Boden. Eine Sekunde später erscheint Kenai im Türrahmen. Sein Blick senkt sich auf mich.

»Nein«, stößt er hervor, bevor er nach mir greift und mich in seine Arme hebt.

»Er war wieder hier«, jammere ich. »Ich konnte eine Aufnahme von mir und ihm hören ... von damals, als er mich in seiner Gewalt hatte. Dann ... das ...«

Kenais Blick fällt auf den Skalp, und das Entsetzen

in seiner Miene spiegelt meine Gefühle. Er trägt mich nach draußen, wobei er sich die ganze Zeit umsieht. Auf dem weichen Gras stellt er mich vorsichtig auf die Beine. Er streicht mir das tränennasse Haar aus dem Gesicht und legt die Hände an meine Wangen. »Tief durchatmen.«

Panik verengt mir die Brust. »Er wird mich finden. Er wird mich erwischen. Er wird …«

Ich spüre die Panikattacke in mir aufsteigen, die mich gleich überwältigen wird, presse mir den Handrücken an den Mund, um ein schmerzerfülltes Stöhnen zu unterdrücken.

»Marlie, atme. Mit mir zusammen, komm.«

Er atmet ein, und ich bemühe mich, seinem Beispiel zu folgen.

Dann atmet er langsam aus.

Das machen wir, bis meine Atmung sich normalisiert und meine Tränen versiegen. Der Besitzer der Tankstelle kommt nach draußen, um zu fragen, ob es ein Problem gibt. Kenai erklärt ihm, mir wäre im Auto schlecht geworden, also verschwindet der Mann mit einem Achselzucken wieder.

»Ich werde da jetzt noch mal reingehen und mir alles ansehen. Bleib hier stehen. Aber ruf mich sofort, falls du mich brauchst.«

Ich nicke, die Arme um den Körper geschlungen.

Kenai geht zurück in die Toilette, während ich mich umsehe. Die Umgebung scheint menschenleer, doch ich weiß, dass er irgendwo dort draußen ist und geduldig wartet.

»Du wirst mich nicht fertigmachen«, sage ich leise zu mir selbst. »Dieses Mal nicht.«

Dieses Mal nicht.

»An den Haaren hing ein Zettel«, sagt Kenai später am Abend, als wir zum Übernachten angehalten haben.

Ich sitze auf dem Bett im Hotelzimmer, doch bei seinen Worten reiße ich den Kopf herum. »Wirklich? Was stand darauf?«

Er greift in seine Hosentasche und zieht ein kleines Stück Papier heraus. Ich weiß nicht, was er mit den Haaren gemacht hat, und es ist mir auch egal. Er hat gesagt, er hätte sich darum gekümmert; mehr muss ich nicht wissen. Doch ich wusste nicht, dass es eine Nachricht gab. Ich strecke die Hand aus, er zögert allerdings.

»Ich komme schon klar, Kenai. Ich weiß, dass ich auf der Tankstelle vollkommen die Kontrolle verloren habe, aber er wird mich nicht fertigmachen. Ich werde ihn nicht gewinnen lassen. Bitte.«

Seufzend steht er auf, kommt zu mir und gibt mir die Nachricht.

Ich falte den Zettel auf und lese die zittrige Schrift.

Ich beobachte dich. Immer.
Dein Haar wird neben dem deiner Schwester
wunderbar aussehen.

Ich zerknülle die Nachricht und versuche, die Gänsehaut zu ignorieren, die sich auf meinem Körper ausbreitet. »O Gott ...«

»Das ist eine Drohung. Lass dich davon nicht einschüchtern, Marlie.«

»Was, wenn Kaity bereits ... bereits ...«

»Hey«, sagt Kenai und setzt sich neben mich, »lass ihn nicht gewinnen. Wir werden sie finden, und wir werden diese Sache ein für alle Mal zu Ende bringen.«

»Das ergibt nur alles keinen Sinn«, sage ich, als ich

die Beine unter den Körper ziehe. »Wieso entführt er nicht einfach mich? Offensichtlich ist diese Person vor allem an mir interessiert.«

»Es ist ein Spiel«, sagt Kenai. »Eine Manipulation. Ich würde vermuten, deine Schwester wurde aus Rache entführt.«

»Glaubst du immer noch, wir haben es mit einem Nachahmungstäter zu tun? Oder hältst du es für möglich, dass Clayton doch überlebt hat?«

»Ich denke, diese Person wollte den Einsatz erhöhen, uns nervös machen, uns durcheinanderbringen und sich vielleicht auch Zeit erkaufen, indem sie uns hat glauben machen, Chris hätte Kaity entführt. Jetzt hat sich das Spiel verändert; inzwischen konzentriert sich diese Person darauf, dich zu foltern.«

»Denkst du, Kaity ist sicher?«

Er schüttelt den Kopf. »Nein. Wenn überhaupt, mache ich mir mehr Sorgen um sie, weil sie als Köder benutzt wird.«

Ein Zittern überläuft meinen Körper. »Glaubst du, es könnte Georgia sein, Claytons Schwester?«

Kenai zuckt mit den Achseln. »Ich bin mir nicht sicher. Aber inzwischen bin ich davon überzeugt, dass die betreffende Person auf jeden Fall in irgendeiner Weise mit Clayton in Verbindung steht. Georgia zu befragen ist ein guter Anfang. Vielleicht kann sie uns etwas über ihre Eltern erzählen oder über Familienmitglieder, denen sie nahestanden, bevor sie ins Pflegesystem gegeben wurden.«

»Glaubst du, es könnte ein enger Freund aus einer Pflegefamilie sein?«

»Vielleicht. Wir werden uns auch das genauer ansehen, sobald wir mehr über seine leibliche Familie wissen.«

»Ich habe Angst, Kenai«, flüstere ich.

Er zieht mich in seine Arme. »Ich weiß, aber du musst stark sein, für mich. Schaffst du das? Ich werde nicht zulassen, dass jemand dich verletzt, Süße.«

»Ich weiß.«

»Vertraust du mir?«

Ich kuschle mich näher an ihn heran. »Vollkommen.«

18

»Bist du dir sicher, dass wir uns auf der richtigen Straße befinden?«, frage ich und kneife die Augen zusammen, als Kenai ein gutes Stück von der Stadt entfernt auf eine Schotterstraße abbiegt.

»Ja, ich habe die Adresse bestätigt. Das ist der richtige Weg.«

»Also lebt diese Schwester außerhalb der Stadt?«

Kenai nickt. »Scheint so. San Diego ist ziemlich groß.«

Wir fahren die lange, verlassene Schotterstraße entlang, bis wir ein altes Cottage erreichen, das zwischen hohen Bäumen steht. »Hier ist es«, murmelt Kenai.

Während ich das alte, heruntergekommene Gebäude mustere, läuft mir ein kalter Schauder über den Rücken. Es wirkt nicht bewohnt, sondern eher, als müsste es jeden Moment einstürzen. »Ich glaube nicht, dass hier wirklich jemand lebt«, meine ich.

»Der Schein kann trügen.« Er schaltet den Motor ab und steigt aus. »Kommst du?«

Ich starre das Haus an. Es ist alt – so alt, dass Teile der Dachrinne herunterhängen. Die Farbe ist verblasst und mit Rissen durchzogen. Das Dach sieht aus, als wäre es irgendwann mal vom Sturm abgehoben worden und wieder aufs Haus geknallt. Es ist das unheimlichste, schrecklichste Haus, das ich je gesehen habe.

Ich atme tief durch, dann stoße ich die Tür auf und steige aus. Ich bin mir nicht sicher, ob ich bereit bin, Claytons Schwester gegenüberzutreten; jemandem, in dessen Adern tatsächlich dasselbe Blut fließt. Stand sie ihrem Bruder nahe? Weiß sie, wer ich bin? Wird sie uns überhaupt helfen wollen?

Ich ergreife Kenais Hand, als wir Richtung Haus gehen, doch er stoppt, noch bevor wir die Haustür erreichen. Ich verstehe erst nach einem Augenblick, warum er das tut.

»Was ist das für ein Geruch?«, flüstere ich und halte mir mit der freien Hand die Nase zu.

»Den würde ich überall erkennen. Bleib hier.«

»Kenai …«

»Bleib hier, Marlie.«

Ich folge seiner Aufforderung, bleibe stehen, während er die Stufen zur vorderen Veranda hinaufsteigt und im Haus verschwindet. Für ein paar Minuten ist er weg. Ich dagegen sehe mich die ganze Zeit über um, weil ich mich frage, ob wir auch jetzt beobachtet werden. Nervös reibe ich mir die Arme, bis Kenai wieder erscheint, die Hand vor die Nase gepresst. »Sie ist tot.«

Ich blinzle. »Was?«

»Seine Schwester ist tot … wenn das da drin seine Schwester ist. Schuss in den Kopf. Keinerlei Gegenwehr. Wer auch immer sie getötet hat, sie kannte ihren Mörder und hat nicht damit gerechnet. Ich habe ein Tuch über die Leiche gelegt. Ich muss das Haus durchsuchen. Willst du hier warten?«

Ich schüttle den Kopf. »Nein, ich komme schon klar.

Ich will dir helfen. Ich kenne Kaitys Sachen – wenn die Chance besteht, dass da drin etwas von ihr herumliegt, werde ich es bemerken.«

Er nickt, also folge ich ihm ins Haus.

Der Gestank ist unfassbar. Ich finde einen Lappen in einem Küchenschrank und presse ihn mir über die Nase. Gleichzeitig vermeide ich es, die Leiche unter dem Tuch zu betrachten. Auf dem Boden daneben erkenne ich Blut und wende sofort den Blick ab.

»Ich werde mir das Schlafzimmer ansehen«, sage ich und eile aus dem Raum.

Das Schlafzimmer winzig, mit einem verrosteten Bett und einem alten Schreibtisch in einer Ecke. Es gibt keine Vorhänge, und das Fenster sieht aus, als stünde es schon seit langer Zeit offen. Ich kannte diese Frau nicht, doch niemand sollte so leben müssen. Vorsichtig durchquere ich den Raum, auf dessen Boden ein dreckiger, dicker Teppich liegt. Als Erstes gehe ich zum Bett und ziehe die Decke nach unten. Außer dreckigen Laken kann ich nichts entdecken.

Ich sehe unter das Bettgestell. Staub. Sonst nichts.

Danach wende ich mich dem Schreibtisch zu, öffne Schubladen und Fächer und blättere Papiere durch. Nichts Interessantes außer ein paar Rechnungen und ein paar alten Büchern. Ich öffne sie und blättere, bis ich mir sicher bin, dass nichts zwischen den Seiten steckt. Plötzlich fällt ein winziger Schlüssel auf den Boden. Ich bücke mich und hebe das verrostete Metall auf. Dann sehe ich mich im Raum um, um herauszufinden, wozu er gehört. Keine der Schubladen am Schreibtisch hat ein Schlüsselloch.

Langsam drehe ich drei Runden durch den Raum, bevor ich zum Schreibtisch zurückkehre. Der Schlüssel muss irgendwo hierhin gehören. Ich packe die Platte und ziehe den Tisch mit aller Kraft von der Wand weg. Dann schiebe ich mich dahinter und entdecke ein winziges Fach auf der Rückseite, das tatsächlich ein Schlüsselloch hat. Mit Mühe gehe ich in die Hocke und öffne das Fach. Darin liegt ein altes, abgegriffenes Tagebuch. Ich nehme es und gehe zum Bett, ehe ich das Tagebuch auf einer beliebigen Seite öffne und anfange zu lesen.

Liebes Tagebuch,
er ist wieder weg. Ich weiß, was er tut. Ich weiß
immer, was er tut. Ich habe solche Angst. Um ihn.
Um unser Kind. Um mich. Ich weiß, dass ich etwas
unternehmen müsste, aber ich fürchte mich vor
seiner Reaktion. Er hat sie bereits verdorben.
Heute ist sie mit einer toten Maus zu mir gekom-
men – sie hatte dem Tier die Haut abgezogen.
Ich habe panische Angst, dass der Teufel schon in
sie gefahren ist. Wie soll es anders sein? Sie wurde
aus Bösem in diese Welt gebracht, und anschei-
nend kann keine meiner Handlungen sie schützen.
Ich habe solche Angst.
Ich bin gefangen.

Meine Kehle wird eng, doch ich blättere zu einer anderen Seite.

Liebes Tagebuch,
sie macht mir Angst. Meine eigene Tochter macht
mir Angst. Es ist seine Schuld. Oder vielleicht
auch meine. Ein Kind, das durch Inzest geboren
wurde, musste ja böse werden. Ich hatte keine
Wahl. Er hat sich mir aufgezwungen. Ich konnte

nichts tun, um ihn davon abzuhalten. Jetzt wird
ein weiterer Unmensch geschaffen. Ich glaube,
sie ist noch schlimmer als er. Ich kann es in ihren
Augen erkennen. Ich kann das Böse sehen, das er
geschaffen hat. Er ist so stolz auf sie. So stolz auf
die verstörenden Gedanken, die sie äußert.
Heute hat sie ein Messer auf mich geworfen.
Sie haben beide gelacht.
Ich habe solche Angst.

Oh. Mein. Gott.

Ich reibe mir die Brust, um die Galle zurückzuhalten, die in meine Kehle dringen will. Clayton hat seine eigene Schwester vergewaltigt, und sie haben miteinander ein Kind bekommen. Ein Kind. Ein böses Kind.

Diese arme, arme Frau.

Ich blättere zur letzten Seite. Das letzte Datum überrascht mich. Diesen Eintrag hat sie vor gerade mal drei Tagen geschrieben.

Liebes Tagebuch,
sie ist weg, aber sie wird zurückkommen.
Ich weiß, dass dies das Ende ist. Sie ist böse, durch
ihr Blut und aus ihrer Natur heraus. Sie will in
seine Fußstapfen treten. Sie will Rache. Sie kann
daran nichts Falsches erkennen. Als er gestorben
ist, hat sie nur Hass empfunden. Sie hat gesagt,
niemand würde es verstehen. Sie meinte, nicht ihr
Vater wäre der Unmensch gewesen, sondern die
Mädchen wären die Unmenschen. Sie glaubt das
wirklich. Sie glaubt an sein böses Werk. Ich kann
so nicht mehr weiterleben. Ich kann nicht mit
ihren Drohungen leben. Ich kann nicht mit dem

*Gedanken leben, in was für ein Ungeheuer sich
mein Kind verwandelt hat.
Ich weiß, dass sie zurückkommen wird.
Schon bald.
Und ich weiß, dass sie mich dieses Mal töten wird.
Ich freue mich darauf. Ich bin bereit, diesem
Albtraum zu entkommen.*

Tränen rinnen über meine Wangen. Ich wische sie weg. Ihre eigene Tochter hat sie getötet.

»Was ist das?«

Ich sehe auf. Kenai betritt den Raum, Papiere und Bücher in den Händen.

»Er hat eine Tochter. Eine Tochter, die er mit seiner eigenen Schwester gezeugt hat. Ich habe ein Tagebuch gefunden ... ihr Tagebuch.« Ich deute Richtung Wohnzimmer. »Sie hat niedergeschrieben, wie sehr sie sich fürchtet, wie böse ihre Tochter ist, wie sehr das Mädchen seinem Vater ähnelt. Im letzten Eintrag sagt sie, sie wüsste, dass ihre Tochter sie umbringen wird, und dass sie sich darauf freut. Ihre eigene Tochter hat sie getötet. Irgendwo da draußen läuft eine weibliche Kopie von Clayton herum.«

Kenai wirkt vollkommen entsetzt. »Und es ist die Tochter, die all das tut?«

»Ich glaube schon«, flüstere ich. »Wir müssen sie finden.«

Kenai nickt. »Ich habe alles eingesammelt, was ich finden konnte. Lass uns hier verschwinden.«

»Was ist mit der Leiche?«

Kenai schüttelt den Kopf. »Das überlass mir. Wir sollten einfach hier verschwinden. Dieser Ort verursacht mir eine Gänsehaut.«

Ich stehe auf, drücke das Tagebuch an meine Brust und folge Kenai eilig. Als ich an der Leiche vorbeikomme, empfinde ich Mitleid und ein wenig Erleichterung für die Frau, die dort liegt.

Zumindest ist sie jetzt frei.

Doch es scheint, als hätte unser Albtraum gerade erst begonnen.

19

Auf der Fahrt zurück zum Hotel lese ich weiter das Tagebuch. Ich kann meinen Blick nicht von dem Horror abwenden, der sich vor mir auftut. Diese arme Frau. Bei dem Gedanken daran, was sie alles durchlitten hat, wird mir ganz schlecht. Ich kann mir nicht vorstellen, wie es sein muss, so zu leben ... mit all diesen Dämonen. Kenai schweigt und lässt mich das Tagebuch lesen, als wäre es ein Roman. Nur hin und wieder bittet er mich, ihn sofort wissen zu lassen, falls mir etwas auffällt. Ein spezieller Eintrag jagt mir kalte Schauder über den Rücken.

Liebes Tagebuch,
sie sind besessen von meinem Haar. Jeden Tag
zwingt er mich, mich auf einen Stuhl zu setzen,
während er seine Finger durch mein Haar gleiten
lässt. Er unterrichtet sie. Zeigt ihr alles. Er erzählt
ihr, wie Haar aussehen sollte, wie es sich anfühlen
sollte, wie lang es sein sollte und wie weich.
Mich kritisiert er, wenn mein Haar nicht hübsch
genug ist oder nicht frisch gewaschen.
Er ist besessen von Haaren.

*Heute hat er mich drei Stunden lang auf dem
Stuhl sitzen lassen, während er ihr genau gezeigt
hat, wie das Haar an der Kopfhaut befestigt ist
und wie leicht man es mit der richtigen Technik
entfernen kann. Als er das erklärt hat, habe ich sie
lachen gehört. Die Art, wie sie darüber geredet
haben ... als ginge es nur um eine Autoreparatur ...
hat mir Angst gemacht.*
Aber ich habe sie machen lassen.
*Eines Tages werde ich das bereuen. Ich helfe dabei,
zwei Unmenschen zu erschaffen, denen niemand
entkommen kann.*
*Wieso bin ich so schwach? Wieso fliehe ich nicht
einfach?*
Gott helfe mir.

Ich zittere, dann versuche ich, mich auf die wichtigen
Fakten zu konzentrieren. »Das Seltsame ist«, sage ich,
als ich das Tagebuch schließe, »dass sie den Namen der
Tochter nie erwähnt. Kein einziges Mal. Es ist, als hätte
sie Angst, Namen niederzuschreiben, als würde sie so
das Böse irgendwie beschwören.«

»Es ist nicht ungewöhnlich, dass Leute in Tage-
büchern keine Namen nennen, einfach aus Sicherheits-
gründen und um die Privatsphäre zu wahren. Georgia
hat der Polizei erklärt, sie wüsste nichts über ihren
Bruder. Das war offensichtlich eine Lüge. Ich nehme an,
sie konnte sich der Wahrheit nicht stellen, also hat sie
gelogen, damit niemand je etwas herausfinden konnte.«

Ich nicke, dann atme ich tief aus. »Ich kann einfach
nicht glauben, dass ihr eigener Bruder ihr das angetan
hat. Und sie danach gezwungen hat, ein Kind aufzuzie-
hen, das durch Inzest entstanden ist.«

»Das ist verdammt traurig«, sagt Kenai leise. »Und es macht einem bewusst, was für kranke Typen es da draußen gibt. Kränker, als man sich vorstellen kann.«

»Glaubst du, du wirst etwas herausfinden können, wenn wir zurück im Hotel sind?«

Er zuckt mit den Achseln. »Ich bin mir nicht sicher. Ich habe alles mitgenommen, was interessant erschien, und werde mir ihre Gesundheitsakte ansehen, um herauszufinden, ob es irgendwelche Hinweise auf das Kind gibt. Aber ich gehe davon aus, dass das Mädchen nie registriert wurde.«

»Kannst du dir ihr Leben vorstellen? Das der Tochter, meine ich?«

Kenai nickt. »War sicher nicht angenehm.«

»Glaubst du, es gibt wirklich Menschen, die böse geboren werden? Oder glaubst du, sie werden böse gemacht? Also denkst du, dass dieses kleine Mädchen ohne Clayton in seinem Leben eine Chance gehabt hätte?«

Kenai denkt einen Moment darüber nach, bevor er mir antwortet. »Ehrlich, ich bin mir nicht sicher. Ich weiß, dass es einige Leiden gibt – also echte neurologische Leiden –, die Leute dazu bringen, schreckliche Dinge zu tun. Aber ich würde gerne glauben, dass alle Kinder unschuldig geboren werden.«

»Ich auch«, sage ich leise, als ich die Beine an die Brust ziehe.

»Wie fühlst du dich? Nach allem, was du heute gesehen hast?«

Ich zucke mit den Schultern. »Es war hart, aber hauptsächlich empfinde ich Mitgefühl mit dieser Frau. Ich kann mir nicht mal vorstellen, wie schrecklich ihr Leben gewesen sein muss. Die ständige Angst, ohne eine Chance auf Entkommen. Ich weiß, wie dieser Unmensch war. Ich weiß es. Ich musste ihn nur kurze Zeit ertragen, während sie jahrelang gefoltert wurde. Ich bin so froh, dass er tot ist und niemanden mehr foltern kann. Denn ehrlich: Kannst du dir vorstellen, was er ihr angetan hätte?«

Kenai ergreift meine Hand und drückt sie. »Der Gedanke ist schwer zu ertragen.«

»Jetzt hat sie ihren Frieden gefunden. Ich muss mich nur daran erinnern …«

Plötzlich taucht etwas vor unserem Auto auf. Kenai reagiert schnell, rammt den Fuß auf die Bremse und verfehlt nur knapp das dunkle Objekt, das quer über die Straße springt. Meine Kehle ist wie zugeschnürt, und Adrenalin brennt in meinen Adern, als ich beobachte, wie eine Gestalt in der Dunkelheit verschwindet.

»War das … ein Mensch?«, flüstere ich, weil meine Stimme zu versagen droht.

»Ich glaube schon. Lass mich mal nachsehen. Bleib sitzen.«

Kenai fährt an den Straßenrand, dann nimmt er die Taschenlampe aus der Mittelkonsole und springt aus dem Wagen, um sofort loszurennen. Angst bringt meine Haut zum Kribbeln. Das Atmen fällt mir schwer. Ich strecke die Hand aus, um Kenais Tür zu verschließen, als eine Bewegung draußen meine Aufmerksamkeit erregt. Ich hätte schwören können, dass ich etwas Rotes habe aufblitzen sehen. Kaity? Das kann nicht sein.

Ich denke nicht nach, sondern springe einfach aus dem Auto und rufe: »Kaitlyn?«

Nichts.

Ich gehe hinten um den Wagen herum, doch niemand scheint sich in der Nähe aufzuhalten. Ich spähe zwischen die Bäume, auf der Suche nach Kenai, aber ich kann nicht mal mehr das Licht seiner Taschenlampe sehen. »Kenai?«, rufe ich.

Er sagt nichts.

Antwortet überhaupt nicht.

»Kenai?«, rufe ich wieder.

Immer noch keine Reaktion.

Die Fahrertür des Wagens schlägt zu. Ich wirble gerade rechtzeitig herum, um zu sehen, wie die Rückfahrlichter angehen. Ein lautes Quietschen erklingt, dann rast der Wagen rückwärts auf mich zu. Ich werfe mich gerade rechtzeitig zur Seite. Der Wagen wendet mit Schwung, dann verschwindet das Auto in der Nacht. Jemand hat gerade unser Auto gestohlen, nachdem er versucht hat, mich zu überfahren. Ich reibe mir die Erde von den Händen. Kratzer brennen auf meiner Haut.

»Kenai?«, schreie ich in die Dunkelheit.

Nichts. Wo ist er?

Ich stehe auf und eile in die Richtung, in die er verschwunden ist. Vollkommen verängstigt dränge ich mich zwischen den Bäumen hindurch und entdecke das schwache Leuchten der Taschenlampe auf dem Boden. Mein Herz rast, als ich weitereile, bis ich sie erreicht habe und mich neben der Lampe auf die Knie sinken lasse. Ich leuchte meine Umgebung ab und entdecke Kenai an einen Baum gelehnt, die Hand an den Bauch gedrückt. Er atmet keuchend.

»Kenai!«, schreie ich und renne zu ihm.

Er hat Blut an den Fingern.

Nein!

»Rede mit mir! Sag mir, dass du okay bist«, dränge ich panisch, die Taschenlampe auf seinen Bauch gerichtet.

»Hat auf … mich eingestochen«, keucht er. »Ruf einen Krankenwagen.«

»Jemand hat unser Auto gestohlen. O Gott, Kenai, keine Panik, ich werde einen Weg finden, dir zu helfen.«

»Probleme beim Atmen«, presst er hervor. »Du musst Hilfe holen, Marlie.«

Ich schließe die Augen, um nachzudenken. Ich muss Druck auf die Wunde ausüben, damit er nicht verblutet, bevor jemand ihm helfen kann. »Beweg dich nicht, okay?«, sage ich sanft. »Ich muss die Blutung stillen.«

Kenai widerspricht nicht, sondern dreht sich nur vorsichtig, bis er mich ansieht. Er löst die Hand vom Bauch. Seine Finger sind mit Blut verklebt. Er atmet flach, ob vor Angst oder wegen der Wunde, kann ich nicht sagen. Ich hoffe, es ist die Angst. Ich hebe sanft das Hemd an. Stark, wie Kenai ist, gibt er kein Geräusch von sich. So stark. Unter dem ganzen Blut kann ich nicht erkennen, wie tief oder groß die Wunde ist.

»Ich kann nicht viel erkennen, aber ich werde ein wenig Druck auf die Wunde ausüben, um zu sehen, ob wir die Blutung verringern können. Setz dich hin und lehn den Rücken gegen den Baum, damit du nicht auch noch dein eigenes Gewicht halten musst. Gönn deinem Körper Ruhe.«

Ich helfe ihm, am Baumstamm nach unten zu rutschen, sein Gesicht eine Grimasse des Schmerzes. Ich ziehe mein Oberteil aus und drücke es gegen die Wunde. Kenai stößt ein kehliges, gequältes Geräusch aus. Es bringt mich fast um, ihm Schmerzen zufügen zu müssen, aber ich muss ihm helfen. »Leg deine Hand auf den Stoff und halt den Druck aufrecht. Ich werde Hilfe rufen. Hast du dein Handy dabei?«

»Das ist im Wagen.«

»Meines auch. Ich werde zur Straße gehen und versuchen, ein Auto anzuhalten.«

»Nimm die Taschenlampe«, sagt er und stöhnt.

»Nein, du brauchst sie. Sobald ich wieder auf der Straße bin, kann ich wieder mehr sehen.«

Er widerspricht nicht … und das macht mir Angst.

Ich klemme die Taschenlampe zwischen seine Beine und lege ihm sanft die Hand an die Wange, bevor ich aufstehe und zur Straße zurückkehre. Da ich keinen Wagen auf der Straße sehen kann, weiß ich, dass wir uns ein gutes Stück von der Stadt entfernt befinden. Ich sehe mich um, auf der Suche nach etwas, was mir verrät, aus welcher Richtung ich komme, damit ich Kenai wiederfinden kann. Auf der anderen Straßenseite steht ein Schild, das auf ein Hotel in ein paar Kilometern hinweist.

Ich präge mir meine Umgebung ein, dann gehe ich in die Richtung, die auf dem Schild angezeigt ist. Wenn ich ein paar Kilometer laufen muss, werde ich das tun. Ich mag nur BH und Hose tragen, aber ich werde das durchziehen. Zum Teufel mit meinen Knien und meinem Stolz. Ich verfalle in einen Trab und bin bereits ein paar Hundert Meter weit gekommen, als ich Scheinwerfer auf mich zukommen sehe. Ich trete einen Schritt auf die Straße und winke, doch der Wagen wird nicht langsamer. Ich brauche kurz, um zu verstehen, dass unser eigener Mietwagen auf mich zukommt.

Ich werfe mich Richtung Straßenrand, genau in dem Augenblick, in dem das Auto an mir vorbeirast. Der Wagen schleudert mit quietschenden Reifen herum, und in diesem Moment kocht Wut in mir hoch. Kenai ist verletzt. Wer auch immer es auf uns abgesehen hat – ich bin dieses Spielchen leid. Ich bin es leid, Angst zu haben. Ich bin es leid, wegzulaufen. Ich bin alles so verdammt leid. Dann rast der Wagen direkt auf mich zu, und ich rolle mich erneut zur Seite, um dem Angriff auszuweichen.

Nein.

Auf keinen Fall.

Ich habe einen Kloß im Hals, doch gleichzeitig bin ich von einer Entschlossenheit erfüllt, wie ich sie noch nie empfunden habe. Mit einem schweren, großen Stein in der Hand stehe ich auf. Ich umklammere ihn mit beiden Händen und trete langsam auf die Straße. Das Auto hat erneut gewendet. Ich trete ins helle, gleißende Scheinwerferlicht. Zwar kann ich nicht erkennen, wer hinter dem Steuer sitzt, aber den Motor aufheulen hören. Mir schlägt das Herz bis zum Hals.

»Ich habe keine Angst mehr vor dir, du Arschloch!«, schreie ich.

Wieder heult der Motor auf.

»Gib dein Schlimmstes!«, schreie ich. »Du wirst nicht gewinnen. Du wirst mich nicht schlagen.«

Ich weiß nicht, ob der Fahrer des Wagens mich hören kann, aber es ist mir auch egal.

Das Auto rast auf mich zu. Ich hebe den Stein hoch über den Kopf. Wer auch immer es ist, der Fahrer scheint überzeugt, dass ich zur Seite springen werde. Doch das tue ich nicht. Ich bleibe mitten auf der Straße stehen. Erst als der Wagen nah genug ist, werfe ich mit aller Kraft meinen Stein und springe zur Seite. Das Auto gerät ins Schlingern, als mein Wurfgeschoss die Windschutzscheibe durchschlägt, dann gerät der Wagen vollkommen außer Kontrolle. Reifen quietschen, als er über den Straßenrand auf der anderen Seite rast und zwischen den Bäumen verschwindet.

Ich renne los.

Ich bin diesen ganzen Mist leid.

Meinen Dämonen werde ich mich jetzt endgültig stellen.

20

Rauch dringt unter der Motorhaube des Wagens hervor. Die gesamte Front ist verbeult, weil das Auto gegen einen Baum gerammt ist. Ich beuge mich vor, hebe einen schweren Ast hoch und umklammere ihn, als ich mich langsam der Fahrertür nähere. Mein Herz rast, meine Hände zittern, und mein gesamter Körper fühlt sich taub an, als ich nach dem Griff greife und die Tür aufreiße. Ich hebe den Ast, doch der Fahrersitz ist leer.

Mein Blick huscht zur Beifahrerseite, dann zur Rückbank.

Weg.

Wer auch immer in diesem Auto saß, er ist weg.

Verzweiflung schnürt mir die Kehle zu. Ich presse eine Hand an die Brust und versuche, meine Atmung zu kontrollieren. So nah und doch so verdammt fern.

Kenai.

Ich muss mich konzentrieren.

Als Nächstes eile ich zur Beifahrerseite, um meine Tasche zu holen, ziehe mein Handy heraus und wähle den Notruf. Ich gebe eine genaue Ortsbeschreibung ab, danach eile ich zurück zur Straße und auf die andere

Seite, laufe auf das Licht der Taschenlampe zu. Kenai lehnt immer noch am Baum, den Kopf gesenkt und die Hand an den Bauch gedrückt.

»Hey«, sage ich sanft, als ich mich neben ihm auf die Knie sinken lasse. »Kenai, kannst du mich hören?«

Seine Lider öffnen sich mühsam. Er atmet immer noch schwer, aber zumindest ist er bei Bewusstsein.

»Was ist auf der Straße passiert? Ich konnte es sogar hier hören«, presst er zwischen rasselnden Atemzügen hervor.

»Wer auch immer unser Auto gestohlen hat ... er hat versucht, mich zu überfahren. Ich habe einen Steinbrocken durch die Windschutzscheibe geworfen, und der Wagen ist gegen einen Baum geknallt. Aber der Fahrer war bereits verschwunden, als ich beim Auto ankam. Wer auch immer es ist, er spielt ein gefährliches Spiel.«

Kenai sieht mich an, dann verzieht er die Lippen zu einem schmerzerfüllten Lächeln. »Du hast einen Stein auf das Auto geworfen?«

Ich grinse. »Nun, langsam bin ich diesen Mist leid. Wer auch immer es ist, er hält mich nach wie vor für die schwache, jämmerliche Marlie. Aber das bin ich nicht mehr. Ich bin so viel mehr.«

Zitternd hebt er seine blutverschmierte Hand und lässt den Daumen über meine Wange gleiten. »Ich bin so stolz auf dich«, krächzt er.

»Hör auf zu reden, der Krankenwagen ist unterwegs. Du wirst dich erholen, hörst du mich?«

Er nickt, bevor er erneut die Augen zumacht.

Ich bleibe bei ihm sitzen, bis ich das vertraute Heulen einer Sirene in der Ferne höre. Dann renne ich los und winke den Krankenwagen heran. Ich halte mich zurück, als die Sanitäter Kenai auf eine Trage heben und einladen. Anschließend klettere ich neben ihn und halte seine Hand, während wir in die Nacht davonrasen.

»Sie sind Marlie Jacobson«, sagt einer der Rettungssanitäter auf der Fahrt zum Krankenhaus.

Ich werfe ihm einen kurzen Blick zu. Er sieht mich nicht an, sondern notiert etwas auf einem Klemmbrett. Als ich nicht antworte, hebt er den Kopf.

»Tut mir leid«, sagt er. Er wirkt wirklich schuldbewusst.

»Nein, ist schon okay«, sage ich. Es ist nicht seine Schuld. »Ja, das bin ich.«

»Ich habe Ihre Geschichte damals in den Nachrichten verfolgt. Früher habe ich in Denver gearbeitet. Ich war im Dienst, als eines der anderen Mädchen, ähm, gefunden wurde.«

Oh.

»Tut mir leid für Sie. Das muss Sie sehr belastet haben.«

Ich kann mir nur vorstellen, wie es gewesen sein muss, sich um diese Leichen zu kümmern. Skalpiert, gefoltert. Ein Zittern überläuft meinen Körper.

»Hat es«, gibt er zu. »Weswegen ich Sie umso mehr dafür bewundere, dass Sie entkommen sind. Ich habe Ihr Buch nie gelesen, aber ich habe gesehen, wozu er fähig war. Sie sind sehr stark und mutig. Es ist mir wirklich eine Ehre, Sie kennenzulernen. Hätte ich gewusst, dass ich Sie heute Abend treffen würde, hätte ich mich besser angezogen.«

Er lächelt.

Ich kichere.

»Hör auf, mein Mädchen anzubaggern«, krächzt Kenai und drückt meine Hand.

Der Sanitäter grinst mich an, und ich zwinkere verschwörerisch.

»Ruh dich einfach aus«, befehle ich, als ich sanft Kenais Gesicht streichle.

»Ich versuche es«, keucht er. »Aber das ist echt schwer, wenn dieser Kerl versucht, meine Freundin aufzureißen.«

Ich verdrehe die Augen, und der Sanitäter lacht leise.

»Du alter Brummbär«, sage ich, als ich Kenai eine Strähne von der Stirn streiche. »Und jetzt hör auf zu reden und ruh dich aus.«

Und wie auf ein Kommando brummt er schlecht gelaunt.

Aber einmal in seinem Leben tut er, was man ihm sagt.

»Er hatte wirklich Glück, die Klinge hat seine Lunge verfehlt. Der Angreifer hatte auf jeden Fall vor, ihn tödlich zu verletzen. Die Klinge hat seinen linken Lungenflügel nur knapp verfehlt«, erklärt mir der Arzt am nächsten Morgen. Kenai schläft noch.

»Das sind gute Neuigkeiten.« Ich seufze erschöpft.

»Er sollte morgen entlassen werden können, aber er muss sich noch eine Weile schonen. Die Wunde ist ziemlich tief, und er hat viel Blut verloren.«

»Ich verstehe. Vielen Dank.«

Sobald er verschwunden ist, schließe ich die Augen und reibe mir die Stirn.

Sich schonen? Kenai?

Das wird niemals geschehen, solange Kaity vermisst wird und ich in Gefahr schwebe. Aber wie will er sie finden, wenn er doch verletzt ist? War das schon die ganze Zeit über der Plan? Wollte unser Gegenspieler Kenai ausschalten? Ein Schauder läuft mir über den

Rücken, als ich zu seinem Zimmer gehe, in der Hand einen Stapel Papiere, die wir durchgehen können. Wenn er schon im Krankenhaus festhängt, dann können wir zumindest so viel wie möglich über die aktuelle Situation herausfinden.

Ich spähe ins Zimmer. Kenai sitzt halb aufgerichtet am Kopfende. Seine Augen sind geschlossen, doch ich kann sehen, dass er sich nachdenklich das Handgelenk reibt, also ist er wach. Ich klopfe leise. Sofort reißt er die Augen auf und sieht mich an. Ich winke ihm zu. »Hey, du.« Lächelnd setze ich mich ans Bettende. »Wie fühlst du dich?«

»Nicht allzu schlecht. Ich bin wütend, weil sie mich nicht aus diesem Dreckladen entlassen.«

Ich schmunzle. »Typisch männliche Reaktion.«

Er brummt. »Deine Schwester ist irgendwo dort draußen, Marlie. Ich will nicht hier festhängen, wenn ich doch unterwegs sein könnte, um ihr zu helfen.«

Meine Brust wird eng. »Ich weiß. Und ich verstehe das. Ich habe das hier mitgebracht.« Ich hebe die Papiere und das Tagebuch. »Zumindest können wir alles durchgehen und schauen, ob irgendetwas uns dabei hilft, etwas über den Aufenthaltsort seiner Tochter zu erfahren.«

Kenai lächelt schwach. »Mein Mädchen denkt immer mit.«

Ich strahle und gebe ihm die Tüte mit den Sachen, die er aus dem Cottage mitgenommen hat. Dann öffne ich das Tagebuch und ziehe die Beine unter den Körper, um weiter die grauenhafte Lebensgeschichte von Claytons Schwester zu lesen. Jedes Mal, wenn ich das Tagebuch öffne, wird mir kalt. Ich hasse es, darin zu lesen, und kann doch nicht damit aufhören.

Liebes Tagebuch,
sie wird schlimmer.
Heute hatte sie einen Wutanfall, weil ich ihr nicht
erlaubt habe, mit ihrem Vater jagen zu gehen. Sie
ist in die Küche gestürmt und hat sich ein Messer
geschnappt, hat damit vor mir herumgewedelt.
In meiner Panik bin ich ins Schlafzimmer gelaufen
und habe die Tür verschlossen, doch ich konnte sie
noch stundenlang hören. Sie stand draußen und
hat mit dem Messer an der Tür gekratzt, hat mich
gerufen und immer wieder gesagt, dass ich irgend-
wann herauskommen müsste.
Daraufhin habe ich ernsthaft darüber nach-
gedacht, die Tür zu öffnen und mein Leben von ihr
beenden zu lassen.
Ich bin so erschöpft.
Doch dann ist er nach Hause gekommen und hat
sie aufgehalten. Sie sind Eis essen gegangen, als
wären sie ganz normale Menschen mit normalen
Leben. Ich habe mich nicht beschwert. Nur wenn
die beiden nicht da sind, fühle ich mich, als könnte
ich frei atmen, ohne diese Angst, die mir die Kehle
zuschnürt. Ich sollte fliehen. Ich sollte meine
Sachen packen und einfach gehen.
Aber ich weiß, dass er mich finden wird.
Oder sie.
Für den Rest meines Lebens bin ich ihre
Gefangene.

Beim Umblättern sehe ich zu Kenai auf, der erneut
Claytons Fallakte durchgeht. Die Tüte mit den Gegenständen aus dem Cottage hat er noch nicht geöffnet. Er
sieht auf, unsere Blicke treffen sich, und er schenkt

mir ein leichtes Lächeln, das mein Herz zum Rasen bringt.

»Hi«, sagt er sanft.

»Selbst hi.«

»Komm her und gib mir einen Kuss.«

Ich lege das Tagebuch zur Seite und erhebe mich auf Hände und Knie, um zu ihm zu krabbeln. Als ich ihn erreiche, beuge ich mich vor und küsse ihn sanft, weil ich nicht zu viel Druck ausüben will. Wir küssen uns lange Zeit, bis das Klingeln meines Handys uns ablenkt. Ich seufze und verdrehe die Augen, bevor ich mich aufrichte und wieder ans Ende des Betts rutsche, um den Anruf entgegenzunehmen. Es ist Hannah.

»Hey, Han«, sage ich und setze mich in den Schneidersitz.

»Marlie! Hey! Wie läuft es?«

»Wird schon. Kleinere Schwierigkeiten und noch keine großen Erkenntnisse.«

»Das stinkt«, meint sie mitfühlend. »Hör mal, bist du immer noch in San Diego?«

»Ja, wieso?«

»Ich bin hier!«, ruft sie fröhlich. »Ich hatte gehofft, dass ihr noch nicht weitergefahren seid. Willst du einen Kaffee mit mir trinken?«

Ich lächle. »Das fände ich toll. Wann?«

»Heute? Jetzt, wenn du gerade Zeit hast?«

Ich sehe zu Kenai, drücke die Hand auf das Mikrofon und frage: »Macht es dir was aus, wenn ich mit Hannah einen Kaffee trinken gehe? Sie ist in San Diego.«

Er zuckt mit den Achseln. »Mach nur. Ich muss sowieso wieder schlafen.«

Ich strahle. »Ich bin dabei«, sage ich zu Hannah. »Wo sollen wir uns treffen?«

Sie nennt mir ein örtliches Café, und ich verspreche, mich in einer halben Stunde dort mit ihr zu treffen. Dann stehe ich auf und beginne, meine Sachen zusammenzusammeln.

»Lass das Tagebuch hier, ich werde weiterlesen, während du unterwegs bist«, meint Kenai.

Ich nicke, dann gehe ich zu ihm, umfasse seine Wange und küsse ihn noch einmal. »Du kommst klar?«

Er schenkt mir einen schlecht gelaunten Blick.

Ich kichere. »Natürlich kommst du klar. Ich vergesse immer, dass du niemanden brauchst.«

Er brummt.

»Ich bin in ein paar Stunden wieder da«, sage ich lächelnd.

Als ich zur Tür gehe, ruft Kenai meinen Namen. Ich drehe mich zu ihm um.

»Sei vorsichtig, Marlie.«

Ich lächle. »Immer.«

21 KENAI

Ich beobachte, wie Marlie durch die Tür verschwindet, und etwas in meiner Brust zieht sich zusammen. Noch nie zuvor habe ich so etwas empfunden. Diese Frau, die gerade mein Zimmer verlassen hat, ist mir mehr ans Herz gewachsen, als es in dieser kurzen Zeit möglich sein sollte. Ein scharfer Schmerz in meinem Bauch sorgt dafür, dass ich die Position wechsle, zum hundertsten Mal heute. Ich greife nach der Tüte mit Gegenständen, die ich aus dem kleinen Cottage mitgenommen habe. Je eher ich dieser Sache auf den Grund gehe, desto besser.

Als Erstes ziehe ich ein paar Zettel und Bücher heraus und blättere alles durch, doch da lässt sich nicht viel finden: nur Rechnungen und Informationen zum täglichen Leben. Mit einem Brummen werfe ich das Zeug zur Seite und ziehe ein Fotoalbum heraus. Ich öffne den verstaubten Deckel und starre auf die Bilder herunter. Viele vom Cottage, ein paar Tiere, mehrere Kindheitsfotos von Clayton und seiner Schwester, einige Fotos von Clayton allein. Scheinbar keine Bilder ihres Kindes. Kein einziges. Es gibt ein paar leere Stellen, bei denen ich mich frage, ob wohl Fotos entfernt wurden.

Wahrscheinlich schon … weil die Tochter eine durch-geknallte Psychopathin ist.

»Hallo.«

Ich sehe auf und entdecke eine junge, blonde Kran-kenschwester, die den Raum betritt. Ich kann die Röte in ihren Wangen von hier aus sehen.

»Hallo«, sage ich.

»Ich möchte nur kurz die Werte nehmen, wenn Sie nichts dagegen haben.«

Ich zucke mit den Achseln. »Was auch immer.«

Sie lacht nervös, bevor sie mich untersucht. Ihre Finger zittern, als sie unter den Verband schaut. Es ist, als hätte diese Frau noch nie zuvor einen Mann gesehen. Ich schweige, bis sie ihre Untersuchung be-endet hat. Sobald sie verschwunden ist, rufe ich auf der Schwesternstation an und bitte darum, ein paar Stunden lang nicht gestört zu werden. Es ist jetzt wichtiger als jemals zuvor, dass ich diesen Psycho finde, der hinter Marlie und Kaitlyn her ist. Die Ge-fahr wird nur zunehmen, das fühle ich bis ins Mark. Ich wünschte nur, ich hätte früher auf Marlie gehört – dann würden wir vielleicht nicht in diesem Schlamas-sel stecken.

Ich fühle mich wie ein Idiot, weil ich ihr nicht ge-glaubt habe. Ich dachte wirklich, sie würde nach ihrem Martyrium einfach an Verfolgungswahn leiden. Das er-gab in meinen Augen mehr Sinn als ihre Theorie. Wie standen die Chancen? Ich hätte ihr glauben müssen. Diese Schuld habe ich auf mich geladen.

Erneut öffne ich die Tüte und ziehe weitere Gegen-stände heraus. Mir fällt ein Geldbeutel in die Hände, den ich vom Tisch mitgenommen habe. Ich öffne den Reißverschluss und sehe die Taschen durch. Ein paar

Scheine. Ein paar alte Bankkarten. Ein paar Quittungen, die ich mir näher ansehe, doch die meisten sind für Essen oder Alkohol. Ich will den Geldbeutel gerade wieder schließen, als mir auffällt, dass aus einem winzigen Fach, das ich bisher nicht bemerkt hatte, eine kleine Papierecke ragt. Ich ziehe daran und finde ein Foto.

Auf dem Bild ist ein kleines Mädchen abgebildet, dessen Gesicht irgendwie vertraut wirkt. Vielleicht habe ich irgendwo schon einmal ein Bild von ihr gesehen? Ich versuche mich zu erinnern, aber mir fällt nichts ein. Ich kneife die Augen zusammen und ziehe das Bild näher vors Gesicht. Wo habe ich diese Frau schon mal gesehen? Sie ist ein hübsches, blondes Ding. Erinnert ein wenig an die Bilder der Frau, die ich für ihre Mutter halte. Warum sonst sollte sie das Foto in ihrem Geldbeutel aufbewahrt haben? Ich starre das Foto weiter an, während ich versuche einzuordnen, wo ich das Gesicht schon mal gesehen habe.

Dann drehe ich das Foto um ... und mir gefriert das Blut in den Adern.

Da steht ein Name auf der Rückseite.

Nein.

Das kann nicht sein.

Nein.

Ich lasse das Foto fallen und greife eilig nach meinem Handy. Mein Herz rast, als ich Marlies Nummer wähle. Ich höre ein Vibrieren am Ende des Betts. Mein Blick schießt zu ihrem Handy, das halb unter einer Falte der Decke liegt. Es vibriert. Sie muss es vergessen haben. Mir wird leicht übel. Nein. Scheiße. Nein.

Ich muss sie finden.

Ich muss sie warnen.

Ich sehe erneut auf das Foto und die zittrige Beschriftung.

Hannah 1992

22 MARLIE

»Ich habe dich vermisst!«, rufe ich und umarme Hannah, als sie im Café auftaucht.

»Ich dich auch.« Sie drückt mich lächelnd. »Ich habe mir solche Sorgen gemacht.«

Sie ist so eine gute Freundin. Ehrlich, es gibt Zeiten, wo ich mich frage, ob ich das alles ohne sie je durchgestanden hätte. Besonders eine Begegnung ist mir in Erinnerung geblieben. Allein beim Gedanken daran wird mir warm ums Herz.

Ich kann das einfach nicht mehr.

Zusammengerollt liege ich auf dem Badezimmerboden. Ich habe die Hände vors Gesicht geschlagen und zittere. Hannah ist vorbeigekommen, um zu schauen, ob Kaity Zeit hat, doch meine Schwester ist nicht da. Irgendwoher wusste Hannah, dass es besser wäre reinzukommen und nach mir zu schauen. Ich bemerke erst, dass sie da ist, als sie die Arme um mich schlingt. Ich weiß, dass sie es ist. Ich erkenne sie an ihrem Duft.

»Es wird wieder gut«, sagt sie sanft.

»Nein«, flüstere ich. »Nein. Ich fühle mich, als würde es nie wieder gut.«

»Das wird es. Ich verspreche es dir. Wenn alles vorbei ist, wirst du gestärkt aus der Sache hervorgehen.«

»Ich weiß nicht, was ich tun soll. Oder wie ich das durchstehen soll.«

»Du wirst das durchstehen, weil du stark bist. Weil du die stärkste Person bist, die ich kenne. Glaub es mir. Glaub an dich selbst.«

»Ich werde für immer sein Gesicht sehen. Sein schreckliches, grausames Gesicht.«

Sie zieht mich enger an sich. »Es wird eine Zeit kommen, wo du nur dich selbst und deine Stärke siehst.«

»Es war heftig«, gebe ich zu, als ich aus der Erinnerung auftauche, dann zeige ich auf einen Tisch, und wir setzen uns.

»Kann ich mir vorstellen«, sagt sie und legt die Hände auf den Tisch. Sie sind ganz verkratzt.

»Was ist mit deinen Händen passiert?«, frage ich.

Sie senkt den Blick. »Oh, ich habe im Garten gearbeitet und es dabei ein wenig übertrieben. Und außerdem bist du auch nicht besser. Was ist mit deinem Auge geschehen?«

Ich zucke mit den Achseln. »Es war bisher eine ziemlich aufregende Fahrt.«

»Inwiefern?«, fragt sie und rutscht auf ihrem Stuhl herum.

Sie wirkt nervös.

Wahrscheinlich ist sie wegen Kaity genauso besorgt wie ich.

»Wir haben herausgefunden, dass Clayton eine Tochter hat, die genauso wie er vollkommen irre ist. Ich glaube, sie hat Kaity entführt.«

Ihre Miene wird hart, und sie schlägt mit der Hand auf den Tisch. »Wieso denkst du das?«

»Ich habe das Tagebuch ihrer Mutter gefunden ... und darin steht, dass die Kleine genauso verrückt war wie ihr Vater. Es ergibt Sinn, dass sie ihren Dad rächen will. Auch wenn Gott allein weiß, warum. Dieser Mann hat verdient, was er bekommen hat.«

Hannahs Handy klingelt. Stirnrunzelnd sieht sie auf das Display. »Ich muss da kurz rangehen, Marlie.«

Damit steht sie auf und verschwindet.

Irgendwas stimmt hier nicht, dieses Gefühl kann ich nicht unterdrücken.

Zwar bin ich mir nicht sicher, woran es liegt, aber ich spüre ein Kribbeln, das mir sagt, dass etwas nicht in Ordnung ist. Ich sehe mich um. Verfolgt mich die Tochter? Ist sie in der Nähe? Ich mustere alle Leute im Café, um herauszufinden, ob jemand mich seltsam ansieht, doch alle scheinen sich um ihren eigenen Kram zu kümmern. Einen Augenblick später kehrt Hannah zurück. Sie wirkt aufgeregt.

»Tut mir leid, Marlie. Ich habe gerade erfahren, dass meine Tante, die hier in San Diego lebt, gestürzt ist und Hilfe braucht.«

»O nein.« Ich stehe auf. »Soll ich dir helfen?«

Hannah nickt, während eine Träne über ihre Wange rinnt. »Ja. Ich mache mir solche Sorgen. Macht es dir etwas aus? Ich bin mir sicher, du willst zurück zu Kenai.«

»Nein, das ist schon okay. Lass uns gehen.«

Wir gehen zu ihrem Mietwagen und steigen ein. Ich greife in meine Tasche, um Kenai wissen zu lassen, wo ich hinfahre, doch ich kann mein Handy nicht finden.

»Verdammt!«, fluche ich leise.

»Was ist?«, fragt Hannah.

»Ich habe mein Handy vergessen. Kann ich mir kurz deines ausleihen, um Kenai anzurufen?«

Sie runzelt die Stirn. »Tut mir leid, der Akku ist gerade leer gelaufen. Kannst du ihn nicht aus dem Haus meiner Tante anrufen?«

Mist.

»Egal. Wir werden schließlich nicht lange unterwegs sein, oder?«

Mit einem Nicken fährt sie los. »Ja, genau.«

Ich wünschte, ich könnte diese Stimme in meinem Kopf loswerden, die mich anschreit, dass etwas nicht in Ordnung ist.

Absolut nicht in Ordnung.

23 KENAI

»Beruhig dich, Kenai, ich verstehe kein Wort von dem, was du sagst«, blafft Darcy ins Telefon.

Ich drücke immer wieder den Rufknopf an meinem Bett. Wieso zum Teufel ist noch keine Krankenschwester aufgetaucht und hat nach mir gesehen? Ich könnte hier verdammt noch mal sterben, während sie sich Zeit lassen!

»Kenai!«, brüllt Darcy. Ich zucke zusammen und nehme meinen Finger vom Knopf.

»Ich weiß, wer Kaity entführt hat, und ich bin mir sicher, dass sie gerade auch Marlie in ihre Gewalt gebracht hat. Ich hänge in diesem verdammten Krankenhaus fest, während sie in Gefahr ist. Du musst mich verdammt noch mal hier rausholen. Wir müssen sie finden.«

»Langsam. Von wem redest du?«

»Clayton hat eine beschissene Tochter, und die hat irgendeinen Racheplan entwickelt, dessen Ziel Marlie ist.«

»Wie bitte?«

»Ich habe keine Zeit, dir das jetzt alles zu erklären. Du musst jeden, den du kennst, zu Hilfe rufen, Darcy. Marlie ist in Gefahr, das spüre ich bis ins Mark.«

»Okay, gib mir alle Informationen, die du hast. Hat Marlie ein Handy, das wir orten können?«

»Kannst du dir vorstellen, dass sie es hier vergessen hat?« Meine Brust ist wie zugeschnürt.

»Verdammt. Weißt du, wo die beiden zuletzt waren?«

Ich nenne ihm den Namen des Cafés, in dem Marlie sich mit Hannah treffen wollte, genauso wie die Adresse des Hauses von Claytons Schwester. Im Anschluss verspricht er mir, so viele Männer wie möglich zusammenzutrommeln und eine Suchaktion zu starten.

»Hol mich hier raus, Darcy.«

»Das kann ich nicht, Kenai«, murmelt er mitfühlend. »Du weißt, dass das nicht geht.«

»Sie ist in Gefahr!«, rufe ich.

»Ja. Und du bist verletzt. Wie willst du uns da helfen?«

»Ich habe Informationen. Ich kann helfen, das Puzzle zusammenzusetzen. Ich kann helfen, sie zu finden.«

»Nein«, erklärt er bestimmt. »Nein, das kannst du nicht. Ich werde dich auf dem Laufenden halten. Ruf mich an, wenn du noch etwas herausfindest.«

»Darcy?«, sage ich, bevor er auflegen kann.

»Ja?«

»Finde mein Mädchen.«

Er stößt den Atem aus. »Ich werde mein Bestes geben.«

Er legt auf, und ich schmeiße meines mit einem Wutschrei quer durch den Raum. Marlie ist in Gefahr, aber ich kann nichts tun, als hier herumzusitzen und zu warten. Ich hätte auf sie hören sollen. Dieses psychotische Miststück könnte ihr gerade Grauenhaftes antun. Sie könnte Marlie foltern oder noch Schlimmeres… und ich bin nutzlos. Ich kann absolut nichts tun. Ich kann sie nicht beschützen. Ich habe ihr versprochen, dass sie bei mir sicher ist, und sie im Stich gelassen.

Zum zweiten Mal in meinem Leben könnte meine Dummheit jemanden, den ich liebe, das Leben kosten.

24 MARLIE

»Ich wusste gar nicht, dass eine Tante von dir hier wohnt«, sage ich zu Hannah, als wir ein heruntergekommenes Haus im Wald erreichen. Es ist unheimlich. Alt. Und es macht mich nervös.

»Ja, sie geht nicht viel unter Leute.« Hannah steigt aus dem Auto.

»Okay«, murmle ich, während ich ebenfalls aussteige und Hannah zum Haus folge. Irgendwie wirkt das Gebäude vertraut.

Als wir die wackeligen Stufen zur Veranda hinaufgehen, verkrampft sich mein Magen. Ich kann das Gefühl nicht abschütteln, dass gleich etwas passieren wird. Vielleicht liegt Hannahs Tante tot da drin. O Gott. Was, wenn ich deswegen ein so schlechtes Gefühl habe? Ich atme zitternd durch. Hannah öffnet die Eingangstür, woraufhin ich ihr ins Gebäude folge.

Der Dielenboden ist alt und knirscht. Das ganze Haus ist voller Staub, als hätte hier seit langer Zeit niemand mehr gewohnt. Wenn Hannahs Tante wirklich hier wohnt, dann muss es ein schreckliches Leben sein, weil ich nicht verstehe, wie ein Mensch hier drin überleben kann. Es ist scheußlich hier. Es stinkt, und im Boden klaffen riesige Löcher, durch die man den Erdboden unter dem Haus sieht. Ich drücke mir eine Hand auf die Nase, als ich mich umsehe.

Ich kann niemanden entdecken.

Tatsächlich wirkt es, als hätte sich seit Jahren niemand hier aufgehalten.

»Bist du dir sicher, dass wir am richtigen Ort sind?«, frage ich, dann muss ich vom Staub in der Luft husten.

Ich drehe mich um, aber Hannah ist nirgendwo zu entdecken. Aufmerksam mustere ich die Fußspuren im Staub, die zu einem Schlafzimmer führen. Eine Sekunde später tritt Hannah durch den Türrahmen – mit einem Gewehr in den Händen.

»Wir sind hier richtig«, sagt sie. Ihre Stimme klingt seltsam.

»Wieso hast du ein Gewehr?«, frage ich. »Geht es deiner Tante gut?«

Hannah lächelt, doch es ist ein Ausdruck, der dafür sorgt, dass mir ein Schauder über den Rücken läuft. Es ist ein kaltes, leeres, gefühlloses Lächeln.

»Ich habe gar keine Tante.«

Ich blinzle.

Meine Haut kribbelt.

»Setz dich, Marlie.«

Ich blicke mich verwirrt um. Soll das ein Scherz sein?

»Was ist hier los, Han?«

Sie hebt das Gewehr. Mir gefriert das Blut in den Adern. »Ich habe gesagt, du sollst dich hinsetzen.«

Jetzt bin ich vollkommen verwirrt, weil ich einfach nicht verstehe, was hier vor sich geht. Ich stolpere rückwärts, bis ich gegen ein altes, staubiges Sofa stoße. Ich lasse mich darauffallen. Hannah hält das Gewehr unverwandt auf mich gerichtet, und auch das fiese Lächeln auf ihrem Gesicht verschwindet nicht. Soll das ein Scherz sein? Hannah ist meine beste Freundin. Ich verstehe das alles nicht.

»Was ist hier los?«, frage ich erneut, mit zitternder Stimme.

»Ich werde dir eine Geschichte erzählen.« Sie senkt das Gewehr, hält es aber fest in den Händen, als sie beginnt, im Raum auf und ab zu wandern.

»Hannah«, sage ich, doch sie wirbelt zu mir herum.

»Halt die Klappe. Wenn du noch mal was sagst, schieße ich auf dich.«

Ich presse die Lippen aufeinander, beginne allerdings, am ganzen Körper zu zittern. Langsam befürchte ich, dass sich gerade meine schlimmsten Ängste bewahrheiten.

»Meine Geschichte beginnt mit meinem Vater. Er war ein toller Vater. Er hat so viel Zeit mit mir verbracht; hat mich geliebt; hat mich sein lassen, wie ich war. Er hat meine dunklen Gedanken verstanden; hat verstanden, dass ich anders war ... weil auch er anders war. Er war alles, was ich hatte.«

Ich schlucke schwer.

Bitte, nein.

»Er hat ein paar schlimme Dinge getan, ich weiß ... aber die Leute haben nicht begriffen, dass das ein Teil von ihm war. Da sie nicht wie wir diesen intensiven Drang zum Töten verspürten, verstanden sie es nicht. Es ist in unserer DNA. Der Drang ist tief in uns verwurzelt, definiert uns. Er ist wie ein Hunger, den man nicht befriedigen kann. Es ist egal, wie oft man ihm nachgibt, es wird nie besser.«

Meine Hände beben.

Nein.

Nein!

»Er war mein Ein und Alles. Als er getötet wurde, hat mich das sehr lange Zeit gequält. Ich wusste, dass ich etwas unternehmen musste. Ich wusste, dass ich der Gerechtigkeit Genüge tun musste. Ich wusste, dass ich zu Ende bringen musste, was er angefangen hatte, weil er sich das gewünscht hätte. Er hätte gewollt, dass ich weitermache. Er hätte gewollt, dass ich die Welt wissen lasse, er wäre nicht vergessen, nur weil er nicht mehr lebt. Ich muss dafür sorgen, dass er niemals in Vergessenheit gerät. Ich werde sicherstellen, dass du bekommst, was du verdient hast.«

Mein Blick verschwimmt, und Entsetzen erfüllt mich, als Verständnis in mir aufsteigt.

Hannah… meine beste Freundin, meine Vertraute, meine wunderbare Hannah…

»D-d-du bist sie«, flüstere ich schwach. »Du bist seine Tochter.«

Sie lächelt bösartig. »Überraschung!«

Ich schüttle den Kopf.

Ich kann es nicht glauben. Will es einfach nicht glauben.

Hannah war meine Freundin, seit… seit…

Von Anfang an.

O Gott, ich erinnere mich an unsere erste Begegnung. Sie war so… so… authentisch.

»Marlie, das ist meine Freundin Hannah«, sagt Kaity.

Mit leerem Blick starre ich das Mädchen an, das meine Schwester mit in den Raum gebracht hat. Seit meiner Heimkehr habe ich kaum mit jemandem gesprochen. Ich wollte einfach nicht.

»Hi«, sagt Hannah, dann überrascht sie mich, indem

244

*sie vortritt und die Arme um mich schlingt. Seit ich
nach Hause gekommen bin, hat sich fast niemand ge-
traut, mich zu berühren.* »*Es tut mir so leid, was du
durchmachen musstest. Ich hoffe, du bist in Ordnung.*«

*Die Güte in ihrer Stimme spricht für sich. Sie mustert
mich ernst, als wäre sie wirklich bereit, zuzuhören.*

*Ich brauche nur jemanden, der mir zuhört. Ich spüre,
wie ich mich für diese Fremde erwärme. Diese unvor-
eingenommene, schöne, blonde Fremde.*

»*D-d-danke*«, *stammle ich.*

»*Ich kenne dich nicht, aber es tut mir unglaublich leid
für dich. Falls du das Bedürfnis verspürst, mit jemandem
zu reden, kannst du dich jederzeit an mich wenden.*«

*Damit gibt die Fremde mich frei und verschwindet
mit Kaity durch den Flur.*

Und ich weiß es einfach.

Ich habe eine echte Freundin gefunden.

»Hast du mir lediglich was vorgemacht?«, frage ich und
reibe mir die Arme. »War das alles … bloß gespielt?«

»Ich musste dein Vertrauen gewinnen. Ich durfte nicht
zulassen, dass du auch nur im Geringsten an mir zwei-
felst. Und dann bist zu weggezogen, warst jahrelang
weg. Ich habe versucht, darüber hinwegzukommen,
aber es ging nicht.« Hannahs Gesicht läuft rot an. »Dieses Buch war überall. Es hat jedes Vergessen unmöglich
gemacht. Du hast meinen Vater dastehen lassen wie
einen Unmenschen. Ich wusste, dass ich mir etwas einfallen lassen musste, auch wenn das eine Weile dauern
konnte. Ich wusste, dass ich geduldig sein musste. Also
habe ich mich mit Kaity angefreundet, dem einsamen,
gebrochenen Mädchen, und dann bin ich über sie an
dich herangekommen.«

Tränen treten mir in die Augen. »Wir haben dich geliebt.«

Sie zuckt nur lässig mit den Achseln. »Liebe tut weh, Süße. Gewöhn dich daran.«

Ich schüttle erneut den Kopf. »Warum jetzt?«

»Ich war das Warten leid. Ich konnte nicht nah genug an dich herankommen, ohne Misstrauen zu erwecken, aber als Kaity auf die schiefe Bahn geraten ist, wusste ich, dass ich das nutzen kann, um dich in die Stadt zurückzuholen. Dann kam mir die Idee, dass es Spaß machen könnte, dich ein wenig zu quälen. Das hätte mein Vater sich gewünscht. Und weißt du was? Ich habe jeden Augenblick genossen.«

Sie lacht hysterisch, als hätte sie einen fantastischen Witz gemacht.

»Wo ist Kaity?«, frage ich. Meine Kehle ist wie zugeschnürt.

»Sie war die ganze Zeit über bei mir. Ich brauchte sie für das Spiel.«

Das Spiel.

»Dein Vater ist nicht das Opfer in dieser Sache«, wage ich zu sagen. Mein Blick schießt durch den Raum, auf der Suche nach einem Fluchtweg.

Ich habe kein Handy. Ich kann nicht mal Kenai anrufen.

Ich hätte auf meinen Instinkt hören sollen.

Ich hätte auf mein Bauchgefühl hören sollen.

»Du hast ihn umgebracht«, zischt sie und reibt den Lauf des Gewehrs.

So, wie er es immer getan hat.

Wie konnte mir die Ähnlichkeit zwischen den beiden nicht auffallen?

»Er hat versucht, mich umzubringen«, sage ich vorsichtig. »So, wie er all diese anderen Mädchen getötet hat.«

»Du kannst das nicht verstehen«, sagt sie. Ihre Augen glühen förmlich. »Der Drang ist so stark. Wir wurden auf die Erde geschickt, um genau das zu tun. Das ist unsere Mission. Wir haben keine Wahl. Wir wissen nur, dass wir uns nach dem Töten verzehren. Mein Vater hat nichts Falsches getan. Er war einfach bloß er selbst, und du ...« – sie deutet mit dem Gewehr auf mich –, »... du hast sein Leben beendet.«

»Er war ein Mörder«, sage ich. Ich versuche, ruhig zu bleiben, sehe mich weiter im Raum um, auf der Suche nach einer Möglichkeit, zu entkommen.

Doch zuerst muss ich an Hannah vorbei.

Nach meiner Rettung habe ich ein wenig über Psychopathen gelesen. Ich wollte verstehen, wie ihr Hirn arbeitet, zumindest ansatzweise. Ich wollte verstehen, was sie antreibt. Immer wieder habe ich mich gefragt, ob ich deswegen entkommen bin, weil ich instinktiv richtig auf Clayton reagiert habe. Ich habe die Videoaufnahmen der anderen Mädchen gesehen. Die meisten haben gebettelt, andere haben ihren Körper angeboten, manche haben einfach aufgegeben. Aber ich habe mich geweigert, das Handtuch zu werfen. Hat mich das gerettet?

Und wird es mich das auch jetzt?

»Er ist kein Mörder!«, schreit sie. »Du bist die Mörderin!«

Falsche Taktik.

»Wir sind Freundinnen, Hannah. Hat dir das alles nichts bedeutet?«

Sie lacht. »Du spinnst, wenn du dir einbildest, irgendetwas hätte etwas bedeutet. Es war alles nur vorgespielt. Alles nur Schauspielerei.«

247

»Für mich nicht«, sage ich sanft. »Du bist meine beste Freundin. Ich vertraue dir. Was zwischen uns ist, ist mir sehr wichtig. Es tut mir leid, dass du das Gefühl hast, dir wäre dein Vater genommen worden, aber du musst akzeptieren, dass er falsch gehandelt hat.«

Er war ein Mörder.

Ein kranker Irrer.

Doch ich bin mir tief in meinem Inneren bewusst, dass Hannah das nicht so sieht.

Ich muss das Spiel spielen. Und ich muss aus diesem Haus entkommen.

Ich werde das alles nicht noch mal durchmachen.

»Er hat nichts Falsches getan!«, zischt sie. »Er konnte nicht anders.«

»Dasselbe gilt für mich.«

Ihr Blick schießt zu mir.

»Ich hatte Angst. Schließlich wusste ich nicht, dass er … ähm … in Wirklichkeit ein guter Mensch war. Ich hatte einfach Angst und wollte entkommen. Eigentlich war es ein Unfall. Ich hatte nicht vor, ihn umzubringen.«

Die Worte brennen auf meinen Lippen wie Gift. Zu behaupten, Clayton wäre ein guter Mensch gewesen, ist, als würde ich mir selbst mit einer rostigen Zange einen gesunden Zahn ziehen. Aber ich werde sagen und tun, was auch immer nötig ist, um aus dieser Situation zu entkommen; um Hannah umzustimmen; um sie die paar Sekunden abzulenken, die ich zur Flucht brauche.

»Du hast ihn umgebracht. Du hast ihm ein Messer ins Hirn getrieben. Du bist ein Unmensch. Du hast aus Bösartigkeit gehandelt. Er dagegen hatte keine andere Wahl.«

»Wir haben immer eine Wahl, Hannah. Niemand hat

ihn gezwungen, diesen armen Mädchen das alles anzu-
tun. Er hätte sich Hilfe holen können.«

»Du hättest ihn nicht töten müssen«, kreischt sie und
richtet das Gewehr auf mich. »Du hättest einfach tun
können, was er wollte.«

Mir von ihm die Kopfhaut abziehen lassen?

Plan B funktioniert nicht, also wechsle ich erneut die
Taktik.

»Wo ist Kaitlyn?«, frage ich, um das Thema zu wechseln.

Hannah zittert.

Der Gewehrlauf schwankt.

Ihr Verhalten macht mir Angst.

Sie wirkt wie ein Amateur. Sie versucht, die Person
zu sein, zu der Clayton sie machen wollte – doch sie
stellt sich dabei nicht besonders geschickt an. Vielleicht
ist das gut. Vielleicht ermöglicht ihre Unsicherheit uns
irgendwann die Flucht. Sosehr Hannah es sich auch
wünschen mag, sie ist nicht wie Clayton. Sie besitzt
nicht diese ruhige Entschlossenheit. Er hat niemals die
Fassung verloren. Er hat sich niemals ablenken lassen.
Sie ist anders.

»Das wirst du herausfinden, wenn mein Spiel beginnt.«

»Spielst du das nicht bereits?«, frage ich, den Blick
auf die Haustür gerichtet.

»Wenn du rennst«, zischt sie, »werde ich auf dich
schießen, Marlie.«

Ich schlucke schwer, atme einmal tief durch und sehe
erneut Hannah an.

»Was, wenn ich dein Spiel nicht spielen will?«

Ein Grinsen erscheint auf ihrem Gesicht. Es ist widerlich, so, wie auch sein Lächeln widerlich war.

»Ich lasse dir einfach keine andere Wahl.«

Mit dem Gewehr in der Hand tigert Hannah vor mir auf und ab und murmelt dabei vor sich hin. Sie glaubt tatsächlich alles, was dieser psychopathische Mann ihr erzählt hat. Ich dagegen sehe mich nach einer Fluchtmöglichkeit um. Natürlich könnte sie mich mit einer Kugel treffen, mich aber auch verfehlen, wenn ich mich schnell genug bewege und einen Haken schlage. Das ist das Risiko wert, oder? Wer weiß, was sie mir antun wird, wenn ich einfach hier sitzen bleibe.

Ich denke an meine Zeit mit Clayton zurück.

Es war ein Fehler, mich in diesem Schrank zu verstecken.

Diesmal habe ich die Chance, zu entkommen. Die Chance, alles richtig zu machen. Seit damals habe ich viel gelernt. Ich habe Angst, aber verdammt, ich bin auch stärker. Hannah ist kleiner als ich. Auch wenn sie verrückt ist, ist sie doch nur eine Frau … und wenn es irgendeine Chance gibt, zu ihr durchzudringen, kann ich das nutzen. Sie muss doch irgendwelche Gefühle haben, oder?

»Dein Freund ist inzwischen wahrscheinlich vollkommen außer sich. Ich kann mir lebhaft vorstellen, wie tief es ihn treffen wird, dich nicht suchen zu können«, sagt Hannah, leise lachend.

Sie ist klug, das muss ich ihr lassen. Kenai außer Gefecht zu setzen war der beste Weg, um an mich heranzukommen. Aber warum hat sie mich überhaupt zu ihm geschickt?

»Wenn du nicht wolltest, dass er sich einmischt«, entgegne ich, weil ich es für sinnvoll halte, weiter mit ihr zu reden, »wieso hast du mich dann überhaupt gedrängt, ihn anzuheuern?«

»Als Tribut an meinen Vater. Weißt du, der Mann, der

für den Tod von Kenais Schwester verantwortlich gemacht wurde ... mein Vater hat ihn gehasst, also hatte er ihm die Sache angehängt. Mein Vater hat Kenais Schwester getötet, hat ihr das Leben genommen und im selben Zug noch einen Feind vernichtet. Das war ziemlich genial von ihm. Und ziemlich genial von mir, Kenai zu zwingen, den Tod seiner Schwester noch mal zu durchleben, wenn ich dich töte. Kannst du dir vorstellen, wie machtlos er sich fühlen wird? Er wird sich selbst die Schuld dafür geben, dass nicht nur eines, sondern gleich zwei Mädchen getötet wurden, die unter seinem Schutz standen. Mein Vater wäre so stolz auf mich.«

Am liebsten würde ich ihr die Augen auskratzen und sie ihr in die Kehle stopfen, damit sie aufhört zu kichern.

»Und als Bonus konnte ich beobachten, wie ihr euch auf eurer Fahrt durchs halbe Land ständig gestritten habt. Du warst vollkommen verängstigt, während ich die ganze Zeit über deine Schwester in meiner Gewalt hatte. Es war wirklich unterhaltsam, das kann ich nicht leugnen. Besonders, als ich diese Männer im Club dafür bezahlt habe, dich zu verhöhnen. Du hast den Köder geschluckt. Ich habe mich gefragt, wie lange es wohl dauern würde, bis du herausfindest, dass du manipuliert wirst. Kaum zu fassen, dass du erst nach Los Angeles kommen musstest, um draufzukommen. Eigentlich ziemlich traurig. Ihr habt beide versagt.«

»Ich wusste es«, murmle ich. »Tief in mir wusste ich es. Ich wollte es nur nicht glauben.«

»Vielleicht wären wir nicht hier, wenn du es geglaubt hättest. Ich nehme an, du hast gar nichts von meinem Vater gelernt.«

»Anders als du. Es wirkt, als hätte er dir all seine Geheimnisse anvertraut«, sage ich in der Hoffnung, dass Schmeichelei sie unaufmerksam werden lässt. Ich mustere die Waffe in ihren Händen.

Es ist ein Gewehr.

Damit kann man nicht wirklich schnell schießen.

Wenn ich mich auf sie stürze, könnte sie mich treffen. Flucht wäre besser. Sobald ich aus dem Haus entkommen bin, kann ich in den Wald laufen und zwischen den Bäumen einen Haken schlagen. Dann würde es ihr schwerfallen, mich zu erwischen.

Das erscheint mir als meine beste Chance. Je länger ich hierbleibe, desto größer wird die Gefahr zu sterben.

»Alles war eine Lektion!«, blafft sie. »Alles.«

»Dann klär mich auf«, sage ich.

Sie beginnt erneut, vor mir auf und ab zu wandern.

Eine bessere Chance werde ich nicht bekommen.

Die Eingangstür ist nur etwas über zwei Meter entfernt. Aber ich muss sie auch noch öffnen.

»Mein Vater hatte eine Bestimmung«, setzt Hannah an. In dem Moment, wo sie der Tür den Rücken zuwendet und in die andere Richtung tigert, setze ich mich in Bewegung.

Ich katapultiere mich aus meinem Stuhl und renne auf die Tür zu. Ich höre, wie Hannah sich umdreht und mich anschreit, dann erklingt ein Schuss. Eine Kugel saust an meinem Oberschenkel vorbei. Mir schlägt das Herz bis zum Hals. Schließlich erreiche ich die Tür und reiße sie auf, stürze nach draußen und ducke mich. Als ich weiterlaufe, saust eine weitere Kugel an mir vorbei, und der Knall des Schusses zerreißt die Luft.

Ich stolpere die Stufen nach unten, kämpfe mich wieder auf die Beine – trotz der Schmerzen – und renne los.

Ich schlage einen Haken und bete, dass es ausreichen wird. Das habe ich einmal in einem Bericht über Selbstverteidigung gesehen. Hannah fängt an, hysterisch zu lachen. Für einen kurzen Moment frage ich mich, wieso sie das tut. Allerdings sehe ich nicht zurück, sondern laufe einfach nur weiter. Ich passiere ihr Auto, dann frage ich mich, wieso sie nicht noch mal abgedrückt hat.

Ich trete zwischen die Bäume. Plötzlich explodiert etwas und wirft mich nach hinten. Ich fliege so weit und knalle so hart auf den Boden, dass ich hören kann, wie mein Handgelenk bricht. Als ich über die Erde rutsche, hallen meine Schreie durch den Wald. Meine Rippen bringen mich fast um, und mein gesamter Körper zuckt vor Schmerz.

Hannahs Lachen erfüllt die Luft.

Böse.

Geistesgestört.

Ich habe sie unterschätzt.

Sie stürmt zu mir. Ich will aufstehen und erneut fliehen, doch ich schaffe es nicht. Ich kann mich nicht bewegen. Ich fühle mich, als stünde mein gesamter Arm in Flammen. Ich weiß, dass ich mir mindestens drei Finger gebrochen habe, und meine Rippen fühlen sich an, als hätte jemand ein Fünfzig-Kilo-Gewicht darauf abgestellt. Mein gesamter Körper brennt vom Aufprall, und ich kann sehen, dass Blut über meine Beine rinnt. Hannah erreicht mich, beugt sich vor, vergräbt eine Hand in meinem Haar und schreit: »Steh auf, du dummes, törichtes Mädchen! Glaubst du wirklich, du könntest mir entkommen?«

Sie fängt an, an meinem Haar zu zerren. Meine Kopfhaut brennt, und die ersten Strähnen lösen sich. Erinnerungen an Clayton steigen in mir auf, und für einen Moment bin ich wie betäubt. Ich bin gezwungen, mich zu bewegen, als sie weiter an mir zerrt … wenn ich nicht will, dass sie mir die Haare ausreißt. Ungeschickt bemühe ich mich, hinter ihr herzustolpern. Sie hält mich fest gepackt und zerrt mich mit all ihrer Kraft weiter.

»Die Welt glaubt, du wärst clever, weil du es geschafft hast, meinem Dad zu entkommen.«

Als sie mich zurück zur Veranda schleppt, brennen Tränen in meinen Augen.

»Jetzt bist du nicht so clever, Marlie, nicht wahr? Das alles war erstaunlich einfach.« Sie kichert in sich hinein, als sie mich die Stufen nach oben zerrt. »Ich dachte, du würdest mir mein Spiel amüsant machen, aber bisher war Kaitlyn unterhaltsamer.«

Ich zwinge meinen Körper hinter ihr die Treppe nach oben. Hannah tritt die Eingangstür auf. Meine Kopfhaut fühlt sich an, als hätte mir jemand Säure über den Kopf gegossen, weil sie so heftig daran zerrt. Sie zieht mich den Flur entlang zu einem Raum, der mit einem elektronischen Schloss gesichert ist. Genau wie der Raum ihres Vaters. Sie tippt einen Code ein, dann tritt sie die Tür auf.

Und da sehe ich sie.

Meine Schwester.

Meine kleine Schwester.

Nein.

Kaity.

Nein.

25 KENAI

Ich stehe auf und reiße mir die Infusion aus dem Arm. Die Krankenschwester stößt ein frustriertes Brummen aus, als sie zu mir eilt. »Mr Michaelson, das können Sie nicht tun.«

»Haben Sie eine gesetzliche Handhabe, mich hierzubehalten?«, blaffe ich.

Sie verschränkt die Arme vor der Brust. »Nein, aber wenn Sie sich selbst verletzen...«

»Dann geht das auf meine Kappe.«

Sie läuft rot an, danach dreht sie sich um und verschwindet. Ich finde meine Kleidung und mühe mich unter Schmerzen, sie anzuziehen. Meine Wunde brennt, doch es ist mein Herz, mein verdammtes Herz, das mich fast umbringt. Ich muss Marlie finden. Verdammt, ich hätte es wissen müssen. Ich hätte auf meine Instinkte vertrauen sollen, aber das habe ich nicht getan. Stattdessen habe ich sie allein losziehen lassen. Ich habe sie gehen lassen, obwohl ich wusste, dass sie in Gefahr schwebt.

Das werde ich mir niemals vergeben.

»Was zum Teufel glaubst du, was du da tust?«, murmelt Darcy, als er in den Türrahmen tritt.

»Ich entlasse mich selbst. Ich bleibe nicht länger hier. Ich kann helfen, Darcy, und das weißt du auch.«

»Mir wäre es lieber, wenn du dich nicht unter meiner Aufsicht umbringst. Leg dich wieder ins Bett, Kenai.«

»Ich werde mich wehren«, knurre ich. »Hast du das verstanden? Ich werde bluten, aber ich werde gegen dich kämpfen, Darcy. Ich muss zu Marlie. Nichts, was du sagst oder tust, wird mich aufhalten können. Du kannst mir entweder helfen… oder du gehst mir einfach aus dem Weg.«

Er mustert mich. »Verdammt. Du meinst das ernst.«

»Sie ist mein Mädchen. Natürlich meine ich das verdammt noch mal ernst.«

Er seufzt. »Ich werde dich mitnehmen… aber, Kenai, ich sage dir jetzt sofort, dass du an keinem körperlichen Einsatz teilnehmen wirst. Ich werde dich bei der Suche helfen lassen, aber das war's dann auch. Wenn du dem nicht zustimmst, lasse ich dich hier und stelle eine Wache vor die Tür, um sicherzustellen, dass du auch hierbleibst.«

Ich starre ihn böse an. Er verschränkt die Arme vor der Brust und erwidert den Blick. Er wird nicht nachgeben. Natürlich nicht.

»Na schön«, murmle ich.

»Okay. Ich werde mal losziehen und mit der armen, nervösen Krankenschwester reden, während du alle Informationen aus deinem Hirn ausgräbst, die dir einfallen. Uns bleibt nur wenig Zeit. Wir müssen in die Gänge kommen. Diese Frauen sind in Gefahr.«

Das weiß ich.

Und meine Angst treibt mich fast in den Wahnsinn.

26 MARLIE

»Kaity«, rufe ich und lasse mich auf die Knie fallen, ohne auf die Schmerzen zu achten, die dabei durch meinen Körper schießen.

Meine Schwester liegt reglos auf dem Boden. Für ein paar schreckliche Momente dachte ich, sie wäre tot, bis ich gesehen habe, dass ihre Brust sich bewegt. Mein Herz schmerzt – es fühlt sich an, als hätte jemand eine Faust darum geschlossen und wolle es aus meiner Brust reißen. Und zwar langsam. Kaity ist schwach und ausgezehrt, und ihr Haar sieht schrecklich aus … viel zu kurz. Von ihrer wunderschönen roten Mähne sind nur einzelne Locken geblieben. Ihre Hände sind blutig. Ihre Handgelenke wundgescheuert. Ihr linkes Bein geschwollen.

Meine arme Schwester wurde gefoltert.

Ich habe sie nicht rechtzeitig gefunden.

Mit meiner unversehrten Hand hebe ich vorsichtig ihren Kopf an. Mein anderes Handgelenk fühlt sich an, als hacke jemand mit einer stumpfen Axt darauf herum. Vor Qual keuche und schwitze ich. Meine Finger sind dick geschwollen. Aber das ist mir egal. Meine Schwester ist hier. Meine kleine Schwester. Sie braucht mich. Ich würde alle Pein der Welt ertragen, um sicherzustellen, dass sie in Sicherheit ist. Meinetwegen hat sie bereits genug gelitten. Ich hebe ihren Kopf auf meinen Schoß und streichle sanft ihr Gesicht. »Kaity, wach auf. Bitte, wach auf und lass mich wissen, dass es nicht schon zu spät ist.«

Sie bewegt sich leicht, dann öffnen sich ihre Lider flatternd. Blutunterlaufene blaue Augen starren zu mir auf. »Marlie?«, krächzt sie.

»Ja. Ich bin's. Ich bin hier. Es tut mir so leid, Kaity. So unglaublich leid. Ich hätte nie zulassen dürfen, dass das passiert. Bist du in Ordnung? Sag mir, dass es dir gut geht.«

»Mir tut alles weh«, flüstert sie.

»Ich weiß, Liebes. Das weiß ich. Ich werde uns hier rausholen. Das verspreche ich dir.«

»Es ist H-h-h-hannah.«

»Ich weiß«, sage ich wieder und streiche ihr eine der verbliebenen Strähnen aus der Stirn. »Ich weiß, Liebes.«

»Sie war meine beste Freundin«, schluchzt Kaity, doch es rinnen keine Tränen über ihr Gesicht. »Sie war meine beste Freundin, und ich habe ihr vertraut. Es ist meine Schuld. Ich hätte sie nie an mich heranlassen dürfen. Ich hätte es wissen müssen.«

»Das hättest du nicht ahnen können, Kaity. Das war unmöglich. Das ist nicht deine Schuld, sondern meine. Sie wollte Rache, und sie hat dich benutzt, um an mich heranzukommen. Aber ich verspreche, dass ich uns hier rausholen werde.«

Kaity schüttelt den Kopf und verzieht dann schmerzerfüllt das Gesicht. »Sie hat an alles gedacht. Sie wird sein Werk zu Ende bringen, Marlie. Für ihn. Wir werden nicht entkommen. Ich habe schon alles versucht. Sie hat alles durchdacht.«

»Gib die Hoffnung nicht auf, bevor du nicht deinen letzten Atemzug tust, Kaity. Es gibt immer eine Chance. Jeder hat eine Schwäche. Wir müssen sie nur finden.«

Wieder will sie den Kopf schütteln, doch ich drücke meine Hand an ihre Stirn, um die Bewegung zu stoppen. »Vertrau mir, ich war schon einmal in einer solchen Situation. Ich weiß, wie beängstigend das ist. Aber ich werde so lange kämpfen, bis ich nicht mehr kann. Und Kenai wird nicht zulassen, dass mir etwas geschieht ... oder dir. Er wird nach uns suchen. Wir werden hier rauskommen.«

»Kenai Michaelson?«, flüstert sie.

»Ich habe ihn beauftragt, mir bei der Suche nach dir zu helfen. Hannah hat mich glauben lassen, du wärst drogensüchtig geworden, und Kenai in die Sache verwickelt, um auch ihn zu quälen. Es tut mir so leid. Ich hätte es von Anfang an wissen müssen.«

»Sie ist clever«, sagt Kaity heiser. »Du hättest ihren Plan nicht durchschauen können. Sie war meine beste Freundin, und ich hatte auch keine Ahnung.«

Das Türschloss piept. Kaity und ich blicken auf, um zu sehen, wie Hannah mit einer Tüte in der Hand den Raum betritt. »Ah. Wie schön, dass ihr euch wiedergefunden habt«, flötet sie, als sie die Tür hinter sich schließt und verriegelt.

Keiner von uns antwortet ihr.

»Es ist okay«, fährt sie fort. »Ihr müsst nichts sagen. Ich werde das Reden übernehmen.«

Fröhlich kommt sie auf uns zu, als wäre das hier eine Pyjamaparty, dann setzt sie sich im Schneidersitz auf das alte Bett. »Also ... ihr wisst ja, dass mein Dad einen

Haarfetisch hatte. Das war sein Ding. Er hat mir als kleines Mädchen stundenlang die Haare gekämmt. Er hat mir immer gesagt, dass ich wunderschönes Haar habe. Und das stimmt, findet ihr nicht auch?«

Wir starren sie bloß an.

Sie kichert, dann fährt sie fort. »Auf jeden Fall wollte er eine Sammlung anlegen. Alle Farben. Wie bei einem Friseur, versteht ihr? Damit man sich jede Farbe aussuchen kann, die man haben will.«

Mein Magen hebt sich, doch ich lasse mir meinen Ekel nicht anmerken.

»Dann hast du ihn umgebracht«, sagt sie mit einem finsteren Blick zu mir. »Und du hast sein Leben beendet, bevor er sein Ziel erreichen konnte. Du hast ihm alles kaputtgemacht.«

»Er hat es selbst kaputtgemacht«, krächzt Kaity. »Er hätte einfach Haarlocken sammeln können. Stattdessen hat er die Mädchen skalpiert und umgebracht. Er war ein Mörder. Ein kranker, dreckiger Mistkerl.«

Sanft drücke ich Kaitys Hand, um ihr zu sagen, dass sie den Mund halten soll, doch Hannahs Gesicht ist bereits rot angelaufen. Das dürfte erklären, wieso Kaity in so schlechter Verfassung ist. Sie hat Hannah immer wieder gereizt.

»Ich werde dich skalpieren, nur weil du das gesagt hast!«, brüllt Hannah, die Hände zu Fäusten geballt.

»Kaity«, sage ich und drücke erneut ihre Hand, »nicht.«

»Hör auf deine Schwester, Kaity«, stößt Hannah durch ihre zusammengebissenen Zähne hervor. »Sie weiß es. Sie ist klüger als du.«

Kaity presst die Lippen aufeinander, doch ich erkenne die mörderische Wut in ihren Augen. Außerdem habe ich das Gefühl, dass sie sich verraten fühlt. Oder verletzt. Ich kann ihr das nicht übel nehmen. Ich kann mir bloß vorstellen, wie tief es sie getroffen haben muss, als sie herausgefunden hat, dass Hannah hinter alldem steckt. Diese Erkenntnis zu akzeptieren ist schon mir schwergefallen ... aber für Kaity war Hannah der Fels in der Brandung. Sie hat wirklich an sie geglaubt. Sie hat sie geliebt und ihr vertraut.

»Also, was ich sagen wollte, bevor ich so unhöflich unterbrochen wurde, war, dass ich das Ziel meines Vaters zur Vollendung führen werde. Ich werde seine Sammlung vervollständigen. Angefangen mit dir, Marlie. Da du ihm so viel genommen hast, muss ich dafür sorgen, dass du besonders leidest. Muss es in die Länge ziehen. Ich habe all seine Aufzeichnungen gelesen. Ich weiß, wie man es anstellen muss. Aber erst müssen wir diese armen, verblassten Skalpe in Ordnung bringen.«

Sie hebt die Tüte und gießt den Inhalt auf dem Bett aus. Die Polizei hat die Haarbälge nie gefunden ... doch hier sind sie. Ein Haufen alter, verblasste Skalpe ergießt sich auf das Laken. Galle steigt in meine Kehle. Alle Erinnerungen an meine Zeit mit dem Unmenschen kommen in mir hoch, als ich die verknoteten Haarlocken auf dem Bett ansehe.

Reiß dich zusammen, Marlie. Sie will dich brechen.

Er hat mich nicht besiegt. Und ihr wird das auch nicht gelingen.

Zitternd atme ich ein und sehe Hannah mit harter Miene an. »Wie jämmerlich. Du kannst dir nicht mal eigenes Haar besorgen, sondern musst diese alten, dreckigen Teile wiederverwerten.«

Hannah wird rot und fletscht die Zähne. »Treib es nicht zu weit, Marlie.«

Ich starre sie nur böse an.

»Du und Kaity, ihr beide werdet diese Haare waschen, trocknen und kämmen. Dafür sorgen, dass sie wieder wie neu aussehen. Dann werdet ihr sie dort drüben aufhängen.«

Sie deutet auf die Wand. Ich sehe in die angegebene Richtung. Es ist eine kahle Wand, ohne irgendetwas daran.

»Ich werde ein paar Haken befestigen, und ihr beide werdet mir dabei helfen, die Sammlung zu vervollständigen. Schließlich werde ich meinem Vater das große Finale schenken, das er verdient hat ... indem ich die Frau skalpiere, die ihm entkommen ist.«

Ihr Blick huscht zu mir.

Mein Magen verkrampft sich, doch ich kontrolliere meine Reaktion. Ich werde ihr gegenüber keine Schwäche zeigen.

»Oh, da wäre noch etwas.«

Hannah steht auf und verschwindet aus dem Raum, wobei sie die Tür hinter sich verriegelt. Kaity und ich starren die Kopfhäute auf dem Bett an.

Kaity flüstert: »Ich habe es nie verstanden, Marlie. Ich konnte mir nie wirklich vorstellen, wie es sich angefühlt haben muss. Aber jetzt beginne ich zu verstehen, welchen Horror du durchmachen musstest.«

Ich drücke ihre Hand. Mein Handgelenk pulsiert vor Schmerz. Meine Finger verursachen mir Qualen, die durch meinen ganzen Körper ausstrahlen. Ich weiß, dass ich wahrscheinlich nicht stark genug bin, um Hannah zu überwältigen – aber verdammt, ich werde einen Ausweg finden. »Wir werden hier rauskommen, das verspreche ich dir. Tu mir nur einen Gefallen, halt den Mund und vertrau mir. Ich werde uns hier rausholen, aber dafür musst du mir das Reden überlassen.«

Kaity nickt. »Okay«, flüstert sie. »Marlie?«

»Ja?«

»Ich will diese Dinger nicht berühren.«

Ich sehe zum Bett. »Ich weiß, Liebes. Ich weiß.«

Die Tür schwingt erneut auf, und Hannah taucht wieder auf. Doch diesmal ist sie nicht allein. Sie zerrt eine gefesselte und geknebelte junge Frau am Arm neben sich her. Die Gefangene ist klein und zerbrechlich, kann kaum älter sein als achtzehn, vielleicht neunzehn Jahre. Ihr Haar hat eine unglaubliche Farbe, die ich so noch nie gesehen habe. Es ist derart blond, dass es fast schon silbern wirkt. Wie das Haar eines Engels. Es ist die schönste Haarfarbe, die ich je gesehen habe.

»Ich habe beschlossen«, verkündet Hannah, »die Sammlung meines Vaters mit den ungewöhnlichsten Haarfarben zu vervollständigen, die ich finden kann. Yasmin hier ist die Erste auf der Liste. Ich habe sie vor ein paar Tagen eingesammelt.« Sie stößt Yasmin in den Raum. Das Mädchen stolpert vorwärts. Da ihre Hände gefesselt sind, kann sie sich nicht abfangen und knallt mit dem Gesicht auf den Boden. Armes Mädchen.

»Und jetzt«, fährt Hannah fort, »macht euch miteinander vertraut. Denn ihr beide werdet dieses atemberaubende Haar für mein erstes Meisterwerk entfernen. Ich kann es kaum erwarten, dabei zuzusehen. Freut ihr euch nicht auch schon darauf?«

Mein Magen verkrampft sich.

Kaity würgt.

Yasmin wimmert leise.

»Wir?«, stößt Kaity hervor.

»Ja, ihr. Und nun säubert diese Haare. Morgen fängt der Spaß an. Ich bin schon so aufgeregt!« Hannah

263

klatscht fröhlich in die Hände, dann verschwindet sie wieder.

Vorsichtig gebe ich Kaity frei und helfe Yasmin auf die Beine. Ich löse ihre Fesseln und ziehe ihr den Knebel aus dem Mund. Das arme Mädchen ist vollkommen verängstigt.

»Ich bin Marlie, und das ist Kaity. Bitte mach dir keine Sorgen. Ich werde uns hier rausholen.«

»Ich habe solche Angst«, flüstert sie leise.

»Das wird schon wieder«, sage ich mit einem Blick zur Tür.

Zumindest hoffe ich das.

27 Hannah kehrt mit Eimern voller
Wasser, Shampooflaschen, Spülungen und Haarölen
zurück, zusammen mit Bürsten, Föns und Glätteisen.
Schweigend betrachte ich die Glätteisen. Solche Geräte
geben sehr viel Hitze ab. Hannah liefert uns damit eine
Waffe, auch wenn ihr das offensichtlich nicht bewusst
ist. Sie verlangt, dass wir alle Haarbälge in zwei Stunden gesäubert und getrocknet haben, weil sie später
noch eine Überraschung für uns hat.

Niemand widerspricht.

Diese Frau ist irre, und wir müssen so lange wie möglich verhindern, dass sie uns verletzt.

Nachdem Hannah gegangen ist und die Tür hinter sich
verriegelt hat, starren wir alle drei die Haare auf dem
Bett an. Keiner von uns will ihrem Befehl Folge leisten,
doch es sieht langsam so aus, als bliebe uns keine andere
Wahl. Yasmin schluchzt immer wieder. Nicht nur ist sie
vollkommen verängstigt, sie scheint ebenfalls ein paar
gebrochene Finger zu haben. Ich frage nicht nach, wie
Hannah sie verletzt hat, weil ich vermute, dass der Baseballschläger von Clayton etwas damit zu tun hatte.

Da Kaity müde und ausgezehrt ist, schweigt sie. Es ist

an mir, diese Mädchen hier rauszuholen, doch im Moment weiß ich einfach nicht, wie ich das anstellen soll. Hannah muss einen Schwachpunkt haben. Ich muss nur herausfinden, welcher das ist.

Ich übernehme die Aufgabe, die Haarbälge zu waschen, da es den anderen zu schwerfällt. Irgendwo tief in mir finde ich die Kraft, mein Entsetzen und die Schmerzen zu unterdrücken, also wasche ich die Haare. Ich trockne sie, kämme sie und stecke sie dann zurück in die Tüte, damit wir sie uns nie wieder ansehen müssen. Als ich gerade den letzten braunen Haarbalg in die Tüte schiebe, trifft mich die Erkenntnis.

Clayton.

Hannahs Schwachpunkt ist Clayton.

Hätte es ihren Vater nicht gegeben, hätte sie niemals getan, was sie gerade tut. Wenn sie ihn nicht stolz machen wollte, weil sie ihn so sehr geliebt hat, wäre sie nicht hier. Das ist ihre Schwäche. Sie will sein Spiel zu Ende spielen. Sein Werk zur Perfektion führen. Wenn ich sie dazu bringen kann, an sich selbst zu zweifeln – wenn ich es schaffe, sie aus der Bahn zu werfen –, dann können wir vielleicht entkommen.

Aber dieses Vorgehen stellt auch ein Risiko dar.

Doch ich halte es für unsere beste Chance. Langsam nimmt ein Plan in meinem Kopf Gestalt an. Ich drehe mich zu den Mädchen um und flüstere: »Hört mir zu. Ihr beide müsst etwas für mich tun.«

Sie sehen mich aus großen, fast hoffnungsvollen Augen an.

»Und was?«, fragt Kaity.

»Ihr müsst mich mein Ding durchziehen lassen. Ich weiß, dass das nicht einfach wird. Hannah könnte auf eine Weise reagieren, die dafür sorgt, dass ihr mir helfen wollt... aber ich flehe euch an: Vertraut mir und unternehmt nichts, selbst wenn sie mich verletzt.«

»Marlie«, setzt Kaity an, doch ich hebe abwehrend eine Hand.

»Nein, Kaity, du musst mir vertrauen. Ich habe Hannahs Schwachpunkt erkannt. Und ich bin diejenige, die sie wirklich treffen will. Ihr müsst an mich glauben und mich meinen Plan durchziehen lassen. Das ist die einzige Chance, hier lebend rauszukommen.«

Beide mustern mich wachsam.

»Bitte«, sage ich sanft, »lasst mich machen. Ich werde uns hier rausholen.«

Beide nicken, wenn auch zögerlich.

»Wenn ihr die Chance dazu bekommt – und dafür werde ich sorgen –, lauft weg. Schaut nicht zurück. Wartet nicht auf mich. Rennt einfach. Geht und holt Hilfe. Versprecht mir, dass ihr das tun werdet.«

Yasmin nickt, aber Kaity zögert. Ich schlurfe zu ihr und umfasse ihre Hände. »Versprich es mir, Kaity. Ich muss wissen, dass du tun wirst, worum ich dich gebeten habe.«

Sie sieht mir tief in die Augen, dann nickt sie einmal.

»Ich liebe dich«, flüstere ich.

»Ich dich auch.«

Die Tür schwingt auf, und Hannah schlendert in den Raum. Sie hält ein paar tote Eichhörnchen in den Händen. Breit grinsend hält sie die Tiere am Schwanz. »Hallo, meine Schönen. Ich habe tolle Neuigkeiten. Es ist Zeit, mit dem Üben anzufangen. Ich kann nicht zulassen, dass ihr mein Werk zerstört, weil ihr keine Ahnung habt, was ihr tut. Mein Dad und ich haben ständig Eichhörnchen gehäutet. Er hat mir beigebracht, wie es geht. Und jetzt werde ich es euch beibringen.«

Ich schnaube höhnisch.

Sie reißt den Kopf zu mir herum. »Hast du ein Problem, Marlie?«

»Keineswegs«, sage ich. »Es wirkt nur ... ach, ist egal.«

Hannah lässt die Eichhörnchen auf den Boden fallen. »Was?«

»Ich hätte bloß gedacht, dass Clayton dich ein wenig effektiver unterrichtet hätte. Er war ein Meister in allem, was er getan hat. Unendlich präzise. Das Üben an Eichhörnchen wirkt ... na ja ... stümperhaft.«

Hannahs Augen beginnen zu glühen, und da weiß ich, dass ich recht habe. Ihr Vater ist in der Tat ihr Schwachpunkt.

»Er wäre stolz auf mich. Er hat mir alles beigebracht. Du weißt gar nichts. Und nun halt die Klappe und tu, was ich sage.«

»Was auch immer«, flüstere ich kaum hörbar.

Sie hebt ihr T-Shirt und zieht ein riesiges Messer aus dem Hosenbund. Der Anblick der Klinge ist unendlich vertraut. Mein Magen hebt sich, als ich dieselbe Art von Messer erkenne, die Clayton in den Videos verwendet hat, die ich mir ansehen musste. Hannah lässt einen Finger über die Schneide gleiten. »Wer will zuerst?«

»Nein«, wimmert Yasmin.

Ich sehe kurz zu ihr. Sie ist kreidebleich im Gesicht. Ich weiß, wie verängstigt sie ist. Doch wenn sie ausflippt und Hannah ihrem Vater nur im Mindesten ähnelt, wird Hannah sie dafür leiden lassen.

»Das wird schon«, sage ich, um Yasmins Aufmerksamkeit auf mich zu ziehen, aber sie starrt voller Panik die Eichhörnchen an.

»Ich glaube, Yasmin sollte anfangen«, flötet Hannah.

Sie tritt vor und zieht ein kleineres Messer aus dem Hosenbund, um es Yasmin zu reichen.

Yasmin starrt sie bloß an.

»Das werde ich tun«, sage ich, doch Hannah schwenkt das große Messer in meine Richtung, um mich aufzuhalten, als ich vortreten will.

»Ich habe gesagt, Yasmin wird anfangen«, erklärt sie mit kaltem Blick.

»Ich will nicht«, wimmert Yasmin. »Nein. Ich werde das nicht tun.«

Hannah dreht sich wieder zu ihr um.

»Yasmin«, setze ich wieder an, aber inzwischen laufen ihr Tränen über die Wangen.

Sie wird ausflippen.

Ich weiß es einfach.

»Yasmin!«, sage ich wieder. »Bitte.«

Sie springt auf die Beine und stolpert rückwärts, dann begeht sie einen fatalen Fehler: Sie versucht, sich an Hannah vorbeizudrängen.

Hannah tritt vor und rammt ihre Klinge in Yasmins Arm. Das scheußliche Geräusch sorgt dafür, dass mir schlecht wird. Neben mir stößt Kaity ein schmerzerfülltes Wimmern aus. Yasmin stolpert rückwärts. Blut rinnt über ihren Arm, und sie beginnt zu schreien.

»Spar dir das Gekreische!«, brüllt Hannah. »Oder ich schneide dir die Finger ab.«

»Lass mich frei«, schluchzt Yasmin, die Hand über den blutenden Arm geschlagen. Die Wunde ist tief, das sehe ich sogar von hier. »Lass mich hier raus.«

Hannah tritt erneut vor und hebt das Messer.

Ich muss mir schnell etwas einfallen lassen. Die Tür ist verriegelt ... und so geschwächt, wie wir sind, bin ich mir nicht sicher, ob wir Hannah selbst zu dritt überwältigen können. Also tue ich etwas vollkommen anderes. Ich fange an zu lachen.

Hannah erstarrt.

Sie dreht sich langsam zu mir um. »Worüber lachst du?«

Ich presse die unversehrte Hand an den Mund, als versuchte ich, mein Lachen zu unterdrücken. Wenn sie wüsste, dass ich fürchte, jeden Moment in Ohnmacht zu fallen, weil mein Herz so heftig rast.

»Es ist nur, dass du denkst, du wärst wie Clayton ... was du aber absolut nicht bist. Er hatte immer die absolute Kontrolle. Er war in jeder Situation ruhig und gefasst. Er musste nicht wahllos mit dem Messer auf Leute einstechen, um seinen Willen durchzusetzen. Jemanden zu verletzen war lediglich das allerletzte Mittel für ihn. Ich bin mir sicher, könnte er sehen, wie jämmerlich du dich gerade benimmst, würde er sich im Grab umdrehen.«

Ihr Kopf wird rot, und für einen Moment blitzt Schmerz in ihren Augen auf, bevor alles von glühender Wut verdrängt wird. Sie stürmt auf mich zu. Im Vorbeilaufen beugt sie sich vor und reißt eines der Eichhörnchen vom Boden. »Wage es ja nicht, mir zu sagen, ich wäre nicht so gut wie er. Er hat mir alles beigebracht, was ich weiß. Er ist stolz auf mich. Also halt die Klappe.«

Ich presse mir weiter die Hand vor den Mund.

Sie hält mir den Kadaver vors Gesicht. »Zieh dem Vieh die Haut ab. Jetzt sofort.«

»Nein.«

Ihre Augen brennen, und ihre Hand am Messer zittert.

»Jetzt sofort, Marlie. Oder ich werde ...«

»Oder was?«, falle ich ihr ins Wort. »Stichst du auf

mich ein? Hackst du mir die Finger ab? Was? Was willst du tun, Hannah? Dein Vater würde sich für dich schämen. Herrgott noch mal, ich zumindest tue das.«

Sie zuckt zusammen, dann wirft sie sich nach vorne.

Sie landet auf mir, packt meine Haare und reißt meinen Kopf zurück. Meine Kopfhaut brennt, doch ich wehre mich nicht. Nun kann ich bloß noch beten, dass ich die richtige Taktik verfolge. Kaity wimmert, Yasmin schluchzt, aber wie versprochen mischt keine der beiden sich ein. Hannah presst mir das Messer an die Kehle. Ich kann fühlen, wie die Klinge meine Haut aufritzt, und spüre ein Brennen.

»Ich könnte dir die Kehle aufschlitzen, damit diese beiden dir dabei zusehen müssen, wie du ausblutest.«

»Mach es«, fordere ich sie heraus.

Ihre Hand zittert.

Ich fühle mich, als müsste ich jeden Moment vor Angst bewusstlos werden, doch ich lasse mir nichts anmerken.

»Los«, schreie ich ihr ins Gesicht, »tu es! Zerstör alle Pläne deines Vaters! Du hast dich bis jetzt schon nicht besonders geschickt angestellt, also kannst du es genauso gut richtig verbocken.«

Ihre Hand zittert weiter.

Dann stößt sie mich von sich und rennt aus dem Raum, um eilig die Tür hinter sich zu verriegeln.

Das kleinere Messer hat sie fallen gelassen.

Sie hat Mist gebaut.

Mein Plan hat funktioniert.

»Ich weiß, dass es wehtut«, sage ich sanft zu Yasmin.

Ich ziehe das Laken vom Bett und verwende das Messer, um Stoffstreifen abzuschneiden und ihren Arm damit zu verbinden. Ich hatte recht: Die Wunde ist tief und hässlich. Ihre Finger sind so geschwollen, dass es schon wehtut, sie nur anzusehen. Doch ich kann hier drin wenig für sie tun. Ich weiß, wie sich so was anfühlt. Auch meine Finger bereiten mir Qualen. Aber ich muss mich darauf konzentrieren, uns hier rauszuholen. Damit das gelingt, muss ich Hannah wütend machen. Ich muss dafür sorgen, dass sie die Kontrolle verliert. Ich muss sie lange genug ablenken, damit Kaity und Yasmin fliehen können. Und das wird mir nur mit extremen Maßnahmen gelingen. Ich muss etwas tun, was sie vollkommen die Kontrolle verlieren lässt.

»Wie sollen wir fliehen, Marlie?«, fragt Kaity. Sie scheint mit jeder Minute schwächer zu werden. »Sie hat diese Sprengladungen ums Haus verteilt. Sie hat mir immer wieder von ihnen erzählt, damit ich keinen Fluchtversuch starte.«

»Ich könnte mich irren, aber ich habe ein paar dieser Sprengfallen ausgelöst… und ich glaube nicht, dass Hannah bereits die Zeit gefunden hat, sie zu ersetzen. Ich glaube, ihr solltet keine Probleme bekommen. Aber auf jeden Fall könnt ihr die Fallen entdecken. Wenn ihr danach Ausschau haltet, könnt ihr sie erkennen. Hannah hat Stolperdrähte gezogen. Sucht danach und tretet vorsichtig darüber. Falls ihr aus irgendwelchen Gründen weder durch die Tür noch durch ein Fenster aus dem Haus entkommen könnt, findet eine Waffe und versteckt euch gemeinsam. Yasmin kann ihre Hände nicht benutzen, also ist es an dir, Kaity, auf Yasmin aufzupassen. Noch mal: Wenn ihr nicht aus dem Haus entkommen könnt, bewegt euch nicht, bis ihr wisst, dass es sicher ist. Hannah wird sich vollkommen auf mich konzentrieren. Ich habe für sie Priorität. Wenn mir etwas passiert, müsst ihr sie in einem Überraschungsangriff überwältigen. Verstanden?«

Kaity nickt.

»Ich weiß, dass du geschwächt bist, aber du musst all deine Kraft zusammennehmen, um zu fliehen, sonst werden wir nie entkommen. Versprich mir, dass du das tun wirst. Versprich mir, dass du alles in deiner Macht Stehende tun wirst, um zu fliehen und sicherzustellen, dass Yasmin ebenfalls entkommt.«

Kaity nickt wieder. »Ich werde kämpfen.«

Ich lächle.

»Bitte lass dich nicht verletzen, Marlie. Ich kann ohne dich nicht leben. Ich will dich nicht verlieren.«

»Vertrau mir«, sage ich und lächle erneut, obwohl in meinem Inneren die Angst tobt. »Ich weiß, was ich tue.«

Tue ich das?

Gott, ich hoffe es.

»Also, wie lautet der Plan?«, fragt Kaity. Yasmin liegt leise wimmernd auf dem Bett, die Hand an den Arm geschlagen.

»Ich werde das Messer nicht verwenden, um Hannah anzugreifen, sondern um sie zu verhöhnen. Sie wird hier reinkommen, und ich werde mit den Haaren und dem Messer neben der Tür sterben. Ich werde die Bälge zerschneiden. Wenn ich Hannah richtig einschätze, wird es sie tief treffen, die Skalpe zu verlieren, die ihrem Vater so wichtig waren. Hoffentlich wird sie davon so abgelenkt sein, dass sie die Tür nicht schließt. Und in diesem Moment werdet ihr beide fliehen. Und schaut nicht zurück.«

Kaity nickt.

Ich richte den Blick auf Yasmin.

Sie nickt ebenfalls.

Ich stehe auf und gehe zu der Tüte mit den Haaren. Hannah hat sie nicht mitgenommen. Mit spitzen Fingern hole ich die Haarbälge heraus, halte sie an den Haaren, damit ich alle gleichzeitig packen kann. Dieser Teil des Plans gefällt mir am besten. Hannah wird alles tun, um die Haare zu schützen, dessen bin ich mir sicher. Ich halte die Bälge in einer Hand, das Messer in der anderen.

Dann stelle ich mich neben die Tür, gerade weit genug entfernt, dass sie aufschwingen kann, ohne mich zu treffen. Kaity und Yasmin kauern sich neben mich. Sie halten sich an den Händen, bereit zur Flucht.

Jetzt müssen wir abwarten.

Und beten, dass mein Plan funktioniert.

28

Die Zeitspanne, die ich neben der Tür stehe, kommt mir ewig vor. Meine Beine tun weh. Mein Handgelenk brennt. Meine Finger pulsieren. Doch ich bewege mich nicht. Ich starre die Tür an und warte geduldig darauf, dass sie sich öffnet. Und nach einer Weile passiert es wirklich. Für eine Sekunde sehe ich nur einen leeren Türrahmen. Ich frage mich kurz, ob Hannah uns belauscht hat, aber dann drückt sie die Tür weiter auf, um einen Rollwagen mit einem Fernseher darauf in den Raum zu schieben. Ich weiß genau, welche Filme sie uns zeigen will.

Ich habe sie alle bereits gesehen.

Doch letztendlich nützt uns der Fernseher, weil sie die Tür weit aufstoßen muss, um ihn in den Raum zu bringen. Kurz bevor sie den Wagen in den Raum ziehen will, dreht sie sich um und entdeckt mich, mit Messer und Haaren in der Hand. Sie erstarrt und wird kreidebleich. Genau die Reaktion, die ich mir erhofft hatte. Ich schaue nicht zu Kaity und Yasmin, sondern trete langsam ein paar Schritte zurück. »Was tust du da?«, fragt Hannah. »Leg das weg. Sofort.«

»Nein«, sage ich. »Nein, ich spiele dein krankes kleines Spiel nicht mehr mit. Es wird Zeit, diese Dinger zu zerstören.«

Zorn brennt in ihren Augen. Sie tritt einen Schritt auf mich zu, ohne Kaity und Yasmin zu beobachten. Die Tür bleibt weit offen.

»Nicht«, stößt Hannah hervor. »Fass sie nicht an. Sie gehören ihm, nicht dir.«

»Genau deswegen wird es Zeit, sie zu zerstören. Dein Spiel ist vorbei, Hannah.«

Sie kommt einen Schritt auf mich zu. Ich hebe das Messer und drücke die Klinge an die Haare, sodass die ersten Strähnen zu Boden fallen.

»Nein!«, kreischt sie. »Nicht. Mach sie nicht kaputt.«

Ich schneide eine weitere Strähne ab.

»Marlie!«, jault Hannah. »Hör auf. Tu das nicht. Zerstör seine Haare nicht. Fass sie nicht an. Nicht.«

Ich kann sehen, wie Kaity und Yasmin langsam zur Tür schleichen. Nur noch ein paar Sekunden, und sie sind draußen.

Ich hebe die Haarbälge höher und schneide eine weitere Strähne ab. »Er hat diese Dinger wirklich geliebt. Stell dir vor, wie wütend er wäre, dass sie wegen deiner Nachlässigkeit zerstört werden. Du glaubst, du wärst gut genug, um sein Spiel weiterzuspielen ... aber das bist du nicht. Du bist nicht gut genug. Er wäre so enttäuscht von dir, Hannah.«

Erneut senke ich das Messer, und Hannah stürzt sich auf mich. Kaity und Yasmin verschwinden durch die Tür. Sie sind in Sicherheit. Gott sei Dank. Meine Erleichterung verebbt, als Hannah mich rammt. Ich verliere das Gleichgewicht und falle nach hinten, während sie versucht, mir die Haare zu entreißen. Ich knalle hart auf den Boden. Mein Handgelenk verdreht sich erneut, sodass ich schmerzerfüllt aufschreie. Hannah entreißt mir die Haare und rollt sich von mir herunter, dann presst sie sich die Bälge an die Brust und streicht verzweifelt mit den Fingern darüber.

»Du hast sie kaputtgemacht!«, kreischt sie.

Ich kämpfe mich auf die Beine, mein Arm ein Inferno aus Schmerz. Ich greife nach dem Messer, doch in diesem Moment wird Hannah klar, was wirklich geschehen ist. Ihr Blick gleitet durch den leeren Raum, dann huscht er zur Tür.

»Du blödes Miststück!«

Sie stürzt sich auf das Messer und erreicht es schneller als ich. Dann stößt sie es in meine gebrochenen Finger, nagelt meine Hand mit der Klinge am Boden fest. Ich schreie vor Pein, und meine Hand zuckt, was die Wunde nur vergrößert. Meine Schreie gehen in Schluchzen über, als ich versuche, meine Hand zu befreien. »Du wirst dir noch wünschen, niemals geboren worden zu sein«, faucht Hannah. »Ich werde dich für ihre Flucht leiden lassen. Ich werde dich foltern, weil du die harte Arbeit meines Dads kaputtgemacht hast. Zum Teufel mit dir, Marlie.«

Sie zerrt das kleinere Messer aus meinen Fingern, zieht ihr riesiges Jagdmesser und steht auf. Anschließend vergräbt sie die Hand in meinem Haar und reißt mich mit aller Kraft nach oben. Ich muss aufstehen. Sie zerrt mich aus dem Raum und in den Wohnbereich, führt mich zum Tisch und blafft: »Ich werde euren jämmerlichen Fluchtversuch verhindern. Du sagst, ich wäre nicht so gut wie mein Dad. Was glaubst du, warum er diesen Mädchen die Finger abgeschnitten hat? Kann man ohne Finger einen Türknauf drehen?«

O Gott.

So habe ich das noch nie betrachtet.

»Leg deine Hand auf den Tisch.«

Ich reiße den Kopf herum. »Nein.«

»Leg sie auf den Tisch!«, kreischt sie und reißt so heftig an meinen Haaren, dass ich fühle, wie sich Strähnen lösen.

»Nein!«, brülle ich.

Sie gibt mich frei und hebt das Messer.

Ich ducke mich.

Ihr Angriff geht ins Leere.

Ich knalle auf die Knie und krieche eilig unter den Tisch. Hannah bewegt sich schnell, beugt sich vor und packt meinen Knöchel. Sie reißt mich nach hinten, sodass ich auf den Bauch falle. Es tut weh. Ich habe solche Schmerzen. Meine Hände fühlen sich an, als stünden sie in Flammen, doch ich lasse mich davon nicht unterkriegen. Ich trete um mich.

Ein scharfer Schmerz blüht in meinem Schenkel auf.

Sie hat gerade auf mich eingestochen.

Ich schreie und trete wieder nach hinten aus. Diesmal trifft mein Fuß auf Widerstand. Ein lautes Krachen hallt durch den Raum. Hannah ist gestürzt. Ich krieche weiter und auf der anderen Seite unter dem Tisch heraus. Dann stehe ich keuchend vor Schmerz auf und renne zur Hintertür.

»Nein!«, kreischt Hannah.

Ich reiße die Tür auf und werfe mich quasi auf die Veranda. Es wird langsam dunkel. Der Nachmittag geht in den Abend über. Mein Magen verkrampft sich, als ich so schnell wie möglich in Richtung Wald humple. Ich stolpere über einen Stein, muss meine Schritte verlangsamen. Ich kann Hannah hinter mir hören. Ihre Schritte.

»Du willst eine Jagd?«, schreit sie. »Ich werde dich jagen wie das Tier, das du bist, Marlie Jacobson.«

29 KENAI

»Verdammt!«, brülle ich und schlage mit der Faust gegen die Autotür.

»Beruhige dich, Kenai«, blafft Darcy. »Wir tun, was wir können. Es geht nicht schneller. Du weißt, dass wir unser Bestes geben.«

»Marlie ist dort draußen, könnte bereits tot sein, und wir haben nichts. Wir haben keinerlei Informationen über diese Frau oder wo sie Marlie und Kaity festhält.«

»Wir werden sie finden.«

»Wir werden zu spät kommen!«, brülle ich.

Schließlich kommen wir am Hotel an. Ich springe aus dem Wagen, ohne die Schmerzen in meinem Bauch zu beachten, und stürme ins Gebäude. Darcy folgt mir gemessenen Schrittes. Wir haben den ganzen Tag nach Marlie gesucht. Die Nacht ist hereingebrochen. Es ist fast zwei Tage her. Wir haben nichts in der Hand. Nicht das Geringste. Wir haben keine Ahnung, wo Hannah die Mädchen festhält oder was sie ihnen gerade antut.

Wenn wir sie nicht bald finden... Gott allein weiß, was diese Irre ihnen antun wird.

Zwar bin ich der beste Detektiv weit und breit, aber ich weiß nicht mal, wo ich mit der Suche anfangen soll.

Ich bin außer mir. Ich kann bloß an Marlie denken, kann keinen klaren Gedanken fassen. Ich kann nicht arbeiten. Ich denke ständig nur an ihr schönes Gesicht und frage mich, wie zum Teufel sie eine weitere solche Tortur durchstehen soll.

Das ist alles meine Schuld.

Ich hätte auf sie hören müssen.

»Ja?«

Ich drehe mich um und sehe, dass Darcy sein Handy ans Ohr drückt.

»Was hast du gesagt?«, schreit er. Er hat die Hand erhoben, um seine Schlüssel auf den Tisch fallen zu lassen. Doch das tut er nicht. »Wann?« Darcy wirbelt herum und rennt zurück zur Tür. »Wir sind schon unterwegs.«

Er legt auf und sieht zu mir zurück. »Marlies Schwester ist gerade mit einem anderen Mädchen auf dem Polizeirevier erschienen. Sie sind entkommen.«

»Was?« Ich renne auf ihn zu. »Und Marlie?«

»Ist nicht bei ihnen. Lass uns gehen.«

Scheiße.

Wir rennen zurück zum Truck, und Darcy bricht auf dem Weg zurück zum Revier jeden Geschwindigkeitsrekord. Der Wagen steht noch nicht ganz, als ich bereits herausspringe und nach drinnen rase ... zum Teufel mit dem Schmerz. »Kenai!«, ruft er mir hinterher, doch ich halte nicht an.

Ich stoße die Eingangstür auf und eile direkt zum Empfang. »Wo ist Kaitlyn Jacobson?«

»Sie wird gerade befragt«, antwortet die Empfangsdame. »Sie ...«

Ich wende mich ab und renne den Flur entlang.

»Sir!«, ruft das Mädchen. »Sie können da nicht hinein.«

Ich finde das Befragungszimmer, stoße die Tür auf und stürme hinein. Kaitlyn und ein weiteres Mädchen sitzen auf zwei Stühlen, jeweils ein Handtuch um die Schulter. Sie werden gerade von Sanitätern untersucht. Als ich die beiden sehe, halte ich abrupt an. Kaitlyn sieht nicht gut aus. Sie hat Prellungen am ganzen Körper und wirkt erschöpft, müde, hungrig. Ihr Blick schießt zu mir, und sie flüstert: »Bist du Kenai?«

Ich nicke und eile zu ihr, um mich vor ihr auf die Knie sinken zu lassen.

»Wo ist Marlie?«

»Sie... sie hat uns die Flucht ermöglicht. Sie hat gesagt, wir sollen wegrennen und Hilfe holen. Ich habe Angst, Kenai. Hannah wird sie umbringen.«

Mein Mädchen hat dafür gesorgt, dass diese beiden entkommen konnten.

Gott.

Meine fantastische Freundin.

»Wo sind sie?«

»Ich... ich weiß nicht genau, wie man dort hinkommt, aber a-a-als wir entkommen und geflohen sind, haben wir eine Straße gefunden, und eine nette Frau hat uns zur Polizei gefahren. Sie ist noch hier. Sie weiß, welche Straße es war. Wenn sie dich dorthin bringt, geht dort eine Schotterstraße ab. Die musst du entlangfahren. Am Ende steht ein altes Haus. Dort sind sie. Beeil dich, Kenai. Marlie ist verletzt.«

Marlie ist verletzt.

Mein Blick verschwimmt.

Ich umfasse Kaitys Gesicht. »Ich werde sie finden. Das verspreche ich dir.«

30 MARLIE

Vor Erschöpfung falle ich auf die Knie. Mir geht die Kraft aus. Ich kann nicht mehr rennen.

Mein Blick verschwimmt, und ich muss mit aller Kraft darum kämpfen, nicht einfach ohnmächtig zu werden. Meine Lunge brennt, als ich um Luft ringe und versuche, mich wieder auf die Beine zu kämpfen.

Hannah ist direkt hinter mir.

Wie ein tollwütiger Hund verfolgt sie mich.

Mit jeder Minute sinkt die Sonne tiefer. Ich bete um den Einbruch der Nacht. Bete, dass die Dunkelheit mir die Flucht erleichtert, mich vor ihr verbirgt. Wenn Hannah mich findet, bevor es dunkel wird, wird sie mich umbringen, dessen bin ich mir sicher. Sie wird keinen Moment zögern. Sie ist außer sich vor Wut. Sie ist verzweifelt. Sie wird tun, was auch immer nötig ist.

»Ich weiß, dass du da draußen bist, Marlie«, hallt ihre Stimme durch die Bäume.

Immer noch bemüht, wieder zu Atem zu kommen, drücke ich mich gegen einen Baumstamm und bete darum, dass der Baum breit genug ist, um meinen Körper zu verbergen.

»Ich werde dafür sorgen, dass es wehtut. Ich werde dich töten, wie Daddy es hätte tun sollen. Du hast ihm niemals die Chance dazu gegeben. Du hast ihn umgebracht. Nun werde ich dich umbringen. Auge um Auge. Ich wollte ihn ehren, aber jetzt will ich dich einfach nur tot sehen. Ich werde von vorne anfangen. Ich werde sein Vermächtnis in Ehren halten.«

Ich versuche, leise zu atmen, damit sie mich nicht hören kann, doch das ist quasi unmöglich.

»Ich weiß, dass du hier bist. Deine Knie erlauben dir nicht, lange zu laufen.«

Verzweifelt sehe ich mich um, auf der Suche nach einer Waffe. Ich finde einen großen, dicken Ast und ergreife ihn mit meiner besseren Hand. Schmerzen schießen durch meinen Arm, als ich die Finger bewege, aber ich atme tief durch und ertrage die Pein. Hannah tritt um den Baum herum, ein bösartiges Lächeln auf den Lippen.

Ich hole aus.

Der Ast knallt gegen ihre Knie.

Wieder schlage ich zu.

Hannahs Schreie erfüllen den Wald, als ein ekelerregendes Knirschen erklingt. Sie fällt zu Boden. Der Ast in meinen Händen wird immer schwerer. Ich kann ihn nicht mehr halten. Also lasse ich ihn fallen und laufe los.

»Ich werde dich umbringen«, jault sie, doch ich höre den Schmerz in ihrer Stimme. »Ich werde dich umbringen.«

Ich krieche mühsam durch ein Gebüsch, dann kämpfe ich mich weiter durch die Bäume. Immer wieder verschwimmt mein Blick.

Ich muss dieser Sache ein Ende bereiten. Irgendwie muss ich dafür sorgen, dass meine Flucht gelingt.

Hannah hat sich erneut auf die Beine gekämpft und humpelt obszön fluchend hinter mir her. Wenn sie mich in die Finger bekommt, wird sie mich leiden lassen. Eine von uns beiden wird heute Nacht sterben. Und wenn ich nicht bald etwas unternehme, werde ich das sein. Einmal bin ich schon entkommen. Und das werde ich auch ein zweites Mal, verdammt.

Ein Messer saust durch die Luft und bohrt sich in den Stoff meines Oberteils, nagelt ihn an einem Baumstamm fest. Ach du Scheiße, sie ist begabt. Wahrscheinlich hat Clayton ihr doch einiges beigebracht. Panisch versuche ich, die Klinge aus dem Baum zu ziehen oder zumindest mein Hemd zu befreien, doch es dauert zu lange. Finger vergraben sich in meinem Haar und packen zu, Schmerzen explodieren in meinem Hinterkopf.

Sie versucht, mir die Kopfhaut abzuziehen.

Ich empfinde Qualen, von denen ich dachte, ich müsste sie nie wieder erleben. Mein Hinterkopf brennt, und warmes Blut rinnt über meinen Nacken. Nein.

Nein.

So werde ich nicht sterben.

Ich lasse den Ellbogen nach hinten sausen. Mein Angriff überrascht Hannah genug, dass sie eine Sekunde lang mein Haar freigibt. Blut durchtränkt mein Hemd, als ich herumwirble und damit den Stoff von Messer und Baum losreiße. Hannah stürzt sich auf mich, ein blutiges Messer in der Hand. Sie prallt gegen mich, und gemeinsam fallen wir zu Boden.

»Dafür wirst du büßen. Ich werde dir die verdammte Kopfhaut abziehen und über seinem Grab aufhängen.«

»Was, zum Teufel, ist mit dir passiert?«, keuche ich, während ich versuche, mich gegen sie zu wehren und das Messer von mir fernzuhalten. »Du warst meine Freundin.«

»Ich war niemals deine Freundin, du dämliche Kuh. Ich habe es für ihn getan. Das alles habe ich nur für ihn getan.«

»Seltsam, dass du so viel für ihn tust, obwohl er dich kein einziges Mal erwähnt hat«, schreie ich ihr ins Gesicht.

Sie erstarrt, und das verrät mir, wie tief meine Worte sie verletzt haben.

Dieser kurze Moment des Zögerns reicht aus.

Ich reiße die Faust nach oben und schlage ihr ins Gesicht. Das Geräusch ihrer brechenden Nase jagt mir einen kalten Schauer über den Rücken, aber es funktioniert. Mit einem Schrei rollt sie sich zur Seite. Ich kämpfe mich auf die Beine und stürze mich auf das Messer, das ihrem Halt entglitten ist. Sie tut dasselbe und erreicht die Klinge vor mir. Eilig weiche ich zurück, stolpere und rolle mich herum, bevor ich mich wieder aufrichte und eilig umdrehe. Ich will Abstand zwischen uns bringen, ehe sie die Chance bekommt, die Waffe einzusetzen.

Hannah steht erneut auf den Beinen. Blut rinnt über ihr Gesicht, ihr Haar steht wild um ihren Kopf ab, und ihre Knie sind geschwollen. Mit wildem Blick fuchtelt sie mit dem Messer in der Luft herum. Das ist der Moment der Entscheidung, ich spüre es bis ins Mark. Das ist der Moment, in dem eine von uns sterben wird.

Wir starren uns keuchend an.

»Du warst meine Freundin«, sage ich mit belegter Stimme. »Ich habe dir vertraut. Aber du bist ein Unmensch und wirst dasselbe Schicksal erleiden wie dein jämmerlicher, nutzloser Vater. Er konnte mich nicht besiegen, und dasselbe gilt für dich.«

»Rede nicht so über ihn«, schreit sie hysterisch.

Langsam verliert sie jede Beherrschung, also mache ich weiter. »Es ist die Wahrheit. Clayton war jämmerlich, und du bist es auch. Dein Spiel ist jämmerlich. Ihr seid beide elende Verlierer.«

Hannah zuckt zusammen, doch ihre Augen brennen.

»Er würde sich schämen, weil du nicht mal fähig bist, sein Werk zu Ende zu bringen. Seine wunderbare Tochter. Diejenige, die ihn rächen sollte. Aber sieh dich an. Du bist wertlos.«

Sie zuckt wieder zusammen.

»Versager. Ihr beide seid Versager.«

Sie wirft sich auf mich. »Ich werde dich killen, Marlie Jacobson. Für Daddy. Du bist tot.«

Wie in Zeitlupe sehe ich, wie sie auf mich zustürzt. Ich weiche eilig zurück, ohne zu bemerken, dass hinter mir ein Baumstamm liegt. Ich gerate in Panik, als ich das Gleichgewicht verliere, während Hannah weiter auf mich zukommt. O Gott. Nein. Angst schnürt mir die Kehle zu, während ich mit den Armen wedele, um nicht zu fallen. Hannah hat das Messer zum Angriff erhoben, ein fieses Lächeln auf dem Gesicht. Ein siegessicheres Lächeln.

Sobald ich auf dem Boden aufkomme, bin ich tot.

Ich weiß es.

Und sie weiß es auch.

Sie wird mir dieses Messer in den Körper rammen.

Ich knalle auf den Boden und schließe kurz die Augen, als Schmerzen durch meine Wirbelsäule schießen. Ein lauter Schuss erklingt und durchschneidet die Luft. Ein Körper fällt auf meinen, doch ich spüre keine

Klinge in mein Fleisch dringen. Hannah liegt regungslos auf mir. Schlaff. Ich reiße die Augen auf. Hannah bewegt sich nicht. Es kostet mich einen Moment zu verstehen, was geschehen ist.

Sie bewegt sich nicht.

Blut ergießt sich aus ihrer Brust auf meinen Körper.

Jemand hat sie erschossen.

Jemand …

»Marlie!«

Wie betäubt drehe ich langsam den Kopf, weil ich mich frage, ob ich mir die Stimme nur einbilde.

»Marlie!«

Kenai?

Wieder verschwimmt meine Sicht.

Kenai eilt hinter ein paar Bäumen hervor. Er rennt zu mir und schiebt Hannahs Leiche von meinem Körper, bevor er mich auf die Beine zieht. Ich schwanke. Meine Beine zittern. Ich starre zu ihm auf.

Er hat mich gerettet.

Kenai hat mir das Leben gerettet.

Ich sinke an seine Brust, und er schlingt die Arme um mich.

»O verdammt. Gott sei Dank bist du okay, Marlie. Sag mir, dass es dir gut geht.«

»Sie ist tot«, flüstere ich an seiner Brust. Tränen verschleiern meinen Blick. »Du hast mich gerettet.«

»Ich weiß. Ich weiß. Es ist in Ordnung. Alles wird gut.«

»Ich … sie ist tot …«

»Ich weiß, Süße. Es ist vorbei. Alles ist vorbei. Du bist jetzt in Sicherheit.«

»Es ist vorbei«, murmle ich an seiner Brust.

»Es ist vorbei.«

»Was ist mit Kaity?«

»Sie ist in Sicherheit. Du hast ihr das Leben gerettet.«

Ich habe ihr das Leben gerettet.

Ich habe beide gerettet.

Und Kenai hat mich gerettet.

Wie ich es erwartet habe.

31

»Wo sind sie? Wo sind meine Töchter?«

Die verzweifelte Stimme meiner Mutter vor meinem Krankenhauszimmer reißt mich aus meinem Schlummer. Mit halb geschlossenen Augen lausche ich auf Kenais Antwort.

»Sie sind wohlauf, aber im Moment sollen sie noch keinen Besuch bekommen. Sie wurden gestern den ganzen Tag über befragt und sind erschöpft. Gönnen Sie den beiden Ruhe. Kommen Sie später zurück.«

»Es sind meine Töchter. Ich muss sie sehen.«

»Nein«, erklärt Kenai mit fester Stimme. »Was Sie tun müssen, ist, weggehen, die beiden in Ruhe lassen und Ihre eigenen Probleme auf die Reihe kriegen. Ich kenne Sie nicht, Ma'am, und ich behaupte auch nicht, das zu tun, aber Sie haben gestern fast das Beste in Ihrem Leben verloren. Ich gebe Ihnen einen guten Rat: Kein Geld der Welt kann jemals aufwiegen, wie viel Glück Sie mit diesen beiden Mädchen haben.«

»Wer zum Teufel sind Sie?«, kreischt Mom.

»Ich bin jemand, dem die beiden am Herzen liegen. Gehen Sie jetzt. Und wenn Ihnen die beiden irgendetwas bedeuten, wenn Sie sie wirklich lieben, dann reißen Sie sich endlich zusammen und werden Sie sich dessen bewusst, bevor es zu spät ist. Diese Mädchen brauchen eine Mutter. Und niemanden, der mit ihnen bloß Geld machen will.«

»Wie können Sie es wagen! Das sind meine Töchter.«

»Und was haben Sie je für die beiden getan?«
Schweigen.

»Wenn Sie die beiden wirklich lieben – und sei es nur ein kleines bisschen –, gehen Sie jetzt weg und kommen erst zurück, wenn Sie bereit sind, ihnen wirklich eine Mutter zu sein. Für die beiden da zu sein. Sie zu trösten. Ihnen beim Heilungsprozess zu helfen. Das ist es, was Ihre Töchter brauchen. Sie brauchen keine Reporter. Oder Bücher. Oder Geld. Sie brauchen Sie. Bisher haben Sie kläglich darin versagt, das zu sein, was die beiden brauchen.«
Keine Antwort.

»Tun Sie den beiden einen Gefallen. Kommen Sie mit sich selbst ins Reine.«

»Ich wollte …«, setzt sie an. »Ich wollte bloß sehen, ob es ihnen gut geht.«

»Es geht ihnen gut. Aber im Moment brauchen sie ein wenig Ruhe.«

Eine Krankenschwester betritt den Raum, sodass ich dem Gespräch nicht länger lauschen kann, weil sie die Tür hinter sich schließt. »Hallo. Sind Sie wach?«

Ich nicke, dann rutsche ich ein wenig in meinem Bett herum. Meine beiden Hände sind verbunden, und ein Arm liegt in Gips.

»Wie fühlen Sie sich?«, fragt sie, als sie die üblichen Werte nimmt.

»Okay«, krächze ich. »Wo ist meine Schwester?«

»Sie wird behandelt.«

»Ich muss sie sehen. Bitte.«

»Ich werde mit einem Arzt sprechen.«

Sie beendet ihre Untersuchungen und verlässt das Zimmer in dem Moment, in dem Kenai eintritt. »Hi«, murmelt er.

Ich bin unendlich gerührt, dass er mich verteidigt hat. Natürlich hat er keine Ahnung, dass ich alles belauscht habe. In diesem Moment liebe ich ihn... mehr, als ich jemals in meinem Leben jemanden geliebt habe.

»Hi«, flüstere ich zurück.

Neben meinem Bett hält er an und sieht auf mich herunter, lässt zärtlich den Daumen über meine Wange gleiten. »Bist du in Ordnung?«

»Hannah ist tot, Kenai«, sage ich. Mein Herz ist schwer. »Ich weiß, dass sie verrückt war, aber irgendwann einmal war sie meine Freundin.«

Kenai klettert vorsichtig ins Bett und legt die Arme um mich, um mich sanft an sich zu ziehen. Genau das habe ich mir gewünscht. »Du bist einem weiteren Albtraum entkommen. Hannah war nie deine Freundin. Selbst wenn du immer versucht hast, ihr eine Freundin zu sein. Du warst so tapfer, Marlie. Du hast Kaitlyn und Yasmin gerettet. Ohne dich wären die beiden jetzt wahrscheinlich tot.«

»Ich wollte allerdings nie, dass Hannah stirbt«, sage ich leise.

»Nein. Doch manchmal hat man keinen Einfluss darauf, wie die Dinge laufen. Ich weiß, dass es hart ist, aber du warst so unglaublich mutig.«

»Es ist wirklich vorbei?«, sage ich und sehe zu ihm auf. Ich liebe sein Gesicht. Ich liebe alles an ihm. Er sieht mit sanfter Miene auf mich herunter. Voller ehrlicher Zuneigung.

»Es ist wirklich vorbei. Du bist in Sicherheit.«

Erleichterung erfüllt mich. In Sicherheit. Worte, die ich lange Zeit nicht glauben konnte, doch nun bin ich davon überzeugt. Ich glaube daran. Nicht nur, weil Clayton und Hannah tot sind, sondern auch, weil ich jetzt Kenai habe. Niemals wird er erlauben, dass mir noch einmal etwas zustößt – das weiß ich tief in meinem Herzen.

»Ich will Kaity sehen.«

Er nickt, dann zieht er mich enger an sich. »Lass mich dich bloß noch ein paar Sekunden festhalten.«

Mir wird warm ums Herz. Ich kuschle mich an ihn und genieße eine Geborgenheit, die ich lange Zeit über nicht mehr empfunden habe. Eine allumfassende Wärme. So real und wunderbar. »Hattest du Angst?«

Er zuckt zusammen. »Schreckliche Angst. Ich dachte, ich würde dich verlieren. Es tut mir leid, Marlie. Ich hätte auf dich hören sollen.«

»Statt dich wie ein Trottel aufzuführen, meinst du?«, ziehe ich ihn auf.

Er lacht. »Ja, statt mich wie ein Trottel aufzuführen. Vergibst du mir?«

»Das hängt ganz davon ab«, sage ich, als ich ihn ansehe. »Kommst du mit meiner neuen Frisur klar?«

Er grinst auf mich herunter und lässt die Hand über mein kurz geschnittenes Haar gleiten. Hannah hat ziemlichen Schaden angerichtet, als sie versucht hat, mir die Kopfhaut abzuziehen, und die Ärzte mussten mir Teile meines Haars abschneiden, um die Wunde behandeln zu können. Sie haben mir den ganzen Kopf kurz rasiert, damit ich nicht zu schrecklich aussehe.

»Du bist auf jeden Fall wunderschön.«

»Ich glaube, das ist das Netteste, was du je zu mir gesagt hast. Die Leute werden noch glauben, du magst mich.«

Er drückt mir einen Kuss auf die Nasenspitze. »Verdammt, ich mag dich sehr, Marlie Jacobson. Und wie ich dich mag.«

Wieder wird mir ganz warm ums Herz.

Er mag mich.

Endlich.

»Ich hatte solche Angst«, flüstert Kaity und drückt mich an sich.

Endlich haben uns die Ärzte in ein Zimmer gelegt. Es war eine Menge Überzeugungsarbeit nötig, aber sie haben gesagt, wenn wir uns nicht überanstrengen, dürfen wir eine Weile miteinander verbringen. Ich habe keine Ahnung, was die Ärzte erwartet haben. Sollen wir in diesem Zimmer einen Marathon laufen? Auf und ab springen? Ehrlich? Kaity und ich haben es geschafft, uns in ein Bett zu legen, und seitdem haben wir uns nicht mehr bewegt.

»Jetzt ist es vorbei«, sage ich. »Das wird schon wieder.«

»Geht es Yasmin gut?«, fragt Kaity.

»Soweit ich gehört habe, wurde sie entlassen, nachdem ihre Finger behandelt und ihre Armwunde genäht wurden. Du hast ihr das Leben gerettet, Kaity.«

Kaity schüttelt den Kopf. »Nein. Das warst du. Du hast uns da rausgeholt.«

»Ich habe dafür gesorgt, dass ihr aus dem Zimmer fliehen könnt, aber du hast den Rest erledigt. Ich bin so stolz auf dich.«

Sie kuschelt sich enger an mich. »Es war schrecklich, Marlie. In diesem Zimmer eingesperrt zu sein … mich ständig zu fragen, ob ich überleben würde. Ob ich jemals die Menschen wiedersehen würde, die ich liebe … ob ich jemals wieder freikommen würde. Ich habe nur einen Bruchteil der Angst empfunden, die du damals gehabt haben musst, aber schon das hat mich fast zerstört.«

Ich schlinge die Arme fester um sie. »Aber es hat dich nicht zerstört. Und wird es auch nicht mehr tun. Glaub mir, wenn ich dir sage, dass du dir bloß das Leben versaust, wenn du die Geschehnisse weiter an dir nagen lässt. Wir sind entkommen. Wir haben es geschafft. Jetzt haben wir die Chance, Gutes zu tun … Erstaunliches zu leisten.«

»Ich habe nachgedacht«, sagt Kaity. »Vielleicht gibt es ja wirklich etwas, was wir tun können. Etwas, das ein Bewusstsein schafft, nicht nur für Leute, die solche Torturen durchlebt haben wie wir … Wir sollten einen Ort schaffen, an dem jeder willkommen ist, der Angst hat. In diesem Zimmer zu sitzen, allein und verängstigt, war das Schlimmste, was ich je erlebt habe. Aber manche Leute müssen jeden Tag so leben, aus verschiedensten Gründen. Ich will etwas tun. Ich will, dass etwas Gutes aus dieser Sache entsteht.«

Stolz erfüllt mich. »Du bist unglaublich, Kaity. Ich finde, du hast recht. Ich finde, wir sollten etwas für all die Leute dort draußen tun, die allein sind und Angst haben.«

Sie nickt, dann kuschelt sie sich wieder an mich. »Ich habe gehört, wie Kenai Mom angeschrien hat.«

»Ja. Er hat sie weggeschickt.«

»Niemand hat uns jemals zuvor so verteidigt«, flüstert sie. »Ich mag ihn, Marlie.«

»Ich mag ihn auch, Liebes.«

»Würdest du etwas für mich tun?«

Ich nicke. »Natürlich. Alles, was du willst.«

»Könntest du ihn behalten?«

Ich lache leise. »Ich werde mich bemühen.«

»Marlie?«

»Mmmmm?«

»Wirst du dich erholen?«

Ich weiß, was sie damit fragen will. Sie will wissen, ob ich damit umgehen kann, noch ein Martyrium durchlebt zu haben. Ich weiß wirklich nicht, wie ich diese Frage beantworten soll. Nach der Entführung durch Clayton hatte ich solche Angst, war vollkommen gebrochen. Traumatisiert. Aber nachdem ich Hannahs Angriffe überlebt habe – und gesehen habe, wie bewundernswert gut Kaity sich hält –, fühle ich mich stärker, entschlossener, als könnte ich diese Tortur tatsächlich hinter mir lassen. Ich nehme an, eigentlich habe ich nur zwei Wahlmöglichkeiten. Entweder lasse ich mich innerlich davon auffressen – wie das letzte Mal – oder ich nutze meine Erfahrung dazu, etwas Gutes zu bewerkstelligen, wie Kaity es vorhat.

Egal, wie ich mich entscheide, die Geschehnisse werden ein Teil von mir bleiben.

Es liegt an mir, wie ich damit umgehe.

Ich sehe Kaity an, fange ihren Blick ein. »Ja, ich werde mich erholen. Es wird nicht einfach. Es wird immer schwere Zeiten geben. Aber ich habe dich, und ich habe Kenai, und es geht uns gut. Endlich geht es uns gut. Ich werde dich nicht schon wieder im Stich lassen, Kaity. Ich will dich nicht noch mal verlieren. Ich werde nicht untergehen. Ich glaube, du hast recht. Wir können Gutes tun.«

Lächelnd ergreift sie meine Hand.

»Ich weiß schon, was wir machen sollten«, sagt sie. »Vertraust du mir?«

Ich grinse. »Immer, kleine Schwester.«

Immer.

32 SECHS MONATE SPÄTER

»Marlie, Kaitlyn, könnt ihr uns sagen, warum ihr beschlossen habt, dieses Zentrum zu eröffnen?«

Ich ergreife Kaitys Hand und lächle für die Kamera, weil ich weiß, wie schwer ihr das alles fällt. Ich erinnere mich noch daran, wie verängstigt ich war, als ich zum ersten Mal im Rampenlicht der Presse stand. Ich erinnere mich noch genau daran, wie ich mich damals gefühlt habe. Sicher, unsere Situation heute ist anders, aber es ist trotzdem schön, jemanden zu haben, der einem die Hand hält, für den Fall, dass man schwach wird.

Ich übernehme auch das Reden.

»Wir wollten einen sicheren Ort für Misshandlungsopfer schaffen, seien es nun Frauen, Kinder oder Männer. Einen Ort, an den sie entkommen und an dem sie sich sicher fühlen können.«

»Welche Art von Misshandlungen?«, fragt eine Reporterin und schiebt mir ein Mikrofon vor die Nase.

»Wie Sie alle wissen, befand ich mich zweimal in der Gewalt von Serienmördern. Die zweite Killerin hat auch meine Schwester angegriffen. Dabei habe ich ein paar Dinge gelernt.« Ich mache eine dramatische Pause. »Ich weiß, wie man sich hinterher fühlt. Ich weiß, wie es sich anfühlt, allein zu sein. Die Misshandlungen, die Kaity und ich ertragen mussten, waren nur eine Facette von Gewalt. Dort draußen gibt es Hunderte Menschen, die schreckliche Torturen durchmachen müssen. Wir wollen sie alle wissen lassen, dass es einen Ort gibt, an den sie kommen können, um sich sicher zu fühlen.«

»Was für eine wunderbare Idee«, sagt die Reporterin und tritt noch einen Schritt vor. »Kaitlyn, hatten Sie etwas damit zu tun?«

Alle Kameras richten sich auf Kaity. Für einen Moment befürchte ich, dass ihr die Worte im Hals stecken bleiben, doch stattdessen gibt sie meine Hand frei, atmet einmal tief durch und tritt vor. »Ich hatte definitiv ebenfalls etwas mit der Gründung des Zentrums zu tun. Auch ich wollte allen einen sicheren Hafen bieten, die in Angst leben oder das Gefühl haben, es gäbe kein Entkommen für sie. Ich habe nie wirklich verstanden, was meine Schwester durchgemacht hat, bis auch ich entführt wurde. Und ich bin mehr als bereit, jedem Trost zu bieten, der sich ähnlich fühlt.«

»Wann wird das Zentrum eröffnet?«, ruft ein Reporter.

»Wie wollen Sie es finanzieren?«

»Werden Sie hier arbeiten?«

»Gehen Sie noch mit Kenai Michaelson aus?«

»Wir versuchen noch festzulegen, welche Therapieangebote das Zentrum bieten sollte. Sobald das geklärt ist, werden wir alle Details bekannt geben. Vielen Dank.«

Damit wende ich mich an Kaity. »Mehr müssen wir ihnen nicht liefern.«

Erneut ergreife ich ihre Hand, und wir drängen uns an den Reportern vorbei.

Kurz bevor wir nach drinnen gehen, ruft eine sanfte Stimme: »Marlie? Kaity?«

Als wir uns umdrehen, entdecken wir Yasmin auf dem Gehweg. Sie hält einen Blumenstrauß in den Händen und lächelt uns an. Ihr wunderschönes silberblondes Haar umrahmt ihr strahlendes Gesicht. Sie wirkt glücklich.

»Yasmin!« Ich trete vor. »Wie geht es dir?«

»Tut mir leid, dass ich einfach so auftauche, aber ich habe gehört, dass ihr heute hier sein werdet, und wollte euch treffen. Besonders dich, Marlie. Ich hatte keine Chance, dich noch mal zu sehen, nachdem wir ins Krankenhaus gekommen sind, aber ich wollte dir für das danken, was du für mich getan hast. Ich kann gar nicht ausdrücken, wie dankbar ich dir dafür bin, dass du mir das Leben gerettet hast.«

Freudig trete ich vor und ziehe sie in meine Arme. Sie zögert eine Sekunde, dann drückt sie mich ebenfalls. Ich halte sie einen Moment fest, dann schließt Kaity sich uns an, und wir umarmen uns, ohne auf die Reporter zu achten.

Als wir uns voneinander lösen, frage ich: »Geht es dir gut? Bist du in Ordnung?«

Sie nickt. »Ich habe mir psychologische Hilfe gesucht, und ich glaube, ich fange an, alles zu verarbeiten. Es wird schon. Ich habe immer noch schwere Tage, aber überwiegend bin ich dankbar, noch am Leben zu sein.«

»Das freut mich.« Ich drücke sanft ihren Arm.

»Vielleicht könnten wir drei uns ja mal treffen?«, schlägt sie vor. »Hier ist meine Telefonnummer.« Sie gibt mir einen Zettel.

»Das wäre toll!« Kaity grinst breit.

Ich nicke ebenfalls.

»Okay.« Wieder lächelt Yasmin strahlend. »Nun, dann ruft mich an. Ich sollte jetzt los, meine Mom wartet auf mich. Und danke noch mal.«

»Wir hören uns bald!« Ich winke.

»Ciao!«, ruft Kaity noch, bevor wir nach drinnen gehen.

Nach einem langen Tag im Zentrum fährt ein glänzender schwarzer Truck am Rinnstein vor, und wir steigen beide ein. Sobald ich angeschnallt bin, drehe ich mich um und lächle die Liebe meines Lebens an. Kenai ist leger gekleidet, er trägt einen Dreitagebart zur Schau, und sein Haar ist verwuschelt. Das ist derselbe atemberaubende, herrische Mann, in den ich mich verliebt habe. Der Mann, der alles riskiert hat, um mir das Leben zu retten. Ich kann mir nicht vorstellen, wo ich jetzt ohne ihn wäre.

»Hi, du.« Ich lächle, dann ergreife ich seine Hand.

»Habe ich im Fernsehen wirklich Yasmin gesehen?«

»Ja, sie wollte sich bedanken und fragen, ob wir uns mal treffen wollen.«

Er grinst. »Muss schön gewesen sein, sie zu sehen.«

»Ja, das war es. Ich habe mich schon gefragt, wie es ihr wohl geht.«

»Und ich finde es toll zu wissen, dass es ihr gut geht. Dass es uns allen gut geht«, meldet sich Kaity vom Rücksitz zu Wort.

»Ja«, sage ich und kuschle mich mit einem breiten Grinsen tiefer in den Sitz. »Ja, das ist toll.«

»Ich bin stolz auf dich, meine Schöne«, sagt Kenai mit sanfter Miene. Das ist eine Miene, die ich mit jedem

Tag mehr lieben lerne, weil sie allein mir vorbehalten ist.

Ich lächle, dann sehe ich aus dem Fenster. »Weißt du, Kenai, ich glaube, Kaity und ich werden die Welt verändern.«

Kaity kichert.

Kenai drückt meine Hand. »Das hätte ich dir schon vor langer Zeit verraten können.«

Ich lächle.

Kaity lacht.

Kenai sitzt direkt neben mir.

Die Welt ist wieder in Ordnung.

Ein paar Monate später stehe ich auf dem Gehweg, um das Band am Eingang des Zentrums zu durchschneiden, an dessen Gründung ich so hart gearbeitet habe. Hunderte Leute haben sich vor der *Zuflucht* versammelt – so haben wir unser Zentrum getauft – und warten auf die Eröffnung, auch wenn die meisten nur Kaitlyn und mich treffen wollen. Doch ich sehe auch andere Gesichter in der Menge: eingeschüchterte, müde, ausgezehrte, verängstigte, einsame Gesichter. Sie stehen zwischen den anderen, schrecken vor Kontakt zurück, warten aber doch mit Hoffnung in den Augen darauf, einen Ort zu finden, an dem sie sich sicher fühlen können.

»Hiermit erkläre ich die *Zuflucht* für eröffnet«, ruft Kaity, als das rote Band zu Boden sinkt.

Die Menge jubelt. Kenai tritt neben mich, sein Handy am Ohr. Kurz sagt er noch etwas, dann legt er auf und legt die Arme um Kaity und mich. »Seid ihr Mädels bereit?«

Wir nicken, atmen tief durch und treten zur Seite. Die Menge drängt ins Innere, weil alle sehen wollen, wie wir die *Zuflucht* eingerichtet haben. Welche Angebote zur Verfügung stehen. Das ist ein wichtiger Moment. Die Eröffnung der *Zuflucht* ist eine große Nachricht. Alle Zeitungen und Nachrichtensendungen der Stadt werden davon berichten, also mussten wir sicherstellen, dass die Leute, wenn sie die Räume zum ersten Mal betreten, wirklich nachvollziehen können, worum es uns geht.

Ich atme noch einmal zitternd durch, dann gehen wir ebenfalls hinein.

Hinter der Tür halte ich an und sehe mich um. Ich versuche, mich in die Leute hineinzuversetzen, lasse meine Ängste aufsteigen und meinen Körper auf meine Umgebung reagieren. Ich mustere alles mit frischem Blick und nehme meine Umgebung in mich auf.

Diesen unglaublichen Ort.

Das Zentrum ist riesig und mit so viel Schönheit gefüllt, dass es mir fast den Atem raubt. Wir haben versucht, eine warme Atmosphäre zu erzeugen. Der Holzboden glänzt in Sandbraun, die Beleuchtung ist hell, aber gleichzeitig warm, die Wände in weichem Cremeweiß gestrichen. Die linke Wand ist hinter einem riesigen Regal verborgen, das bis zum Rand gefüllt ist mit Büchern. Sie alle wurden von Menschen gespendet, die uns unterstützen wollten – das hat Kenai organisiert. Es gibt Schiebeleitern vor dem Regal, die es den Besuchern ermöglichen, sich jedes Buch zu holen und stundenlang in ihnen zu schmökern.

Vor dem Regal stehen große Couchen, weich und gemütlich, mit Kissen und Decken, mit ein paar Kaffeemaschinen am Rand. Mitten zwischen den Couchen gibt es eine Feuerstelle. Die Leute sollen hier Sicherheit und Zufriedenheit finden. Einen Ort, an dem sie ihre Probleme vergessen können, an dem Ängste keinen Platz haben. Das Gebäude ist gut gesichert und wird von einem Sicherheitsdienst bewacht. Wir wollen, dass jeder, der es betritt, sich eines absolut bewusst ist: Die hässlichen Seiten der Welt können nicht in diese Räumlichkeiten eindringen.

Ich lasse meinen Blick vom Lesebereich zu dem riesigen Küchenbereich an der hinteren Wand gleiten. Er ist mit allem ausgestattet, was man sich nur wünschen kann. Ich habe Köche angestellt, die täglich Essen zubereiten – Seelenfutter, das dafür sorgt, dass die Leute sich geborgen fühlen. Vor der Küche gibt es einen Handarbeitsbereich. Hier kann man nähen, stricken, basteln oder malen. Meine Therapeutin hat mir erklärt, solche Arbeiten wären eine gute Ablenkung und unterstützten die Denkprozesse. Sie meinte, das wäre ein ganz wichtiger Bereich.

Auf der rechten Seite des Raums gibt es mehrere Fernseher. Es stehen Hunderte Filme zur Auswahl, mit gemütlichen, großen Couchen davor. Wir haben eine riesige Popcornmaschine und einen Softdrinkautomaten aufgestellt, der immer gefüllt sein wird. Alle Filme sind unterhaltsam, romantisch und sorgfältig ausgewählt, um positive Gefühle zu verstärken.

Und mitten im Raum gibt es noch einen riesigen Kreis aus Sofas und Sesseln, mit Couchtischen in der Mitte. Hier können die Leute sitzen und über Gott und die Welt reden; hier können sie Freundschaften schließen, Gleichgesinnte kennenlernen oder einfach anderen zuhören. Hier können sie ihre Gedanken äußern oder sie niederschreiben oder auch einfach schlafen, wenn sie das möchten.

Ich drücke eine Hand an mein Herz, und eine Träne läuft mir über die Wange.

»Was du hier geschaffen hast, ist unglaublich, Süße«, sagt Kenai. Er tritt neben mich, schlingt einen Arm um meine Taille und zieht mich an sich. »Das warst allein du.«

»Kaitlyn hatte auch eine Menge damit zu tun. Ich wusste, dass ich etwas tun wollte ... aber sie war es, die darauf bestanden hat, dass wir unsere Erfahrungen in etwas Positives verwandeln müssen. Allerdings hätte ich nie gedacht, dass es so ... so ...«

»Verdammt unglaublich werden würde?«

Da meine Gefühle mich zu überwältigen drohen, drehe ich mich zu ihm um, um mein Gesicht an seiner Brust zu vergraben.

»Ich bin stolz auf dich, Marlie. So verdammt stolz. Du machst die Welt zu einem besseren Ort. Du gibst den Leuten einen Rückzugsort, an den sie fliehen können. Du schenkst ihnen Sicherheit. Das erfordert Mut und Entschlossenheit ... aber vor allem braucht es dafür ein verdammt großes Herz. Sieh dich um und bewundere, was du getan hast. Ich glaube nicht, dass du wirklich schon verstanden hast, wie viele Leben dieses Zentrum zum Positiven verändern wird.«

Schluchzend klammere ich mich noch fester an ihn.

Jemand tritt hinter mich und schlingt die Arme um mich.

Kaity.

Sie kuschelt sich an mich, lässt ihre Wange an meinem Rücken ruhen. »Wir haben es geschafft«, flüstert sie.

Ich gebe Kenai frei und drehe mich zu meiner Schwester um. Ihr wunderschönes rotes Haar musste sie sich abschneiden. Sie trägt jetzt einen schicken Kurzhaarschnitt, der ihr gut steht. Kaity war immer schon schön, doch jetzt strahlt sie förmlich. Und dasselbe gilt für ihre Augen. Ich erkenne dieselbe Hoffnung darin – dieselbe Entschlossenheit, anderen zu helfen –, die auch ich empfinde. Sie hat sich von unserer Tortur nicht unterkriegen lassen, ihre Erfahrungen haben sie allerdings verändert und zu der Person gemacht, die sie heute ist.

»Wir haben es geschafft... aber überwiegend ist das dein Verdienst«, flüstere ich zurück.

»Ich liebe dich, Marlie«, sagt sie und umarmt mich fest.

»Ich dich auch.«

»Mädchen.«

Kaitlyn und ich drehen den Kopf und entdecken unsere Mutter, die mit einem Blumenstrauß in der Hand vor uns steht. Wir haben sie seit unserem Martyrium mit Hannah kaum gesehen, weil wir beide zu enttäuscht von ihr waren, um uns bei ihr zu melden. Sie zu sehen... ist fast ein Schock. Seit Monaten hat sie nicht versucht, uns zu erreichen, also waren wir beide davon ausgegangen, dass sie einfach beschlossen hat, ihr Leben ohne uns weiterzuleben. Sie wirkt nervös, doch ihre Augen sind groß, als sie die Umgebung in sich aufnimmt.

»Ich weiß, dass nichts, was ich sagen werde, jemals etwas daran ändern kann, was ich euch beiden angetan habe«, sagt sie, als sie ihren Blick erst auf mich und dann auf Kaity richtet.

»Ich verstehe nicht, wieso du hier bist«, sagt Kaity mit zitternder Stimme.

Mom greift in ihre Tasche und zieht einen Scheck heraus. Sie reicht ihn mir, und ich nehme ihn mit bebenden Händen entgegen.

»Ich habe als Mutter versagt, das weiß ich inzwischen. Wie ich dich nach deiner Entführung behandelt habe, dass ich Kaity ignoriert habe, die Art, wie ich mich mit Geld und Reichtum umgeben habe ... Das war falsch. Ich habe Probleme. Ich habe mir Hilfe gesucht, um daran zu arbeiten. Dieser Scheck wird nicht zurückbringen können, was ich wegen meiner Handlungen verloren habe, aber ich hoffe, das hier hilft euch beiden, euch das Leben aufzubauen, das ihr verdient habt. Dieser Ort hier ist unglaublich. Ich bin so stolz auf meine Töchter.«

Tränen brennen in meinen Augen, und Kaity packt meine Hand.

»Ich habe das Haus verkauft«, fährt unsere Mutter fort. »Der Scheck ist über die Verkaufssumme ausgestellt. Ich möchte, dass ihr das Geld für eure Stiftung verwendet oder für etwas anderes, was euch wichtig ist. Ich habe einen Job und eine kleine Wohnung in der Stadt. Ich komme gut klar. Es war nie mein Geld, sondern immer deines, Marlie. Doch letztendlich bleibt die Tatsache bestehen, dass ich dieses Buch nie hätte veröffentlichen dürfen. Ich hätte dir eine Mutter sein müssen, als du eine gebraucht hast ... aber das war ich nicht. Ich kann das nicht ungeschehen machen, allerdings versuchen, von nun an ein besserer Mensch zu sein. Ich hoffe, das Geld hilft euch beiden, mit eurem Zentrum die Welt zu verändern. Denn ihr habt hier etwas Unglaubliches geschaffen, und ich könnte mich nicht mehr für euch freuen.«

Kaity sieht mich an, und ich erwidere ihren Blick. Das ist das Netteste, was unsere Mutter in ihrem gesamten Leben getan hat – egal, für wen. Sie bemüht sich. Sie strengt sich an. Das ist mehr, als wir je erwartet haben oder hätten verlangen können. Also tue ich das

Einzige, was mir nach allem, was ich durchgemacht habe, richtig erscheint. Ich trete vor und umarme sie. Sie zittert, dann beginnt sie zu weinen, als Kaity sie ebenfalls umarmt.

»Es wird noch lange dauern, bis zwischen uns Normalität herrschen kann«, erkläre ich meiner Mutter, als wir zurücktreten. »Aber vielen Dank, dass du das getan hast.«

Sie nickt und wischt sich die Tränen aus den Augen. »Ich hoffe, wir können uns bald mal wieder treffen. Ich habe euch beide vermisst.«

Kaity und ich nicken, dann gibt Mom meiner kleinen Schwester den Blumenstrauß.

»Wir werden bald voneinander hören«, verspreche ich ihr.

Glücklich nickt sie, sieht sich noch einmal um und verschwindet.

Ich drehe mich zu Kaity um. »Geht es dir gut?«

Sie nickt lächelnd. »Ja. Ich glaube, alles wird wunderbar.«

Ich grinse. »Mir geht es ebenso.«

Kaity tritt zurück, schenkt Kenai noch ein Lächeln und verschwindet in der Menge. Kenai ergreift meine Hand und führt mich durch die Hintertür in einen kleinen Hof, der dafür gedacht ist, dass die Angestellten hier ihre Pausen verbringen können. Er zieht mich vor sich und umfasst mein Gesicht mit den Händen. »Bei dir alles in Ordnung?«

Ich nicke. »Ich hätte nie gedacht, dass ich einmal erlebe, dass sie so etwas tut... aber sie hat sich damit eine zweite Chance verdient. Selbst wenn es eine Weile dauern wird, bis wir ihr jemals wieder trauen können. Und das haben wir allein dir zu verdanken.«

Er wirkt verwirrt.

Ich grinse. »Kaity und ich haben den Vortrag gehört, den du ihr damals im Krankenhaus gehalten hast, Kenai. Du hast uns verteidigt. Du hast unsere Mutter in ihre Schranken gewiesen. Hättest du das nicht getan, hätte sie sich wahrscheinlich nie geändert. Danke.«

Er grinst. »Gespräche belauschen ist unhöflich, Süße.«

Ich kichere. »Ich habe nie behauptet, ich wäre höflich.«

Er lächelt. »Ich kann dir gar nicht sagen, wie viel Stolz und Bewunderung ich jedes Mal empfinde, wenn ich dich ansehe. Du hast eine unglaubliche Tortur überlebt – zweimal –, nur um besser und stärker daraus hervorzugehen. Nicht viele Leute besitzen diese Kraft... aber du schon. Du bist stark und hast das Beste daraus gemacht.«

»Ohne dich hätte ich das nicht geschafft.« Damit küsse ich ihn.

»Das hättest du wohl ... weil du, Marlie Jacobson, die unglaublichste Frau bist, die ich jemals getroffen habe. Du bist schön und mutig, aber vor allem bist du stark und entschlossen. Ich bin froh, dass du an diesem Tag in mein Büro gekommen bist.«

»Ach wirklich?« Grinsend umfasse ich sein Kinn und lasse meinen Daumen über seine Wange gleiten.

»Na ja, du warst ziemlich herrisch und hast ein wenig irre gewirkt ...«

Ich schlage ihn auf die Brust.

Er schmunzelt, dann zieht er mich an sich. »Ich liebe dich, meine kleine Kriegerin.«

»Und ich liebe dich, Chef.«

Er brummt missgelaunt.

Ich lächle.

Dann drehen wir uns beide um und starren das Gebäude an.

»Ich habe das geschaffen«, flüstere ich.

»Ja, Süße, du hast das geschaffen.«

»Er hat nicht gewonnen.«

Kenai schlingt einen Arm um meine Taille und zieht mich an sich. »Und sie auch nicht.«

»Es hat sich herausgestellt, dass man die Unmenschen besiegen kann.«

»Immer.«

Erneut rinnt eine Träne über meine Wange, als ich das Zentrum ansehe, von dem ich hoffe, dass es allen Trost bieten kann, die es nötig haben. Einen Ort, an dem man sich geborgen fühlen kann, wenn man allein ist, und Sicherheit empfinden, wenn man Angst hat. Einen Ort, an dem man sich zu Hause fühlt.

Für mich ist es mein Zuhause.

Für Kaity ist es ihr Zuhause.

Und jetzt wird es auch Hunderten anderen Menschen ein Zuhause schenken.

SECHS MONATE SPÄTER

EPILOG Flatternd öffnen sich meine Lider. Es dauert einen Moment, bis ich verstehe, dass Sonnenlicht in den Raum dringt und mein Gesicht wärmt. Ich blinzle einmal, ein zweites Mal, dann sehe ich neben mich, wo Kenai schläft, seine Atmung sanft, seine breiten Arme um mich geschlungen, seine Miene friedvoll. Wärme füllt meine Brust. Ich kuschle mich näher an ihn heran, weil ich seine Körperwärme spüren will ... den Trost, den er spendet. Weil ich ihn brauche.

Ich werde ihn immer brauchen.

Besonders jetzt gerade.

»Kenai«, flüstere ich.

Er bewegt sich leicht, wacht aber nicht auf.

Ich drehe mich in seinen Armen und drücke ihm einen Kuss auf die Schulter. »Kenai, Schatz, wach auf.«

Er bewegt sich wieder, danach öffnet er mit einem Gähnen die Lider und sieht mich mit diesen intensiven grünen Augen an. »Was ist?«, fragt er, seine Stimme noch heiser vom Schlaf.

»Es ist passiert.«

Verwirrt schüttelt er den Kopf. »Was ist passiert?«

»Du hast gesagt, es würde passieren, aber ich habe dir nicht geglaubt. Aber jetzt … ist es das.«

»Ich kann dir nicht folgen, Süße.«

»Wie viel Uhr ist es?«

Er zuckt mit den Achseln. »Morgen.«

»Kenai … es ist Morgen.«

Erneut schüttelt er verwirrt den Kopf.

»Es ist Morgen. Wie hast du geschlafen?«

Verständnis flackert in seiner Miene auf, dann verzieht ein breites Grinsen seine Lippen. »Ich habe die ganze Nacht durchgeschlafen und … du auch.«

»Und ich auch«, flüstere ich lächelnd. »Ich habe die ganze Nacht durchgeschlafen, ohne ein einziges Mal aufzuwachen.«

»Keine Albträume.«

»Du hast gesagt, dass es irgendwann so weit sein würde … dass ich eines Tages ohne Albtraum aufwachen würde. Und du hast recht gehabt. Genau das ist passiert. Zum ersten Mal habe ich durchgeschlafen.«

Er lächelt breit. »Wie fühlt sich das an?«

Ich kuschle mich enger an ihn. »Selbst wenn ich ab jetzt wieder jede Nacht Albträume habe, werde ich mich immer daran erinnern, wie es sich angefühlt hat, heute Morgen aufzuwachen und zum ersten Mal seit langer Zeit Frieden zu empfinden. Selbst wenn mir nur dieser eine Morgen vergönnt ist, reicht das aus.«

Kenai streicht mir eine Strähne aus der Stirn und senkt den Kopf, um einen Kuss auf meine Nase zu drücken. »Es wird noch jede Menge Morgen geben, an denen ich dich aufwecke und dein wunderschönes, sorgloses Lächeln bewundern darf. Dafür werde ich sorgen.«

»Dann werde ich den Rest meines Lebens als glückliche Frau verbringen.«

Er zwinkert mir zu. »Du kannst dich nun schon ziemlich glücklich schätzen. Ich meine, sieh dir doch an, wer neben dir im Bett liegt.«

Ich kichere, bevor ich ihn küsse.

»Werde nur nicht zu frech, Chef. Ich will auf keinen Fall, dass du damit aufhörst, mich beeindrucken zu wollen.«

Er vertieft den Kuss, vergräbt die Hand in meinem Haar.

»Ich werde nie aufhören, um dich zu kämpfen, Marlie Jacobson. Selbst wenn du mich in den Wahnsinn treibst, werde ich um dich kämpfen.«

Gott.

Dieser Mann.

Einfach perfekt.

»Sie sitzt schon seit einer Stunde dort«, sagt Kaity und deutet auf eine atemberaubende Blondine, die auf einem der Sofas hockt und nur auf ihre Hände starrt. Sie sieht aus, als bräuchte sie jemanden zum Reden, wüsste aber – wie die meisten Leute, die unser Zentrum aufsuchen – einfach nicht, an wen sie sich wenden oder wie sie den ersten Schritt tun soll. Deswegen sind wir hier ... um den Ball ins Rollen zu bringen.

»Ich werde mich um sie kümmern«, sage ich und drücke Kaitys Hand, bevor ich zu der Frau gehe.

Sie sieht auf, als ich mich nähere, und fängt meinen Blick ein. Ich erkenne Angst in ihren blauen Augen, aber sonst wirkt sie gepflegt. Ihr Blick ist klar, ihr Haar ordentlich frisiert, ihre Haut sieht gesund aus. Ich setze mich neben sie. In den letzten Monaten habe ich gelernt, sanft vorzugehen, also halte ich meine Stimme weich, als ich sie frage: »Geht es Ihnen gut?«

»Sie sind Marlie, oder?«

»Ja.«

»Ich habe von diesem Ort gehört«, sagt sie und reibt sich die Hände, »wusste allerdings nicht, ob ich herkommen soll. Ich wurde nicht misshandelt oder irgendwas, tatsächlich hat überhaupt niemand mir etwas angetan, aber ...«

»Es gibt keine Regeln, wer hierherkommen darf«, entgegne ich vorsichtig. »Jeder ist willkommen. Und ich kann sehen, dass Sie etwas beunruhigt. Wollen Sie mir davon erzählen?«

»Meine Schwester ... sie ... wird vermisst.«

Meine Brust verkrampft sich, weil ich weiß, wie sich das anfühlt ... besser als jeder andere.

»Das tut mir sehr leid. Wie kann ich Ihnen helfen?«

»Ich weiß, dass auch Ihre Schwester vermisst wurde. Ich weiß, dass sie von einem Serienkiller entführt wurde, und ich glaube ... dasselbe gilt für meine Schwester.«

Meine Haut beginnt zu prickeln. Ich weiß, dass Clayton und Hannah nicht die einzigen Killer in der Welt sind, doch dieselben Ängste aus dem Mund einer anderen Person zu hören ... zu wissen, dass es dort draußen immer noch so viele böse Menschen gibt ... sorgt dafür, dass mir schwer ums Herz wird. Ich kann nicht allen Menschen helfen, auch wenn ich es mir wünsche.

»Was lässt Sie das glauben?«

»Sie haben bestimmt von den Morden in und um Denver gehört, oder? Diejenigen, wo der Killer Frauen verfolgt und mit ihren schlimmsten Ängsten foltert, bevor er sie entführt, umbringt und mit einer Seidenfliege um den Hals an Bäumen aufhängt?«

Ein Schauder läuft mir über den Rücken. Ich habe in

den Nachrichten davon gehört. Bisher wurden zwei Opfer gefunden. Aber es gibt keinen Verdächtigen.

»Ja, davon habe ich gehört. Und Sie glauben, Ihre Schwester wurde von diesem Täter entführt?«

»Ja. Aber die Polizei will mir nicht glauben, weil sie nie seltsame Vorkommnisse gemeldet hat. Doch mir hat sie davon erzählt ... sie hat mir erzählt, dass merkwürdige Dinge passiert sind. Sie hat mir erzählt, sie hätte einen Mann getroffen und er wäre nett ... aber dann ist sie verschwunden. Plötzlich war sie einfach ... weg. Es wurde eine Nachricht in ihrer Handschrift gefunden, in der stand, sie bräuchte mal eine Auszeit. Die Polizei meinte, soweit sie sagen können, wäre sie aus freiem Willen verschwunden. Aber sie irren sich. Ich weiß, dass er sie in seiner Gewalt hat.«

»Ich glaube Ihnen«, sage ich, bevor ich ihre Hand drücke. »Ich werde Ihnen helfen. Ich tue so was nicht oft, aber für Sie werde ich es tun ... weil ich weiß, wie es sich anfühlt, wenn niemand einem glaubt. Mein Freund ist der beste Privatdetektiv, den ich kenne. Ich werde einen Gefallen einfordern und schauen, ob er Ihnen helfen kann.«

»Das würden Sie für mich tun?«

Ich lächle sie an. »Natürlich. Er hat mir auch bei meiner Schwester geholfen. Er ist wirklich der Beste in seinem Job.«

»Vielen, vielen Dank«, flüstert sie. »Ich habe solche Angst.«

Ich drücke noch mal ihre Hand. »Haben Sie Vertrauen, bleiben Sie stark, und hören Sie wirklich niemals auf zu kämpfen. Kämpfen Sie darum, dass die Leute Ihnen glauben, kämpfen Sie um Ihre Schwester ... hören Sie einfach nicht auf zu kämpfen.«

»Weiterkämpfen«, sagt sie mit einem Nicken. »Danke, Marlie.«

»Dafür sind wir da.«

Ich lasse mir ihre Kontaktinformationen geben und verspreche ihr, dass Kenai sie anrufen wird. Nachdem sie durch die Vordertür verschwunden ist, ziehe ich mein Handy heraus, um Kenai anzurufen.

»Hey, Schöne.«

»Hey, du«, sage ich. »Hör mal, ich möchte dich um einen großen Gefallen bitten.«

»Ist es dafür zufällig nötig, dass wir beide nackt sind?«

Ich lache. »Spinner. Nein. Gerade war eine Frau hier, die davon überzeugt ist, dass ihre Schwester von einem Serienkiller entführt wurde. Die Polizei glaubt ihr nicht. Ich habe ihr gesagt, du würdest ihr helfen. Du weißt, dass ich so was sonst nie tue, dass ich dich nicht belästige, weil du so viel zu tun hast …«

»Ich werde es machen.«

Ich blinzle. »Im Ernst?«

»Ja. Ich werde es tun, weil du mich nie um etwas bittest, sondern dich immer allein um alle kümmerst, die zu dir kommen. Was mir verrät, dass es dir wirklich wichtig ist, wenn du mich doch einmal um so etwas bittest.«

»Gott«, sage ich sanft. »Habe ich dir heute schon gesagt, wie sehr ich dich liebe?«

»Hast du, aber du kannst es gerne noch mal sagen.«

Ich lache. »Ich liebe dich, Chef.«

»Ich dich auch, Süße. Wenn es nicht so wäre, würde ich keinen weiteren Serienkiller-Fall übernehmen.«

Ein Zittern überläuft meinen Körper. »Ein weiterer Mörder, der Frauen quält. Wann wird das endlich aufhören?«

»Wird es nicht«, erklärt Kenai mir mit sanfter Stimme. »Aber wir werden weiter darum kämpfen, dass es seltener passiert.«

»Ich hoffe nur, ihrer Schwester geht es gut.«

»Ich auch.« Er seufzt. »Ich auch.«

Ich verabschiede mich und lege auf, dann google ich die neuesten Morde und informiere mich über die Details.

Hat dieser Mann wirklich ihre Schwester entführt?

Und wenn ja, ist es schon zu spät?

Ich drücke mir das Handy an die Brust und schicke ein Stoßgebet zum Himmel.

Ich mag nur eine einzelne Person sein, aber jeder Mensch kann die Welt verändern.

Ich kann nicht alles in Ordnung bringen.

Ich kann nicht jeden retten.

Doch ich werde mein Möglichstes tun.

Das ist meine Bestimmung. Meine Mission.

Und meine Leidenschaft.